Michel Peyramaure

Michel Peyramaure est né à Brive, en Corrèze, en 1922. À sa sortie du collège, il travaille dans l'imprimerie de son père puis devient journaliste à *La Montagne*, avant de se consacrer à la littérature.
Son premier roman, *Paradis entre quatre murs*, paraît en 1954. Une cinquantaine d'autres suivront, marqués par son goût pour l'histoire de France – celle de ses provinces en particulier – et pour la littérature de terroir. Au début des années quatre-vingts, il fonde, avec Claude Michelet et Denis Tillinac, l'École de Brive, un mouvement d'écrivains du terroir, tous Corréziens, qui renouent avec la tradition romanesque et populaire du XIXe siècle. Il est également l'auteur de biographies (Henri IV, Cléopâtre, Suzanne Valadon, Sarah Bernhardt).
Michel Peyramaure a reçu en 1979 le Grand Prix de la Société des gens de lettres pour l'ensemble de son œuvre. Écrivain « régional », il dit avoir « les deux pieds en Corrèze ».

LES FÊTES GALANTES

DU MÊME AUTEUR

CHEZ POCKET

LES AMANTS MAUDITS
LES BALS DE VERSAILLES
FILLE DE LA COLÈRE
LA DIVINE
L'AUBERGE ROUGE
LES GRANDES FALAISES
LES DEMOISELLES DES ÉCOLES
LES FLAMMES DU PARADIS
LOUISIANA
L'ORANGE DE NOËL
PACIFIQUE SUD
LES TAMBOURS SAUVAGES
CLÉOPÂTRE, REINE DU NIL
LAVALETTE, GRENADIER D'ÉGYPTE
LES CHIENS SAUVAGES
LA TOUR DES ANGES
MARTIAL CHABANNES, GARDIEN DES RUINES
LA DIVINE

HENRI IV

T. 1. – L'ENFANT ROI DE NAVARRE
T. 2 – RALLIEZ-VOUS À MON PANACHE BLANC
T. 3 – LES AMOURS, LES PASSIONS, LA GLOIRE

SUZANNE VALANDON

T.1 – LES ESCALIERS DE MONTMARTRE
T. 2 – LE TEMPS DES IVRESSES

JEANNE D'ARC

T.1 – ET DIEU DONNERA LA VICTOIRE
T. 2 – LA COURONNE DE FEU

LE ROMAN DES CROISADES

T. 1 – LA CROIX ET LE ROYAUME
T. 2 – LES ÉTENDARDS DU TEMPLE

MICHEL PEYRAMAURE

LES FÊTES GALANTES

ROBERT LAFFONT

ISBN 978-2-266-15721-6

À Elina Vincent

1

Adieu, province...

Récit d'Étienne Maillard
Limousin : novembre 1676

J'ai quitté ma ville dans la clarté diaphane d'un matin de neige. La petite place proche des jardins du Prieuré, où la chaise de poste allait me prendre pour me conduire à Limoges parfaire mon éducation, m'était familière. Chaque jour ou presque, en quittant le collège des frères de la Doctrine chrétienne, je m'y rendais en compagnie du fils de l'apothicaire, Guillaume Dubois, pour des parties de quilles ou de palets. C'est devant le portail de cette école que s'arrêtent et repartent les voitures et les charrois qui se dirigent vers Limoges, Clermont d'Auvergne ou Toulouse. Ce trafic quotidien, je me le représentais comme une étoile sans cesse en mouvement, dont les rayons se perdraient dans le mystère et l'infini.

Lorsque j'ai posé mon balluchon au seuil de l'auberge, qui commençait à s'animer dans une odeur de soupe, de fumée et de crottin, rien n'était encore prêt pour le départ, mais, du flanc des chevaux, une vapeur montait déjà, dans le froid piquant, sous des flocons serrés.

J'avais quitté ma demeure avec, pour m'accompagner jusqu'à la chaise, ma petite sœur, Élise. Pris depuis l'aube par son travail d'ébéniste, mon père n'avait pas de temps à perdre, et ma mère était à son marché. Quant à mes deux cadets, que j'avais accompagnés jusqu'au collège, mon départ leur importait peu. J'avais renoncé aux dernières embrassades et aux effusions de larmes ; mes adieux n'avaient guère suscité plus d'émotion que si je partais pour la journée. Il est vrai que je ne m'embarquais pas pour les Amériques...

J'allais quitter ma ville natale sans chagrin et sans regret – comme mon ami Guillaume l'avait fait, deux ans auparavant, avec, m'avait-il écrit, « deux chemises dans la besace et deux écus dans la poche » – mais sans la tonsure et le petit collet, auxquels moi, réfractaire à une carrière religieuse, j'avais échappé.

Il avait fallu remplacer un des chevaux malades, si bien que je dus attendre une heure avant le départ de la poste. J'employai ce temps libre, la main de ma sœurette dans la mienne, à flâner dans les parages pour tenter de me constituer un trésor de reliques. J'avais quinze ans et, si cet éloignement ne se traduisait pas par une intense émotion, je tenais à imprimer en moi d'ultimes images, comme autant de tableautins propres à me réconforter et à me rassurer dans ma nouvelle existence.

Je traversai le petit cimetière intra-muros de Saint-Libéral, où reposent les miens, la cour du présidial, où siégeait mon père, artisan réputé et citoyen honorable, et longeai les murs de la prison, où des voleurs de poules purgeaient leur peine. Au-delà des portes de Corrèze, le moulin s'animait dans une noria d'ânes et de mulets chargés de sacs. À travers un rideau de neige et de brume jaunâtre flottant sur les bras morts de la rivière tremblotaient aux fenêtres des taudis tassés dans le faubourg de Déda, les dernières lumières de la nuit.

Accoudé au parapet du pont à treize arches franchissant l'archipel d'îlots encastrés dans une étendue d'eau gelée, je restai un moment à suivre du regard les voitures des maraîchers.

— Étienne, me dit Élise, je veux rentrer. J'ai froid.

Je la raccompagnai à notre domicile et fit claquer deux baisers sur ses joues fraîches.

— Sois sage, lui dis-je. Apprends bien tes leçons. Je donnerai bientôt de mes nouvelles.

J'eusse aimé que ce départ fût marqué par des détails susceptibles de provoquer en moi quelque émoi, mais pas la moindre musique de sentiment ne vint m'attendrir le cœur.

Ce n'est que deux heures plus tard qu'on ramena un cheval frais du village de Malemort et que je pus prendre place dans le coche. Je me trouvai en compagnie d'un chanoine de la collégiale, d'une cliente de mon père entourée de ses deux fillettes, et d'un couple de jeunes mariés, qui se tenaient par la main. Lorsque le lourd véhicule s'ébranla, je me pris à fredonner une landeriritte afin de m'exonérer d'un frisson d'inquiétude : pour la première fois je partais seul.

La neige nous accompagna jusqu'à Limoges, une neige si dense que le cocher devait avancer au jugé, en se guidant sur les rangées d'arbres bordant la route. À l'arrêt d'Uzerche, un contrôleur des décimes du diocèse de Tulle, de mauvaise humeur après une querelle avec l'aubergiste, prit place dans la voiture.

Entre cette étape et le terme du voyage, nous avons roulé dans la grisaille, transis malgré les couvertures et les briques chaudes dont on nous avait pourvus. J'avais, sous les assauts du sommeil, l'impression pénible de me dissoudre dans l'espace et le temps. Le dernier voyageur distribua quelques prises de tabac. Le chanoine s'endormit, sa tête contre mon épaule. Indifférents aux autres passagers, les amoureux échangeaient regards et caresses discrètes. Les fillettes jacassaient et me regardaient comme pour me convier à participer à leurs jeux.

Après les mornes étendues de vignobles qui font à Limoges une frange sinistre, le coche s'arrêta dans la cour d'une auberge d'où, à l'heure du souper, parvenaient des bruits de vaisselle qui réveillèrent mon appétit. Les voyageurs se tournèrent le dos sans un au revoir.

Un homme sorti de la salle d'auberge prononça mon nom, prit mon bagage et me montra la petite voiture, un tonneau, qui allait nous conduire chez mon maître, M. de La Bussière, procureur fiscal au chapitre de Limoges. En donnant du fouet à sa horse, il me reprocha, comme si ce retard m'était imputable, de l'avoir fait attendre « des heures ».

La neige avait pris possession de la ville. De cette chape cotonneuse émergeaient des bâtiments massifs, sombres, piquetés de lumières parcimonieuses, et des clochers, dont le sommet se perdait dans la grisaille. Drapé dans une couverture, mon chapeau enfoncé jusqu'aux yeux, je regardai défiler des pâtés de maisons à colombages où semblait nicher toute la misère du monde. Pénétrant pour la première fois dans une grande cité, j'avais l'impression que les portes d'une forteresse se refermaient sur moi.

Le procureur habitait, dans le quartier de l'Évêché, une bâtisse à encorbellement si étroite et si haute qu'elle semblait chercher la lumière, comme ces arbres qui échappent à la basse végétation. La cathédrale émergeait d'une avalanche de masures dévalant vers le pont qui enjambait la Vienne aux berges envahies par des échouages de barques et de radeaux de bois flotté pris dans la glace comme des poissons morts.

Rien n'avait été prévu pour m'accueillir, ce qui ne me surprit pas. Le valet venu à ma rencontre, Eustache, qui n'avait, durant tout le trajet, parlé qu'à son cheval, me conduisit à l'office. Une souillon posa sur la table une écuelle de grosse faïence et une cuillère de bois, en me disant de puiser à ma convenance dans la soupière où fumait une soupe de pois. Négligeant le bénédicité, je mangeai d'un solide appétit, le quignon de pain et le morceau de fromage avalés en chemin n'étant plus qu'un souvenir.

J'allai passer cette première nuit, et il en serait de même pour les suivantes, dans la pièce du troisième étage préparée à mon intention. Exiguë, sombre et glaciale, elle donnait sur la rivière par une fenêtre dotée de vitres et non de papier huilé, ce qui donnait plus de jour et moins de prise au froid.

Avant de refermer la porte, Eustache m'annonça qu'il sonnerait mon réveil à 7 heures et que je devrais me présenter à M. le procureur dans une tenue convenable. Je m'endormis tout habillé, en grelottant, mes genoux remontés au menton.

Le tintement d'une cloche suspendue dans l'escalier m'éveilla. Je fis une rapide toilette, brossai mon habit de voyage et allai déjeuner à l'office d'un bol de lait et d'une tartine, puis j'attendis, blotti contre la cheminée, que M. le procureur daignât m'appeler.

Amateur de beaux meubles, M. de La Bussière avait passé commande à mon père, au début de l'année, d'une commode à garnitures de bronze, et s'était montré si satisfait qu'il lui avait confié la fabrication d'une vitrine de bibliothèque et de deux fauteuils. Comme j'arrivais au terme de mes études aux Doctrinaires et que je ne montrais aucune disposition pour le travail du bois, mon père avait proposé à ce bon client de me prendre en apprentissage dans son cabinet. Sans prétendre me mesurer à mon ami Guillaume, qui, au collège, occupait les premières places dans toutes les matières, je me comportais honorablement et tournais la ronde avec aisance.

Un contrat m'attacha au procureur pour deux ans. Il était prévu qu'un jeune prêtre compléterait mon instruction et mon éducation. J'acceptai sans rechigner. Je manquais déjà de cette ambition qui avait lancé Guillaume sur les chemins de la capitale, avec, il est vrai, la protection d'un grand seigneur du Limousin, M. de Pompadour. Il voguait au large avec le sentiment irréfragable d'être appelé à une haute destinée.

M. le procureur me reçut dans l'heure qui suivit. J'eus l'impression, en pénétrant dans son cabinet chauffé par un poêle de faïence, de me retrouver dans l'appentis où mon père rangeait ses meubles achevés. En me reliant à mon proche passé, ce premier regard sur un mobilier que j'aurais reconnu seulement à l'odeur suffit à me réconforter.

Mon nouveau maître se tenait enfoncé dans son fauteuil, comme atteint de quelque infirmité. Son visage osseux, discrètement poudré et teinté de vermillon aux pommettes, était animé par un regard vif, mobile et perçant, d'un bleu d'acier. Touffue, quoique grisonnante, sa chevelure le dispensait, du moins dans son cabinet, de porter la perruque.

Veuf et sans postérité, il vivait un célibat dépourvu d'austérité, voué à son travail et, une fois la semaine, à de menus plaisirs, dont cet homme dans la force de l'âge aurait eu tort de se priver.

D'une voix lente et sèche, en faisant mine de ranger des documents, il me dit :

— Étienne Maillard, je suis heureux de t'accueillir dans cette maison qui va être la tienne. Ton logement te convient-il ?

— J'en suis satisfait, monsieur.

— Inutile de te dire que, pour meubler cette pièce, je n'ai pas fait appel aux talents de maître Maillard, ton père, mais tu pourras l'agrémenter à ta guise en puisant dans le grenier. Eustache t'y installera un poêle. Tu devras veiller à ta tenue. Ce chapeau ne convient pas à tes fonctions. Il te faudra un tricorne. Je t'en procurerai un, de même qu'une paire d'escarpins. Ces sabots feraient mauvais effet. Barbe, ma servante, te fournira le linge nécessaire.

Il se leva avec une grimace pour me montrer ma table. J'aurais le dos tourné à la fenêtre donnant sur un jardinet. Il ajouta :

— Un sous-main en maroquin, un encrier, des plumes, du sable à sécher l'encre... Tu as tout ce qu'il te faut. Reste à en faire bon usage. Je vais te mettre à l'épreuve sans plus tarder. Tu as une belle écriture, à ce que ton père m'a dit, et je m'en réjouis. Au travail, mon garçon !

Je m'installai pour recopier au propre le texte d'un inventaire qui me parut abscons et plein d'impropriétés. Ce texte n'avait que de lointains rapports avec les *Géorgiques*, que je rédigeais au collège. Je passai une heure sur ce travail et le montrai au procureur. Il chaussa ses bésicles et lut en marmonnant :

— Ouais... bien... Un peu trop de fioritures, peut-être, mais ça me convient. Étienne, je crois que nous allons faire toi et moi du bon travail.

À vrai dire, mes activités se bornaient pour l'essentiel à un rôle de saute-ruisseau, à savoir porter des plis, cachetés ou non, à l'évêché ou chez des bourgeois de la ville. Je me plaisais moins à assister aux exploits auxquels mon maître me conviait parfois, comme de sommer une veuve insolvable de quitter son domicile. C'était pour moi une épreuve difficile, dont je m'acquittais avec des réserves qui n'échappaient point à M. de La Bussière. Il me disait d'une voix dénuée de reproche :

— Ne va pas croire que je montre de l'indifférence pour la misère de ces malheureux. Je remplis ma tâche, un point c'est tout, en y mettant un peu d'humanité dans la mesure du possible. Si je renonçais à cette fonction, d'autres à ma place se montreraient moins conciliants. Quoi que tu puisses en penser, dis-toi que l'indigence est indissociable de notre monde, que l'on est toujours pauvre par rapport à d'autres, à moins d'être le roi ou le pape. S'imaginer que chacun doive être récompensé selon ses mérites est une dangereuse illusion. Elle ouvre la porte au désordre et aux révolutions.

Nourri au lait des Évangiles par les pères Doctrinaires, j'eus du mal à accepter cette leçon et me sentais mal préparé à lui donner suite. M. de La Bussière était un bon maître et un brave homme, mais bridé par des préjugés propres à son milieu. Cœur généreux, il restait prisonnier d'un carcan de principes intangibles et tirait sa force d'un refus du doute, alors que ma faiblesse était d'y être enclin.

Quelques mois après mon arrivée à Limoges, je me trouvai confronté, en présence d'un huissier et de deux sergents du guet, à une scène qui me priva de sommeil durant deux nuits.

La victime était la jeune épouse éplorée d'un fabricant de chandelles. Pris par le démon de midi, il avait quitté son foyer pour suivre une théâtreuse en laissant son épouse et leurs deux enfants en proie à la misère, avec des dettes qu'elle ne pouvait honorer. Je garde encore dans l'oreille la voix de l'homme de loi. Il ânonnait :

— ... un miroir avec un rideau de toile peinte : cinq livres... Une cafetière de cuivre rouge et un couvrant : quatre livres... Un moulin à café... une toupine : une livre chaque...

Cette énumération, dont je prenais note, n'était que le premier degré d'un calvaire. Devant ce dépouillement, la pauvre femme, ayant séché ses larmes, observait une attitude digne, comme si ce pillage lui était indifférent. Elle ne s'émut que lorsque l'huissier estima une pendulette. Il s'agissait, dit-elle, du seul souvenir de sa famille.

Le lendemain, je me portai acquéreur de cet objet et le rapportai à sa propriétaire. Elle m'en remercia avec émotion.

Je me plaisais dans mes nouvelles fonctions, du moins quand ce genre de servitude ne contrariait pas mes principes.

Du galetas où je logeais j'avais fait un lieu agréable en toutes saisons, sauf par froids intenses ou grosses chaleurs. Sans être digne de comparaison avec la table de l'évêque, la chère était abondante et délicate. L'application que je portais à mon travail me valait quelques libéralités de mon maître, et je recevais, à titre de saute-ruisseau, des pourboires substantiels, qu'il plaçait pour moi chez un financier de ses amis.

Je n'eus qu'une altercation avec le procureur, mais elle fut sérieuse.

Apprenant le geste généreux que j'avais eu envers la propriétaire de la pendulette, il me tança vertement, me disant qu'une générosité trop ostensible n'était pas de mise dans sa profession.

— On jette un grain de sable dans la machine, me dit-il, puis des pierres, et tout finit par se détraquer ! Ton geste était inconséquent et dangereux. Je devrais me séparer de toi, mais, compte tenu de tes bons services, je te garde. Tâche pourtant de ne pas abuser de ma patience. Ta maladresse me déçoit, mais ta générosité te sauve.

À quelques jours de là, en nous faisant servir une tasse de café par Barbe, il me demanda à brûle-pourpoint si j'étais encore puceau. Un peu choqué je lui en fis l'aveu. Il décréta qu'à mon âge, et robuste comme je l'étais, ma santé pourrait en pâtir si je compensais ce manque par des épanchements solitaires trop fréquents.

— Mon garçon, me dit-il, il faut remédier à cela. Samedi prochain, tu me suivras chez une dame de mes amies. Elle te connaît par ouï-dire et sera ravie de faire ta connaissance.

Je faillis laisser tomber ma tasse mais, jugeant difficile de repousser cette attention, je donnai mon accord. Il s'écria :

— À la bonne heure !

Puis, à voix basse :

— Il va sans dire que tu seras mon invité. Pour te rassurer, j'ajoute que cette dame n'est pas une catin...

Une catin, Mme Claude de Beaumont ? Malgré l'aimable liberté de ses mœurs, elle n'en avait, Dieu merci, ni l'allure ni le langage.

Elle habitait, sous la colline de l'évêché, non loin du vieux pont, une demeure ancienne, à porte cochère et fenêtres à meneaux, de modestes dimensions mais de belle apparence avec, sur la façade, une floraison de rosiers grimpants. Sa taille, un peu forte à mon goût (« grasse », disait mon maître avec un air de délectation), était compensée par un visage agréable malgré les mouches qui cachaient quelques boutons disgracieux.

Notre premier entretien à trois porta sur ce que mon maître appelait ma « carrière », comme si cette perspective lui paraissait de première importance. Mme de Beaumont nous servit du chocolat, joua de son éventail avec grâce en m'effleurant la joue, se moqua gentiment de ma réserve.

Je compris que mon heure était venue lorsque M. de La Bussière, prétextant un autre rendez-vous, nous laissa en tête à tête.

Appelée à l'assaut d'un pucelage, Mme de Beaumont m'épargna les conseils que l'on donne aux vierges le soir de leurs noces. Du fait que les conditions du sacrifice avaient été convenues, tout préambule verbal était superflu. Elle me demanda de l'appeler Claude, afin de donner plus de familiarité à nos rapports.

Elle me prit par la main pour me conduire à sa chambre. Cette pièce semblait faite pour l'amour plus que pour le sommeil, avec, au-dessus du lit, la copie d'un nu de Rubens qui lui ressemblait et, sur la commode, un bouquet de lilas de son jardin. Par la fenêtre ouverte sur la rivière nous parvenaient, de l'autre rive, les rumeurs du port du Naveix. Elle me dit, sur le ton d'un médecin s'adressant à son patient :

— Tu vas me laisser faire. Tout se passera bien, tu verras. Nous avons tout notre temps.

Le souffle court, le rouge aux joues, je la laissai opérer avec autant de plaisir qu'elle semblait en prendre elle-même. Flattée des bonnes dispositions que je manifestais, elle éclata de rire.

— Eh ! voyez ce petit coq. Le brigand attend sa provende !

Je me libérai de mon désir entre ses mains, avant même qu'elle m'eût fait allonger sur son lit. Cette entrée en matière un peu hâtive ne parut pas la décevoir. Elle se dévêtit à son tour, me jeta en riant sa lingerie intime au visage et s'allongea près de moi après avoir tiré les rideaux sur la chaleur de mai. La déception, c'est en moi qu'elle se manifestait, avec un sentiment de honte pour mon incontinence.

À la tenir nue entre mes bras, fraîche et palpitante, il me fallut moins d'une heure pour sentir une nouvelle onde de désir me submerger. Elle me convia à une exploration minutieuse de ses trésors. Je m'y livrai avec une telle application qu'elle me supplia de ne pas attendre pour lui donner le plaisir qu'elle attendait.

Au cours du souper, nous bavardâmes sur un ton familier. J'appris qu'elle était la fille d'un riche bourgeois, que, chaque semaine, elle tenait table ouverte pour des écrivains et des artistes, et qu'elle serait heureuse de m'y convier. Nous jouâmes au cours de ce repas de nos mains et de nos jambes, si bien qu'elle me proposa de finir la nuit en sa compagnie, ce que je me gardai bien de refuser, car, autant qu'elle et plus peut-être, je souhaitais ne pas en rester là.

Claude de Beaumont obtint sans difficultés de

mon maître la permission pour moi d'assister à ses repas, qui réunissaient tout ce que Limoges compte de beaux esprits. Elle s'attachait à faire mentir Molière qui, dans sa comédie *Monsieur de Pourceaugnac*, brocarde la noblesse de province. On déclamait des poèmes de Ronsard et de Dorat, on lisait des romans, on jouait parfois des scènes de comédie, souvent lestes, on écoutait l'organiste de Saint-Michel-des-Lions jouer à l'épinette un air de Lulli.

Mes relations avec Claude de Beaumont auraient pu perdurer sans une maladresse insigne de mon maître.

Il avait ses « jours » et j'avais les miens, qui occupaient mes dimanches. Cet accommodement convenu nous allait fort bien. Il arrivait, d'ailleurs, qu'il m'accompagnât, simplement pour partager notre collation. Il prenait congé par un baise-main et nous laissait à nos ébats.

Un soir, nous étions occupés à notre exercice favori quand un bruit venu du salon me fit dresser l'oreille. Je bondis en costume d'Adam et trouvai M. de La Bussière allongé, sans connaissance, près d'un escabeau renversé sous l'imposte de la porte donnant sur la chambre. Claude lui fit respirer du vinaigre. Revenu à lui, il balbutia :

— Pardonnez-moi, mes enfants... Je revenais chercher la tabatière que j'avais oubliée...

Je répondis ironiquement :

— Mais aussi, monsieur, quelle idée de l'avoir placée si haut !

Pour éviter de justifier son indiscrétion, il fit mine d'avoir une nouvelle défaillance. J'attirai Claude dans la chambre et lui fis une scène, lui reprochant d'être complice de son vieil amant et d'en tirer profit. À travers une crise de larmes, elle convint du bien-fondé de la première accusation mais réfuta la seconde, pour me convaincre que la licence n'est pas forcément associée au lucre.

À la suite de cet incident, mes rapports avec M. de La Bussière se dégradèrent, au point que, renonçant à m'appeler « son fils », comme il était accoutumé de le faire, il me donna du « monsieur ». Il aurait pu chasser de son cabinet un témoin porteur d'un secret déshonorant, mais il s'en garda, crainte, sans doute, que je ne l'ébruite ou n'en tire avantage. Notre travail n'en souffrit pas.

L'abbé Jean Dupuy, curé en la paroisse de Saint-Martial, conjuguait auprès de mon maître un rôle de précepteur avec celui de confident et de confesseur.

Passé la quarantaine, il avait renoncé à répandre la bonne parole auprès des jeunes paysans, et me parlait avec un sentiment de nostalgie de cette mission qui l'obligeait à rejoindre ses ouailles lors des grands travaux de la campagne.

— Parfois, me disait-il, je retroussais mes manches pour aider aux fenaisons ou aux moissons. Le Seigneur m'a retiré cette grâce, après ma chute d'une charrette de vendanges.

Il n'avait rien perdu de sa faconde généreuse. Renonçant à m'inculquer les règles de l'arithmétique et de la géométrie, des disciplines qui me laissaient de marbre, il m'avait redonné le goût de la poésie latine.

Hormis celles que je vouais à ma maîtresse, les heures qu'il me consacrait restent dans ma mémoire comme les plus agréables de mon séjour à Limoges. Je lui savais gré de ne pas montrer de rigueur pour l'indifférence que je témoignais à la religion. Il était persuadé que les aléas de l'existence m'inciteraient à la pratique ou du moins à l'esprit. Mon ami Guillaume et moi, sur les bancs du collège, persistions à ne voir dans l'histoire sainte qu'un recueil de légendes.

Le jour de mes dix-huit ans, mon maître décida que les lumières de l'abbé Dupuy étaient désormais superflues. Exit le précepteur, l'abbé demeura fidèle à une amitié réciproque. Je lui rendais visite au presbytère, partageais avec lui de longues promenades le long de la Vienne. Nous avions des controverses animées concernant nos lectures : il défendait *L'Imitation de Jésus-Christ* et moi les œuvres profanes de Tristan L'Hermite.

Un soir d'octobre, alors que nous revenions de dîner d'un poisson dans une auberge du port du Naveix, je lui révélai, avec un gravier d'émotion dans la gorge, que cette promenade serait la dernière.

— J'ai décidé, lui dis-je, de quitter mon emploi. Il ne me convient pas, et nous avons de plus en plus souvent, mon maître et moi, des bisbilles qui risquent de dégénérer en hostilité. Je me dit que mieux vaut trancher dans le vif. D'ici quelques semaines je serai à Paris.

La surprise lui arracha un hoquet.

— À Paris ? Mais pour y faire quoi ? Quelqu'un t'y attend ?

— Oui : un ami. Je serai en de bonnes mains.

Il murmura :

— Sans toi, Étienne, la vie...

Je posai ma main sur la sienne pour le rassurer.

— Sans moi, l'abbé, vous vivrez comme avant, et je vous donnerai de mes nouvelles.

Il voulut me faire promettre d'adopter une attitude moins réservée quant à la foi, d'observer une conduite morale qui lui fît honneur, d'éviter les pièges de la grande ville, où il n'avait jamais posé ses semelles.

— Allons ! lui répondis-je. À vous entendre, on dirait que je m'embarque pour la Chine. Je suis raisonnable, et tout ce que j'ai appris de vous me permettra de l'être davantage.

Nous gravîmes en nous tenant par le bras le perron menant au presbytère et nous embrassâmes avec des larmes. L'abbé Jean était mon seul ami, et j'allais m'en séparer à jamais.

Lorsque j'annonçai à M. de La Bussière mon intention d'abandonner mon poste, l'atmosphère tourna à l'orage. Il prit appui sur les accoudoirs pour s'extraire de son siège, et, après m'avoir fait répéter mes propos, me traita d'ingrat, frappa du poing sur la table et, à petits gestes nerveux, se bourra les narines de tabac.

— Pourquoi cette décision brutale ? me dit-il à travers une salve d'éternuements. Qu'as-tu à me reprocher ? Ne t'ai-je pas traité comme un père ?

Je lui révélai d'un ton calme les raisons de mon départ, lui parlai de Guillaume Dubois, qui m'attendait à Paris et m'aiderait à me faire une place dans la société. Il se laissa retomber dans son fauteuil avec un soupir.

J'ai gardé en mémoire les termes de la lettre de Guillaume qui a changé le cours de mon destin. Il avait écrit :

Je ne puis te laisser macérer plus longtemps dans cette province, où l'ambition est sujette à la méfiance et l'esprit d'entreprise à l'échec. Viens me rejoindre. Je ne vis pas dans le luxe, mais je pourrai t'héberger, t'aider à subsister et à te pousser dans la bonne société. J'attends ta réponse...

Elle ne tarda guère ; je lui donnai mon accord dès le lendemain.

Pour mon départ dans la vie active, je n'avais pas sa chance. Les bonnes fées qui s'étaient penchées sur son berceau avaient négligé le mien. On parlait déjà à son propos d'une belle ascension sociale. Sa réussite exceptionnelle au collège avait attiré sur lui l'attention de M. de Pompadour, un des bienfaiteurs de l'établissement. Après avoir passé quelques mois à concocter et à livrer mixtures et tisanes, Guillaume avait pris la route de Paris avec seulement deux écus dans la poche mais la promesse d'une bourse, qui lui permettrait de poursuivre ses études.

Deux ans auparavant, en même temps que sa première communion, il recevait la tonsure des mains de l'évêque de Limoges. Les frères eussent aimé qu'il s'engageât dans la carrière ecclésiastique, mais il se montrait réservé quant à la foi et son ambition naturelle l'entraînait vers d'autres horizons. Être abbé ? Oui : cela pouvait être utile. Prêtre ? non : cette décision l'eût engagé dans une voie sans retour.

Il m'écrivait une fois ou deux par mois du collège Saint-Michel, me faisait part de ses progrès en philosophie, en latin, en grec, me contait ses facéties, qui le faisaient suspecter de diablerie par ses vieux maîtres, et se plaignait d'être fouetté. Menacé de renvoi, il avait été épargné en raison de ses notes et de la sympathie que lui témoignait le proviseur, M. Faure, vicaire général de l'archevêque de Reims, qui avait ses entrées à Versailles.

Sans rompre avec M. Faure, il avait émigré du collège Saint-Michel, dont l'enseignement ne lui convenait plus, à celui de Navarre, afin d'approfondir ses connaissances en philosophie. Il y travaillait avec un sérieux exemplaire, qui n'avait pas tardé à attirer l'attention sur lui, malgré son manque d'assiduité aux exercices de la foi.

Peu à peu, autour de ce fils d'un obscur apothicaire de province, se tissait un réseau protecteur, qui allait donner du large à ses ambitions. Devenu, au sortir de Navarre, secrétaire de M. Faure, il se trouvait de plain-pied avec le chemin qui mène à Versailles, où le vicaire général ne se faisait pas faute de le conduire.

Ses lettres, souvent de simples billets rédigés sur un coin de table d'auberge, avec des taches de vin ou de graillon, témoignaient d'une inébranlable confiance en lui. Dans la lettre qui provoqua ma rupture avec le procureur, il me révélait une nouvelle étape de sa carrière : une grande famille proche du roi lui avait proposé le poste de précepteur d'un jeune prince.

Ce qui me différenciait de Guillaume sans m'en éloigner était, de sa part, une ambition à fleur de peau et, de la mienne, une tendance à laisser les événements suivre leur cours. Il menait sa barque, un œil sur les écueils, un autre sur son étoile ; je laissais le courant m'emporter où il voulait...

S'il m'invitait à le rejoindre dans la capitale ce n'était pas pour abandonner aux dangers de la rue le Pourceaugnac sans la particule que j'étais. Il m'hébergerait dans un premier temps, et, si je montrais de bonnes dispositions, me trouverait un emploi susceptible de me faire oublier celui de saute-ruisseau. Comme on dit en termes de marine, je ne partais pas sans biscuit.

Avant de prendre la diligence pour Paris, mon premier soin fut de prévenir ma famille. Mon père me répondit par une longue suite de conseils, lui qui n'avait jamais quitté sa ville natale et ne connaissait de la vie que sa maison, son atelier et son jardin.

M. de La Bussière regimba lorsque je lui réclamai le reliquat de mes émoluments et le montant des pourboires, que je lui avais confiés pour les faire fructifier. Comme il atermoyait, je décidai de passer outre à ses réticences et de me servir. Une nuit, je fis main basse sur le magot abrité dans son coffre, en laissant un billet pour solde de tout compte, avec la menace, au cas où il entamerait une poursuite, de révéler certaines malversations dont je détenais les preuves.

Je passai ma dernière nuit en compagnie de Claude de Beaumont, à des ébats auxquels l'annonce de mon départ donnait un goût d'amertume. Elle me fit promettre de lui donner des nouvelles. Je le lui promis, mais mon intention était d'oublier au plus vite mon initiatrice.

En sortant de la diligence, je m'attendais à trouver l'abbé Guillaume Dubois revêtu de son habit religieux. Il portait une tenue de ville modeste mais seyante : le « riding-coat » depuis peu à la mode, un gilet prune aux boutons de verre violet, des culottes de même couleur et un tricorne. Il avait toujours son allure de gringalet maigrichon et nerveux, son visage creusé aux joues et son sourire crispé.

Il avait élu domicile dans le quartier de Bièvre, rue du Bon-Puits, entre la porte Saint-Victor et le collège de Navarre. Son logement, un peu sombre et d'une seule pièce, donnait par une unique fenêtre sur le couvent des Bernardines, avec au loin un petit triangle de Seine au niveau de la Tournelle et de l'île Saint-Louis couverte de chantiers de construction.

Il m'informa qu'il occupait ce modeste logis à titre précaire. Ses nouvelles fonctions de précepteur du jeune duc de Chartres, Philippe, fils du duc d'Orléans, frère du roi, lui imposeraient de résider au Palais-Royal, sur l'autre rive du fleuve.

Je m'installai tant bien que mal en creusant dans un fatras de livres et de paperasses. En guise de lit, je me contentai d'un grabat, avec les œuvres de Démosthène pour oreiller.

— C'est tout ce que j'ai à t'offrir, me dit-il. Tu seras moins à l'aise que sous les courtines de Mme de Beaumont, mais il faudra t'en contenter en attendant mieux. Ne t'inquiète pas pour moi : ce fauteuil me conviendra. Je travaille tard dans la nuit et je dors peu.

Je dormis quant à moi longtemps et fort bien. Le salut matinal des Bernardines m'éveilla. Sur la table de travail de Guillaume, déjà parti pour je ne sais où, je trouvai, au milieu de liasses couvertes de son écriture acérée, un cruchon de lait, du pain et du fromage.

En attendant son retour, j'allai flâner le long de la Bièvre, un ruisseau aux eaux brunâtres bordé d'ateliers de rouisseurs et de tanneurs qui en avaient fait un cloaque, et poussai jusqu'à la Seine, où le trafic de la batellerie me rappelait le port du Naveix.

Revenu en fin de matinée, Guillaume me dit, en débouchant une bouteille de chablis :

— Étienne, je me suis occupé de toi ce matin. Sans vouloir te donner de vains espoirs, je pense avoir trouvé de quoi t'occuper. Tu pourrais même débuter la semaine prochaine. En attendant, quartier libre ! Visite Paris, mais prends tes précautions : tu risques d'être soulagé de ta bourse et de ta montre.

Il me montra un plan de la ville où figuraient les monuments que je pourrais visiter, les cabarets et les auberges et, marqués en rouge, quelques bordels, où il était, me dit-il, « connu comme le loup blanc ». Je lui confiai ma modeste fortune, qu'il plaça dans un coffre dissimulé dans une malle dont il me confia la clé.

Au cours du dîner, il me parla de ses nouvelles fonctions, de l'ambiance qui régnait au Palais-Royal, de la santé du roi et de la situation du royaume. J'en trouverais les détails dans les gazettes entassées contre les murs jusqu'à mi-corps.

Passionné par la politique, il m'apprit que le traité de Nimègue, qui venait d'être signé, mettait un terme à sept ans de conflit dans les plaines du Nord, entre la France et une coalition européenne. Notre pays s'en tirait à bon compte, mais au prix de sacrifices, qui l'avaient conduit au seuil de la misère. Le Roi-Soleil était à son zénith. Entouré de ses officiers et de ses favorites, il avait fait bonne figure dans les batailles et avait senti à plusieurs reprises les balles frôler ses boucles et ses dentelles.

De retour à Versailles, il avait été confronté à ce qu'on appelait l'affaire des Poisons. Elle avait conduit des femmes au bûcher et jeté le trouble dans l'opinion. Une célèbre empoisonneuse, la Voisin, laissait soupçonner une complicité entre elle et la favorite de Sa Majesté, Mme de Montespan.

Les champs de bataille du Nord abandonnés, la religion en ouvrait de nouveaux, moins sanglants, le régime ayant à lutter contre les jansénistes, partisans d'une réforme des mœurs de l'Église romaine, et les huguenots, qui relevaient la tête.

On s'apprêtait, à la Cour, à célébrer les mariages du dauphin Louis avec la princesse de Bavière, Anne-Marie, du prince de Conti avec Mlle de Blois, bâtarde de la duchesse de La Vallière, de Marie-Louise d'Orléans avec le roi d'Espagne, Charles III, que l'on disait stupide et contrefait... La paix engendrait cette prolifération d'unions princières. Toute l'Europe en frémissait.

Veuve de l'écrivain satirique Paul Scarron, Françoise d'Aubigné, à laquelle les pythies prédisaient une carrière royale, venait d'entrer à la Cour comme dame d'atour de la dauphine. On avait vu paraître à Versailles une oiselle de province couverte d'un duvet d'innocence, Mlle de Fontanges, que l'on disait « belle comme un ange mais sotte comme un panier ». L'ogre royal n'allait en faire qu'une bouchée.

Mme de La Fayette venait de publier un roman, qui allait provoquer un scandale : *La Princesse de Clèves*. Une nouveauté : les noms des personnages ne devaient rien à Athènes et à Rome.

Féru de mœurs et de politique, Guillaume m'en révéla plus en une semaine que je n'en aurais appris durant des mois par les livres et les gazettes. J'admirais la clarté de ses analyses, ses portraits sans complaisance des personnages de la Cour et de la ville. Il s'exprimait avec une volubilité qui le faisait bouler sur les mots et bégayer en s'énervant, ce qui donnait parfois du flou à ses propos.

Une semaine après mon arrivée, il m'annonça avec un air de triomphe que mon attente allait prendre fin. J'allais devoir me présenter au Temple, possession des chevaliers de Saint-Jean de Jérusalem et résidence du grand prieur, Philippe de Vendôme, héritier des Templiers qui s'étaient battus aux Croisades avant de finir sur le bûcher. J'entrerais dans cette vénérable demeure avec le titre de secrétaire du grand prieur et de son frère, le duc Louis-Joseph.

— Je ne te cache pas, me dit-il, que leurs affaires vont comme elles peuvent, c'est-à-dire mal. Ils se sont séparés d'un secrétaire qui les plumait et n'ont accepté de te prendre à leur service qu'en raison des attestations sur parole que je leur ai fournies. Tu auras de bons gages et une certaine liberté. En revanche, il faudra que tu leur donnes la réplique à table : ce sont les plus grands mangeurs et les plus fameux buveurs de Paris... Tu entreras dans l'intimité de Bacchus et de Comus...

Mes promenades m'avaient conduit dans le quartier du Temple, dominé par la lourde silhouette du donjon. Isolé par une enceinte de remparts mais ouvert en permanence à tout venant, cet enclos se situait à l'extrémité orientale de Paris, en deçà des anciennes fortifications du roi Charles V. J'avais été impressionné par la dimension des bâtiments, qui, jadis, avaient servi de prison.

— Tu seras surpris, me dit Guillaume, de ce que tu vas trouver là. L'enclos du Temple est une manière de petite république, avec son gouvernement : celui du grand prieur, sa juridiction : celle de l'Ordre, ses coutumes et ses mœurs.

Il me parla du duc Louis-Joseph, qui revenait des Pays-Bas avec quelques blessures et le grade de maréchal de camp, après une campagne menée avec son frère, dont il se séparait rarement. Pour l'heure, il se reposait de ses beuveries par une cure de lait dans son château d'Anet, jadis domaine de Diane de Poitiers.

— Ne t'attends pas, me dit-il, à découvrir en eux

ces images de chevaliers qu'on trouve dans les livres. Ce sont des rustres et des sacs à vin. Courageux sur les champs de bataille et invincibles à table. Pour ce qui est des bonnes manières, tu seras déçu.

Je n'étais pas au bout de mes surprises...

2

Le Temple des petits bonheurs

À quelque temps de là, ce n'est pas dans l'enclos du Temple que je fus présenté au duc de Vendôme, l'un de mes deux nouveaux maîtres, mais dans sa résidence ordinaire de la rue Saint-Honoré, à proximité du couvent des Feuillants et de la terrasse des Tuileries. Six tourelles donnent à ce castel aux formes massives une allure martiale usurpée. Construit au siècle passé, il semblait alors rejeté hors du temps depuis un millénaire, avec sa façade lépreuse, ses fenêtres qui pendaient sur leurs gongs et son jardin à l'abandon.

Guillaume m'avait donné à lire un discours des *Dames galantes*, de Brantôme, où il était question de cette bâtisse. Ce texte donne une idée de la paillardise des temps.

Durant les guerres de Religion, la propriétaire du castelet avait accompagné à Issoire son amant, le marquis d'Allègre. Prise à partie par une bande de huguenots, jetée à bas de son cheval, robe retroussée, elle avait laissé paraître « une toison velue, entortillée avec des cordons et des rubans de soie cramoisie ou autres couleurs, frisottés comme des frisons de perruque ».

Guillaume m'accompagna pour cette première visite. Je constatai que l'intérieur était à l'avenant : mobilier vétuste, tapisseries à demi arrachées, tableaux inclinés, un air de noblesse décatie. En attendant que M. le duc eût terminé sa sieste, un vieux majordome nous fit patienter dans l'antichambre, en compagnie d'un marchand de chandelles et d'une dame replète qui s'éventait nerveusement.

En dépit des protestations de la dame, nous passâmes avant notre tour. Mon ami me laissa à mon nouveau maître, avec, en guise d'encouragement, une tape sur l'épaule.

M. de Vendôme était encore en négligé, sa chemise dépoitraillée sur une toison d'ours des Carpates, dont il avait l'apparence, sa vieille robe de chambre effrangée enveloppant à demi un ventre débordant sur ses cuisses en plis épais. Le visage lacéré de balafres était d'une laideur fascinante : boursouflé, couleur de brique, un regard encore embué de sommeil peinant à filtrer sous les paupières, une chevelure clairsemée malgré son âge – il n'avait pas trente ans.

Il bâilla et soupira :

— Étienne... Étienne Maillard... Tu viens du Bas-Limousin à ce que m'a dit l'abbé ? Terre de bonne noblesse : Turenne... Noailles... Ayen... Ségur...

Il me demanda de m'asseoir, comme si nous étions de vieilles connaissances, et commanda à son maître d'hôtel une bouteille de sancerre pour lui et, pour moi, sans me demander mon avis, un café. Je n'eus pas de peine à deviner que, si ma présence ne lui était pas importune – il avait lui-même fixé ce rendez-vous – cette entrevue serait brève. Il prisa d'abondance, me proposa sa tabatière, que je repoussai. Guillaume m'avait dit à ce propos que ses serviteurs et ceux de son frère arrondissaient leurs gages avec la poudre de tabac qu'ils récoltaient sur les vêtements de leurs maîtres. Il me lança avec un gros rire, en levant son verre :

— À la tienne, Étienne !

« Voilà, me dis-je, qui annonce une familiarité de bon aloi. » Il ajouta :

— Tu ne seras pas malheureux chez moi et chez mon frère. Le travail ne te fera pas défaut, mais je crois que tu as les qualités requises pour le mener à bien. Le secrétaire malhonnête qui t'a précédé avait un grave défaut : l'insolence. Je ne la tolère que pratiquée avec esprit. Ce n'était pas le cas. J'ai renvoyé ce butor avec la pointe de ma botte au bas des reins.

Il m'annonça que je logerais dans une tour du Temple, où se trouvait la plus grande part des documents. Un étage serait affecté à ma chambre et à mon cabinet de travail. Je serais en contact permanent avec son frère. Pour la correspondance banale, je devrais apprendre à imiter sa signature. Il fit mine de calculer mentalement le montant de mes gages et lâcha un chiffre qui m'éblouit.

— Tu pourras t'installer quand il te plaira, ajouta-t-il en me donnant congé. Je te rendrai visite dans quelques jours afin de te mettre au courant.

Guillaume n'avait pas exagéré en me présentant l'enclos du Temple comme une petite république indépendante.

Le grand prieur faisait respecter la loi, les coutumes, et rendait la justice dans ce sanctuaire inviolable. Des débiteurs poursuivis pour dettes y trouvaient refuge. Pour recevoir leurs créanciers, ils se tenaient sous le porche d'entrée, en évitant de mettre un quart de semelle dehors. Négociants et hommes d'affaires banqueroutiers y avaient ouvert boutique pour une clientèle venue de l'extérieur. La juridiction de ce petit monde à l'écart de la capitale n'avait rien à envier à celle du royaume : il disposait d'un bailli de justice, d'un procureur fiscal et de son substitut, d'un greffier et de deux huissiers.

La perspective de loger dans une des tours flanquant le donjon n'avait rien pour me réjouir, mais j'eus une heureuse surprise. De dimensions réduites, la tour, édifiée, semblait-il, pour servir d'observatoire, se prolongeait d'une antichambre, d'une chambre et d'un cabinet doté d'une bibliothèque de quelques centaines de volumes. En revanche, le mobilier était des plus sommaires.

— Qu'à cela ne tienne ! me dit Guillaume, qui accompagnait cette inspection. Tu trouveras dans l'enclos des boutiques, qui te fourniront le nécessaire et le superflu. Je t'aiderai en cas de besoin.

Je suivis son conseil, si bien que, le jour où monseigneur vint me rendre visite, il resta ébahi du changement. Il était accompagné du marquis Charles-Auguste de La Fare, qui revenait d'une guerre contre les Turcs, aux marches de l'Empire, de Mme de La Sablière, une de ses maîtresses, de l'abbé Guillaume de Chaulieu, un médiocre poète qu'on appelait l'Anacréon du Temple, et du maître des lieux, le grand prieur, sorte de Jean des Entomeures, qui ressemblait au duc comme son frère jumeau.

Ce beau monde inspecta mon domaine et me félicita de l'ordre qui y régnait et du mobilier dont je l'avais pourvu sans lésiner sur la dépense.

— C'est beaucoup d'honneurs que vous me faites, monseigneur, dis-je avec une courbette. Je m'efforcerai de mériter votre confiance.

Je surpris un échange de regards et de sourires narquois.

M. le duc me donna quelques consignes sommaires : il ne pouvait s'attarder, son carrosse l'attendant pour un souper à Versailles.

— Je ne veux pas faire attendre le roi, me dit-il. Sa Majesté estime que je suis trop souvent absent à ses fêtes. J'avoue que je me plais davantage à Paris qu'au palais. Ces bals, ces mômeries, ces repas interminables, le chien crotté que je suis n'y est pas à son aise. Ces propos te choquent ? Il faudra t'y habituer. J'ai pour coutume de dire ce que je pense, et pas par périphrases comme notre poète, l'abbé de Chaulieu.

— Monseigneur, lui dis-je, j'ai préparé quelques papiers à signer. Il s'agit d'affaires urgentes, et...

— Il n'y a rien, pour l'heure, de plus urgent que le souper du roi. S'il s'agit d'un courrier de dames, réponds toi-même, en imitant mon écriture. Ça te sera facile : j'écris comme un sagouin. Dis-leur que je les aime et que je leur donnerai bientôt signe de vie. Et puis, sacrebleu ! écris-leur ce qui te passera par la tête. Tu sais parler aux femmes, je suppose ?

Cette façon cavalière de traiter sa correspondance me laissait pantois et dans la crainte, en obéissant à ces consignes, de faire un faux pas. Finalement, cet exercice m'amusa. Pour le courrier sérieux, les dettes les plus criantes à honorer, je consultais le duc ou son frère.

Mon séjour chez M. de La Bussière m'avait appris à manier les documents administratifs et à employer les termes qui convenaient. Je ne craignais de me fourvoyer que dans mes réponses aux billets des dames de la Cour, duchesses et marquises, qui réclamaient la présence de monseigneur pour un souper ou une nuit. Là encore les connaissances du grand prieur m'étaient utiles : il connaissait sur le bout du doigt le répertoire galant de son frère, qu'il ne se faisait pas scrupule de partager avec lui.

Il s'était créé, autour des frères de Vendôme, une sorte de phalanstère de viveurs qui rappelait l'abbaye de Thélème de Rabelais, où chacun est livré à sa propre fantaisie.

Ils se retrouvaient pour des repas bachiques suivis de saturnales. Une des salles du Temple était consacrée à ces festins. On y passait des nuits à bâfrer, à vider force bouteilles, à déclamer des poèmes licencieux, à entonner des chansons à boire...

Quelques mois après mon installation, le grand prieur vint me rendre visite, accompagné d'un grand personnage, le duc Philippe d'Orléans, frère du roi. Il recherchait une traduction récente des *Épigrammes* de Martial. Cet ouvrage figurant dans la bibliothèque, je n'eus aucun mal à le retrouver.

La présence de Monsieur suscita en moi un malaise. Ce personnage efféminé, monté sur des cothurnes compensant sa taille médiocre, volubile, sujet à des accès de gaieté pareils à des gloussements, était marié à son contraire : la princesse Charlotte-Élisabeth de Bavière, princesse Palatine, que l'on appelait familièrement Liselotte, créature vulgaire, hommasse, médisante envers beaucoup, généreuse pour d'autres.

Monsieur était accompagné d'un garçon de moins de dix ans, qui s'accrochait à sa ceinture comme pour résister à un coup de vent. Il portait le même prénom que son père et avait depuis peu Guillaume pour précepteur.

Lorsque mes visiteurs se furent retirés, je vis reparaître le grand prieur, hilare.

— Eh bien, mon garçon, me dit-il, tu viens de

faire une conquête. Monsieur n'a pas tari de compliments sur ton compte. Prends garde à toi lorsqu'il te rapportera le livre, et surveille tes arrières. Monsieur est de la jaquette. On l'appelle le Roi de Sodome...

J'appris par la suite que le grand prieur et son frère étaient eux-mêmes des adeptes de ces pratiques contre nature et ne s'en cachaient pas.

Comblé au-delà de mes espérances, je ne trouvais pas de mots pour remercier Guillaume. Hors de l'agitation de la capitale, l'enclos, avec ses places, ses boutiques, ses jardins, était un lieu privilégié, sans être un désert. À l'exception d'auberges mal famées, de tripots et de bordels, on y trouvait le nécessaire pour vivre convenablement.

Un jour pluvieux de mars, après une promenade dans les potagers – la culture du Temple – je me sentis pris de frissons et m'alitai avec une légère fièvre. Le lendemain, je demandai à une servante du grand prieur de prévenir de mon état maître Jules Ménage, apothicaire et médecin, qui tenait boutique à quelques pas du donjon. Occupé à ses préparations, il me délégua sa fille, Isabelle, une brunette vive comme un pinson, qui allait d'un pas léger vers ses dix-huit ans.

Elle posa sa main sur mon front, écouta le souffle rauque qui grondait dans ma poitrine, prit mon pouls et conclut à un refroidissement qui pourrait se tourner en bronchite. Elle m'apporterait la tisane appropriée et m'administrerait un clystère.

— Va pour la tisane, lui répondis-je. Quant au clystère, n'y comptez pas. La décence me l'interdit.

Elle éclata de rire derrière sa main.

— Vous plaisantez, monsieur Maillard ? La décence n'a rien à voir dans ce traitement. J'en administre trois à quatre chaque jour, et c'est bien la première fois que j'entends parler de « décence ». Sans le clystère, je ne réponds de rien. Vous me payez ma tisane et je disparais. Savez-vous qu'une bronchite négligée peut conduire au cimetière ?

Elle formula des réflexions obligeantes sur mon intérieur, s'extasia sur l'ordre et la propreté qui régnaient dans mon logis et observa les va-et-vient des passants sur la place.

— Nous sommes voisins, dit-elle. La boutique de mon père est juste en face. Nous pourrions nous faire des signes de la main. La fenêtre de ma chambre est au premier étage, à gauche, là où il y a un pot de fleurs et une cage à serins. Je vous vois parfois à la vôtre, en train de fumer votre pipe.

Elle revint une heure plus tard avec une sacoche de cuir dont elle sortit le clystère et un sachet, en chantonnant, comme pour un enfant malade :

— Une tisane pour M. Maillard... coquelicot... bourrache... tilleul... limon... À boire dans du vin chaud sucré... Je vais m'en occuper. En attendant, relevez votre chemise et préparez-vous à la torture !

— Épargnez-moi cela, dis-je. Une purgation devrait suffire.

— Pas de ces manières avec moi, monsieur Maillard ! Je me moque de voir votre cul.

Elle rabattit d'un geste autoritaire ma couverture et mon drap, me fit basculer sur le bord du lit, et, sans tenir compte de mes protestations indignées, opéra sans cesser de fredonner.

— Eh bien ! s'écria-t-elle joyeusement, voilà qui est fait. Sans vouloir vous flatter, vous avez des fesses de demoiselle.

Elle posa le pot de tisane à mon chevet, m'annonça qu'elle reviendrait avant la nuit m'en préparer une autre, et demanda à voir mon pot, qu'elle trouva sous le lit. Elle examina mon urine, la renifla et conclut que je n'étais pas encore mûr pour le cimetière.

— Décidément, soupirai-je, vous ne m'avez épargné aucune humiliation...

Je lui confiai un billet pour Guillaume, afin de le prévenir de ma maladie. Quand il arriva le lendemain, la mine inquiète, je le rassurai et lui racontai l'histoire du clystère.

— Cette Isabelle, dit-il, un joli brin de fille, ma foi... J'ai cru comprendre qu'elle te trouve à son goût. Tes fesses sont éloquentes...

— Je n'attends d'elle que de bons soins. C'est une gamine.

Il ne fut pas dupe de ma réserve, qu'il dut porter au crédit de la timidité. Ce sentiment ne m'abandonne qu'en présence des filles publiques, comme cette catin que Guillaume avait placée une nuit sur mon chemin et que j'allais visiter de temps à autre dans son galetas.

Je dus pourtant lui avouer que cette « gamine » ne me laissait pas indifférent, sur un autre plan que celui de la médecine. Elle avait les qualités que j'apprécie chez une femme : la fraîcheur, la force morale et l'esprit. Sans oser me déclarer, je lui fis une cour de dindon, l'embrassai à chacune de ses visites puis, un jour, alors que je venais de reprendre mes fonctions et que je craignais de ne plus la revoir qu'en de rares occasions, je lui dis que je l'aimais.

Mes rapports avec Isabelle duraient depuis un peu plus de deux ans, en toute sérénité, sans un soupçon de lassitude, quand un événement grave faillit y mettre un terme.

Maître Jules Ménage, son père, avait eu, quelques années auparavant, des démêlés avec la justice royale à propos de l'affaire des Poisons, à laquelle il jurait avoir été étranger. Plutôt que de risquer la prison et le bûcher, il avait préféré se réfugier dans l'enclos du Temple. Ainsi, à l'abri des poursuites, il était libre d'exercer son négoce avec l'aide de sa fille, mais sans son épouse, qui, effrayée par l'appareil judiciaire qui menaçait sa famille, avait disparu.

Cet homme dans la force de l'âge, sec et vigoureux, aux cheveux prématurément blanchis, avait rendez-vous, une fois par semaine, avec une fille du Marais, pour se persuader qu'il était encore un homme. Il prenait une double précaution : s'habiller en porteur d'eau et quitter l'enclos par une poterne donnant sur la rue Pastourelle.

S'il tentait d'oublier l'affaire qui avait failli lui coûter sa liberté et sa vie, ce n'était pas le cas du lieutenant de police, La Reynie, qui livrait aux complices de la Voisin une guerre sans merci.

Un jour, au lieu de la fille, il se trouva en présence

de deux sergents, qui le conduisirent au Châtelet. La nuit venue, ne le voyant pas reparaître, Isabelle s'affola, vint me confier son désarroi et m'informa qu'elle allait se mettre à la recherche du disparu. Je le lui déconseillai, cette démarche risquant de la faire passer pour complice.

Jugeant plus efficace et moins dangereux de faire intervenir le grand prieur, je lui rendis visite dans l'heure qui suivit. Il me reçut dans son chenil, à moitié ivre déjà et de mauvaise humeur, un des animaux de sa meute étant mort la nuit précédente. Il écouta ma requête, parut affligé de la disparition d'un de ses sujets dont il appréciait les qualités d'homme et de praticien, et me répondit en se grattant la barbe :

— Mon jeune ami, je ne suis pas au mieux avec La Reynie, ce butor qui aimerait bien lâcher ses limiers à mes trousses. Toute intervention de ma part serait vouée à l'échec. Mon frère vous donnerait la même réponse. Tout ce que je puis faire, c'est m'informer du sort de ce malheureux, mais je crains qu'on ne le revoie pas de longtemps...

Je rendis compte à Isabelle de l'insuccès de ma mission. Elle s'indigna :

— Ce grand pendard oublie un peu vite les services que mon père lui a rendus, les véroles dont il l'a guéri, ainsi que son frère. Que faire, Étienne ?

Ce qu'il fallait faire, je le savais : me rendre moi-même au Châtelet.

J'attendis deux heures dans l'antichambre du prévôt. Après m'avoir écouté, il me fit une réponse affligeante :

— Je puis vous rassurer sur le sort de maître Ménage. Nous lui avons administré la question préliminaire. Votre « protégé » est coriace : il a bien supporté cette épreuve, mais nous n'avons pas pu en tirer de révélations satisfaisantes. Cela viendra, j'en suis certain.

En tapotant avec sa plume le bord de la table, il me fit comprendre que ma démarche lui paraissait suspecte et que j'avais à me tenir à carreau. Je demandai à voir le prisonnier. Faveur refusée.

Lorsque je confiai mon embarras à Guillaume, il me conseilla de ne rien tenter de nouveau pour faire libérer maître Ménage.

— Dans ce genre d'affaires, me dit-il, il est prudent d'attendre. Cela peut prendre des semaines, des mois, des années peut-être. Serais-tu prince de sang royal, tes démarches seraient inutiles. Il y a deux pouvoirs dans ce pays : celui du roi et celui de la justice.

Il me parla de sa nouvelle condition. Après avoir exercé la charge de précepteur auprès des enfants du président de Gourgues, il était entré au service du duc d'Orléans pour assurer cette fonction, mais en second, auprès du prince Philippe, ce garçon que j'avais reçu avec son père dans ma bibliothèque. Il serait sous les ordres d'un gouverneur, M. de Vieuville, et du précepteur en titre, M. de Saint-Laurent.

— Je m'entends assez bien avec ces vieilles perruques, m'assura-t-il, mais surtout avec Philippe. Il est vrai que je n'ai que seize ans de plus que lui. C'est un garçon intelligent, très doué pour l'étude mais paresseux. Si je mène bien ma barque, j'aurai bientôt mes entrées à Versailles.

Je retrouvais en lui, sans surprise, cette ambition qui le titillait déjà dans sa jeunesse, le poussait à s'arroger les premières places de notre classe et à occuper le sommet dans la hiérarchie de notre bande.

Je l'aidai à déménager puis à réemménager au

Palais-Royal, où il allait résider. Il passait sans transition d'un galetas de petit commis à un logement princier.

Quelques mois plus tard, au cours de l'été de l'année 1683, je le trouvai changé dans sa tenue comme dans son comportement. Il jouait les gentilshommes avec une aisance surprenante, portait tricorne à plume, canne à rubans et escarpins à cabochon de cristal, prenait des libertés de ton et de vocabulaire avec Monsieur et les membres de cette illustre famille, mais gardait une distance respectueuse avec Madame, la princesse Palatine, Liselotte, qui avait commencé par le détester mais avait fini par apprécier ses qualités.

Monsieur professait pour son fils Philippe une sorte d'adoration, comme s'il lui avait été accordé par volonté divine. On m'a raconté que, désirant à tout prix cet héritier et jugeant utile l'aide du Seigneur, il s'entourait les génitoires de médailles saintes lorsqu'il rendait une visite galante à son épouse. Lorsqu'il lui avait communiqué le mal de Naples, elle l'avait roué de coups et chassé de son lit.

La lettre que Madame envoya à une correspondante étrangère pour lui annoncer la naissance de son premier enfant, Alexandre, donne une idée de son style inimitable :

Mon petit est énormément grand et fort... Il ressemble plus à un Westphalien qu'à un Français. Tout le monde dit qu'il me ressemble. Vous devez penser dès lors que ce n'est pas précisément un très beau garçon. Il a une figure d'ours-chat-singe et ses oreilles puent comme du fromage trop frais... Une fois cet œuf pondu, j'aurais aimé vous l'envoyer par la poste à Osnabrück, car, en ce pays, nul enfant n'est en sécurité. Déjà les docteurs ont envoyé dans l'autre monde cinq des enfants de la reine...

Quelques mois plus tard Dieu rappelait à lui cette étrange créature.

Il se passa des mois avant qu'en l'absence de Monsieur, parti pour la guerre de Hollande, Madame n'accouchât d'un nouveau garçon, baptisé Philippe, qu'elle décida d'élever à l'allemande, sans recourir aux soins suspects des médicastres. Titré duc de Chartres, l'enfant serait appelé à assurer la pérennité de la dynastie.

— La vie que je mène au Palais-Royal, me confia Guillaume, n'est pas toujours agréable. Imagine un peu ! Les deux filles que Monsieur a eues de sa première femme, Élisabeth d'Angleterre, mon élève Philippe, plus quelques bâtards... Cette tribu toujours sur le pied de guerre bat du tambour, sonne de la trompette, prend d'assaut ma table comme une citadelle ! Il convient que je fasse bonne figure, que je participe à ces mômeries, moi qui ai les enfants en horreur...

Lorsque je rencontrai de nouveau Monsieur, de retour de la guerre, en son château de Saint-Cloud, il cuvait comme une mauvaise ivresse la disgrâce royale dont il venait d'être victime. À quarante ans passés, il avait l'allure d'une duègne costumée en marquis et grimée comme une comédienne, à porter des cornettes et des boucles d'oreilles, à passer chaque jour une heure devant son miroir à arracher ses poils follets et à compter ses premières rides.

Guillaume m'apprit que son frère le roi, jaloux de ses exploits durant le siège de Cassel, lui avait témoigné de la froideur, sinon de l'hostilité, ce qui eût été le comble de l'ingratitude.

Après la mort de son épouse, l'Espagnole Marie-Thérèse, le roi rompant avec sa favorite, la Montespan, décida d'épouser en secret la veuve Scarron, Mme de Maintenon. Ce fut un beau tollé. Ce mariage morganatique, un secret ? Oui, comme celui de Polichinelle ! Monsieur monta sur ses grands chevaux. Son frère, le roi, marié à une roturière ! C'était inconcevable. Madame renchérit : cette « vieille ordure, cette guenille » était parvenue à ses fins. La famille royale resterait éclaboussée par ce scandale jusqu'à la fin des temps...

Pour Isabelle comme pour moi, une longue attente avait commencé, avec une alternative d'espoirs et de déceptions. Nous nous disions que la justice finirait par reconnaître la bonne foi de ce brave homme d'apothicaire, mais nous redoutions que, pressé par la question, il n'eût, comme beaucoup d'autres, reconnu des méfaits dont il était innocent. Je n'avais pu obtenir aucune lumière quant au lieu de sa détention et en étais au point d'envisager le pire : la mort sous la torture.

En prenant sur mon temps de service, j'aidai de mon mieux ma compagne à mener sa barque : elle ramait avec courage et obstination, mal secondée par son commis, Antoine, plus porté sur le vin et les filles que sur les tisanes et les onguents.

Nous nous retrouvions tantôt chez elle, tantôt chez moi. Quand, la nuit venue, je la prenais dans mes bras, je la sentais absente, toute à sa peine et à ses soucis. Pour lui changer les idées, je lui lisais des romans à la chandelle, mais elle peinait à fixer son attention, et j'en étais pour mes frais.

De temps à autre, Guillaume me conviait à lui rendre visite au Palais-Royal.

Nous échangions des nouvelles du pays, moi impuissant à me débarrasser de ma nostalgie, lui indifférent, même à sa famille, devenue pour lui aussi étrangère que sa ville. Lorsque je lui annonçai la mort de ma mère, au cours d'une épidémie de variole, cela ne lui fit ni chaud ni froid, alors qu'il n'avait pu oublier les collations qu'elle lui offrait, les soins qu'elle lui donnait quand, au cours d'un combat entre bandes rivales, il recevait une égratignure...

— Étienne, me disait-il, j'ai tiré un trait sur mon passé. Je ne reviendrai jamais à Brive.

Il a tenu parole et je lui en veux. Une telle sécheresse de cœur m'exaspère. Il est vrai qu'il avait d'autres ambitions à satisfaire, et guère modestes.

Nous avions eu raison de nous méfier d'Antoine.

Je détestais ce gredin et il me le rendait au centuple. Le jour où j'appris qu'il avait agressé Isabelle, je le corrigeai sévèrement et menaçai de le traîner devant les juges. Il ricana, protesta que mes rapports avec ma compagne n'était pas un exemple de bonnes mœurs !

Le lendemain de cette algarade, il prit le large en faisant main basse sur la cassette où sa maîtresse rangeait son argent. Elle s'effondra en larmes, disant que non seulement elle était comme orpheline, mais, de plus, ruinée. Il lui restait encore sa boutique ; elle s'y accrocha.

À ce triste événement succéda une nouvelle qui me ravit : Isabelle était enceinte. J'étais peu soucieux, jusqu'à ce jour, d'assumer les soins d'un ménage et moins encore ceux d'une paternité, mais, venant d'elle, cette perspective étouffait mes préjugés. J'enchaînai même projet sur projet : nous fondions une famille, je renonçais à mon travail pour m'initier à la science des herbes, et, avec l'aide de Guillaume, quittant le Temple pour les quartiers huppés, nous étendions notre achalandage jusqu'au Palais-Royal et aux Tuileries...

Isabelle était devenue lisse et ronde comme une pomme d'orange, et je ne me privais pas d'y mordre à belles dents. En outre, elle avait retrouvé sa gaieté.

Lorsque mon service m'en laissait le loisir, je commençai à m'initier à la préparation des tisanes, des onguents et des mystérieuses mixtures dont elle m'apprenait les secrets. Je prenais plaisir à trier les simples, piler des graines au mortier, donner des noms latins aux banales plantes de fossé que j'enfermais dans de majestueux vases de faïence.

Notre enfant naquit en mai 1686, une date que l'histoire retiendra non pour la naissance de notre petit Jérôme, mais pour la douloureuse fistule qui se déclara dans l'auguste derrière de Sa Majesté. Ce fut l'« année de la Fistule ».

Jérôme était un nourrisson malingre, nourri d'un lait d'amertume. La ventrière me confia en secret qu'il n'était pas promis à une longue existence, ce que je me gardai de révéler à ma compagne, afin de ne pas ajouter l'angoisse à ses soucis.

Passé un mois, Jérôme semblait décidé à faire mentir les prédictions de la matrone. Pourtant, un soir, après avoir vomi le lait maternel, il fit une grosse fièvre et se mit à gémir comme un chiot. Le lendemain, il avait cessé de vivre.

La réaction d'Isabelle me désarma. Après une effusion de larmes, elle sécha ses paupières et m'avoua que la mort de son enfant ne l'avait pas surprise. Elle l'avait aimé comme doit aimer une mère, mais était poursuivie, me dit-elle, par une fatalité contre laquelle toute résistance était inutile. Elle employa même une image énigmatique : depuis sa naissance une araignée invisible tressait sa toile autour d'elle...

Elle se blottit contre moi en murmurant :

— Mon bien-aimé, nous allons devoir nous séparer. Je ne puis t'obliger à partager une vie soumise à une malédiction.

Je trouvai l'idée absurde et le lui dis.

— Nous allons affronter cette fatalité. Elle n'est que le fait du hasard. Dès que tu l'auras décidé, nous nous marierons. Nous séparer, quelle idée ! Et où irais-tu te réfugier, toi qui n'as plus de famille.

— Au couvent... dit-elle. Ainsi tu échapperas à la fatalité...

Je fis tout mon possible, employai tous les arguments susceptibles de la faire renoncer à son projet, jusqu'à menacer de l'enfermer. En vain. Un soir où nous nous étions âprement querellés, je la giflai. Elle me cracha au visage :

— Qui es-tu pour t'opposer à mes décisions et me brutaliser ? Sommes-nous mari et femme ? Non ? Alors, laisse-moi mener ma vie à ma guise !

Cette décision de prendre le voile me paraissait d'autant plus surprenante qu'Isabelle ne présentait aucune apparence d'une dévotion qui pût l'inciter à ce sacrifice. Elle assistait à la messe du dimanche en l'église templière, mais davantage comme à une coutume héritée de son père que comme l'expression d'une foi sincère.

Un matin, en me réveillant, je constatai que, sans m'en avoir averti, Isabelle préparait son bagage. Sans me consulter, elle avait vendu son officine et en avait tiré une somme convenable, qu'elle comptait remettre au couvent des Filles du Précieux-Sang, rue de Vaugirard. Je l'aidai, avec une voiture de louage, à transporter son bagage, qui tenait peu de place.

Ce qui me surprenait, au cours des derniers moments que nous passâmes ensemble, c'est, succédant à des mouvements d'humeur, une étrange sérénité, comme si, déjà, elle était absente au monde et à moi. J'aurais préféré une attitude plus conforme à la gravité de l'événement, une larme, une seule et dernière étreinte.

Avant de franchir le seuil, alors que j'attendais stupidement une rétractation, elle lâcha d'une voix glacée :

— Surtout, Étienne, ne cherche pas à me revoir. Le mur qui va se refermer sur moi n'aura pour toi ni porte ni fenêtre. Je donnerai des consignes pour que tu n'approches pas la lépreuse que je suis...

Désemparé, en proie à la solitude et à la vacuité des jours, je me tournai vers Guillaume pour trouver en lui un réconfort. Il me tança vigoureusement, me reprocha de ne pas tenir compte de ses conseils, de n'avoir su éviter de m'attacher à une de ces sirènes qui peuvent nous entraîner on ne sait où. Je n'aurais dû choisir mes maîtresses qu'en fonction du plaisir qu'elle peuvent nous donner ou des avantages que l'on peut en tirer.

— Nom de Dieu ! s'écria-t-il, ne te laisse pas aller au regret. Ton Isabelle était une sotte et une folle. Oublie-la ! Reviens visiter la fille du Marais, dont tu n'as pas eu à te plaindre, que je sache ! Cette garce te consolera. Il est rassurant, avec ce genre de créatures, de se dire qu'on n'a aucun devoir envers elles. Ce plaisir s'apparente à un sentiment de liberté. C'est du moins ce que je ressens avec Ninon...

Il s'était fait l'ami et l'amant de cette douairière, Ninon de Lenclos, qui avait à son actif un nombre prodigieux de galants. Je protestai :

— Ninon... Qu'est-ce que tu lui trouves ? Elle est âgée d'au moins...

— Je n'ai pas honte de le dire, Étienne : je baise

une vieille de soixante-dix ans ! Et alors ? Elle est un peu décatie, certes, mais, mon cher, quelle ardeur, quelle expérience, quel esprit ! J'ai l'impression, quand j'ai soufflé la chandelle et que j'écarte son drap, de pénétrer dans la vitrine d'un parfumeur et de faire l'amour à une momie qu'on vient tout juste d'embaumer...

— C'est atroce !

— En apparence seulement ! Chaque fois, c'est la fête. D'ailleurs, si le cœur t'en dit... Deux galants à la fois ne lui font pas peur.

À pas mesurés pour éviter la moindre maladresse, Guillaume progressait sur les chemins de la réussite, avec les gloires de Versailles à l'horizon et son étoile au-dessus. Un enjeu qui allait l'obséder jusqu'à la fin de ses jours.

Il y avait conduit son élève, Philippe, duc de Chartres, pour y rencontrer son cousin Louis, duc de Bourgogne, petit-fils de Sa Majesté, qui venait d'avoir quatre ans. Je ne pus m'empêcher de songer que l'abbé nourrissait l'ambition de s'introduire dans l'entourage du roi avec un poste de précepteur d'un jeune prince. S'il pensait à Louis, il risquait de faire longtemps le pied de grue, ce poste étant occupé par de grands personnages qui, pour rien au monde, n'auraient cédé une place lucrative et honorifique, et surtout pas à ce prestolet à petit collet issu d'une roture de province.

J'aurais pu me dire qu'il lisait dans mes pensées quand il m'avoua d'un air désabusé :

— Versailles, Étienne ! Ah ! Versailles !... Je hais ces courtisans autant qu'ils me méprisent. Il fallait voir leur mine lorsque j'ai conduit mon élève au coucher du roi. Ils me toisaient, me foudroyaient du regard, me tournaient le dos. J'avais l'impression d'être un moineau déplumé dans une cage à perruches.

Satisfait de cette image, il éclata de rire en faisant mine de battre des ailes, et ajouta :

— Dieu merci, le roi se montre moins méprisant. Nous n'en sommes pas à échanger des nouvelles de notre santé, mais il m'a gratifié d'un regard, d'un sourire, m'a demandé si j'étais satisfait des progrès de son neveu, et si je n'oubliais pas d'entretenir sa foi. La foi ! S'il savait ce que j'en pense...

Guillaume se plaisait au château de Saint-Cloud plus qu'au Palais-Royal. Il y trouvait une atmosphère plus détendue, des espaces de jardins propices à la promenade et à la méditation. Il se plaisait à suivre – de loin – les jeux et les disputes des enfants légitimes et des bâtards. Il y vivait au contact de personnages illustres, dont j'avais des nouvelles par les gazettes. Doué d'une mémoire prodigieuse, il n'oubliait jamais un nom, un visage et une attitude.

Il fit un pas de plus vers la notoriété le jour où M. de Saint-Laurent dut renoncer de la manière la plus discrète à son préceptorat auprès du duc de Chartres : en mourant. Quant au gouverneur, M. de Vieuville, personnage médiocre, il n'avait pas plus d'importance qu'une potiche fêlée. Devenu par la faveur du destin, plus que pour ses mérites, précepteur du neveu de Sa Majesté, Guillaume exultait.

Il m'invita, avec quelques-uns de ses amis, à fêter cette promotion chez une de ses maîtresses, Irma, qui tenait chambre ouverte dans le quartier de Saint-Germain. Ce fut une soirée digne des festins de Trimalcion.

Pour quelques heures, je fis table rase de mes déboires sentimentaux. Le champagne aidant, je sombrai dans une euphorie propice aux épanchements. Lorsque s'éteignirent les chandelles et que les dames de la compagnie nous révélèrent leurs charmes, j'usai de mon pouvoir discrétionnaire afin de témoigner à l'une de mes voisines le désir que des manœuvres de dessous de table m'avaient inspiré.

Revenu de sa cure de lait à Anet, regard flou, parole embrouillée, démarche pesante, le duc Louis-Joseph de Vendôme, accompagné du grand prieur, s'enquit de mon travail.

Lorsque je lui montrai la liasse de courrier que je ne pouvais traiter sans son avis, il s'affala dans un fauteuil en soupirant, certaines lettres émanant de créanciers acariâtres. Son gouvernement de Provence, les bénéfices de ses domaines, la pension du roi, autant de pierres jetées dans un puits qui ressemblait fort au tonneau des Danaïdes. Quant au courrier galant, il ne daigna pas y jeter un œil.

— Que ne suis-je resté à Anet ! gémit-il. L'air y est pur et la nature agréable. On y trouve à chaque pas des souvenirs de Diane de Poitiers, de Gabrielle d'Estrées, de leurs amants. C'est la paix, mon ami, la paix...

Le grand prieur m'avait appris que cette paix dont son frère se gargarisait n'était qu'une illusion. Il vivait à Anet entouré de personnages de basse classe qui le traitaient avec une familiarité outrancière et abusaient de sa générosité : celle des paniers percés. Les cures de lait ? Un paravent, qui cachait une énorme gabegie de fêtes et d'orgies. Ses odieux commensaux avaient transformé le domaine en porcherie et leur hôte en pourceau d'Épicure.

Le poète La Fontaine n'était pas le dernier à

abuser des bienfaits de ce mécène. Dans un poème qu'il lui dédia, il écrivait :

Je n'emploie un peu de votre or
Qu'à payer la brune et la blonde...

Le fabuliste exprimait par ces vers plus de gratitude que de talent.

Ce prince « bonissime », comme on disait, était de retour à Paris pour y soigner une récente vérole et préparer une nouvelle campagne militaire. Il parut sensible à la disparition de maître Ménage et de sa fille, qui avaient soigné par le passé les coups de pied de Vénus.

— Ils me soignaient, me dit-il, avec un remède de leur composition, qu'ils tenaient d'un sorcier napolitain. Je vais être contraint de retomber entre les mains de charlatans. Je crains d'être atteint de la grande vérole, celle qui fait tomber les dents, les cheveux et ronge la peau comme une lèpre...

Il tenait à guérir avant de reprendre du service dans l'armée. Après une série de provocations et d'annexions intempestives, le roi avait ligué contre lui l'Europe entière. La dévastation du Palatinat par les hordes françaises et le massacre des populations avaient mis un comble à la colère des souverains étrangers. Ligués à Augsbourg, en Bavière, ils avaient décidé de reprendre les armes.

— Quand le roi m'appelle, dit le duc, je réponds présent ! D'ailleurs cette guerre me fera du bien. J'ai besoin de mouvement. C'est bon contre la vérole, à ce qu'on dit.

Il glissa dans sa ceinture les documents à traiter d'urgence, pour les confier à son trésorier. Il me lança en se levant :

— Mon frère et moi allons fêter notre départ aux armées par un souper. Te plairait-il d'y assister ?

— Monseigneur, c'est un honneur, mais je crains de ne pas faire bonne figure. Ma place...

— ... ta place est où j'ai décidé qu'elle soit ! Il paraît que, depuis le départ de ta donzelle, tu vis comme un bénédictin. Ça n'est pas bon pour la santé. Rien de tel que le plaisir pour effacer les mauvais souvenirs. Pour ce qui est de ta tenue, ne te mets pas martel en tête : il y aura du monde de tout bord...

Je me préparai sans enthousiasme à cette partie de plaisir. Pour en avoir été informé par le grand prieur, je savais à quoi je m'exposais : une beuverie suivie d'une saturnale, où toutes les outrances étaient permises.

La table dressée dans une grande salle du donjon, éclairée *a giorno*, comptait une vingtaine de convives. J'eus pour voisine de table, à ma droite, la marquise Marie-Angélique de Coulanges et, à ma gauche, une bécasse assez vulgaire, qui se faisait appeler Fanchon, comme une servante. J'eus le plaisir de converser assez longuement avec Mme de Coulanges, dont l'esprit affûté faisait merveille et dont le visage, sous le domino qui le masquait à demi, semblait agréable, malgré son plâtrage de céruse et ses mouches.

Alors que l'on faisait, comme on dit, danser les gobelets, elle se pencha vers moi et me dit à l'oreille :

— Mon ami, si cette fille qui se tient à votre gauche vous fait des avances, sachez qu'elle peut se donner à vous pour une poignée de pistoles, mais gare : elle est gâtée. Je la connais pour avoir eu des mots avec elle. Le grand prieur, qui ne veut et ne peut s'en défaire, lui verse une pension. Avec ce que lui coûtent ses véroles, cela doit faire une jolie somme. Son nom, vous l'avez bien compris, n'est pas Fanchon...

Je remerciai ma voisine pour cette mise en garde et me le tint pour dit.

Le repas fut digne des grands soupers de Versailles : six services en plus du potage, un plat de viande bouillie, quatre entrées, deux assiettes de hors-d'œuvre composés de charcuterie, des tourtes de pigeons et de perdreaux, deux plats de viande rôtie, des entremets : gibier, oiseaux, œufs, oreilles de porc, artichauts... Le dernier service, celui des desserts, proposait des fruits au naturel ou en compote, du melon glacé et du blanc-manger. Le chinon et l'auvergne alternaient avec le champagne.

Entre chaque changement de service, un musicien, Régnier-Desmarets, jouait au théorbe des pièces de Rameau, de Couperin et de Lulli qui me mettaient du vague à l'âme. L'abbé de Chaulieu, l'Anacréon du Temple, enchaînait avec des poèmes licencieux. Un petit vieillard au nez en bec de perroquet, à la voix de basse taille, M. de Vaucouleurs, se leva pour chantonner :

Les dames sont averties
Qu'au moins en de si petits corps
Nous avons de belles parties...

— Il se vante ! me dit Fanchon. Ses parties sont sèches, à ce qu'on dit, comme des fanes de haricots. D'ailleurs, à son âge...

Le champagne avait délié la langue de Mme de Coulanges. Au propre comme au figuré ; en raison, dit-elle, de la chaleur, elle avait jeté son masque, au propre comme au figuré.

Avec une liberté qui me ravit, elle me parla de son mari qui se tenait à quelque distance de nous. Ils formaient un couple harmonieux, dans la mesure où chacun vivait à sa guise, lui moins souvent à Paris qu'à Rome, où il occupait un poste à l'ambassade.

Peu familier que je suis avec ce genre de festins, toute cette mangeaille m'écœura très vite.

— Vous avez un appétit de pinson, monsieur de Maillard, me lança ma voisine de droite, ou peut-être cette cuisine n'est-elle pas de votre goût ? Moi, je la trouve raffinée. Savez-vous que cette table est une des meilleures de Paris ?

Elle me questionna sur ma situation au Temple. Lorsque je lui parlai de l'abbé Guillaume Dubois, elle parut se renfrogner et m'avoua qu'elle n'aimait guère cet olibrius aux manières vulgaires indignes d'un religieux. Je me gardai d'engager une controverse, d'autant qu'à certains mouvements discrets de la jambe je ne tardai pas à comprendre qu'elle me témoignait un intérêt sans rapport avec l'abbé Dubois.

Relativement courtoise au début du repas, l'ambiance de cette galimafrée, après le troisième service et d'abondantes libations de champagne, évolua vers des eaux plus troubles. Le grand prieur donna le ton par quelques poèmes et chansons salaces. Dans le *Grand ballet du roi* on chantait l'air de scieurs de long, plein de sous-entendus graveleux :

Ne méprisez point mon outil,
L'avantage qu'il vous présente
C'est qu'il n'est rien de si subtil
À se loger dans une fente...

Son frère le duc lui donna la réplique avec *La Chanson de Jocrisse* :

Partout on m'appelle Jocrisse
Qui mène les poules pisser.
Chères beautés, faites cesser
Ce surnom rempli d'injustice.
Que chacune sur moi repose :
Je lui ferai faire autre chose...

Cet étalage de vulgarité me nouait la gorge. Fanchon, en revanche, riait comme une hystérique. Elle s'écria en battant des mains :

— Chaulieu ! Le poème de *La Belle Maguelonne* ! *Le Ballet des andouilles* !

Je sentais de temps à autre la main de Mme de Coulanges se crisper sur mon genou, sans que j'ose l'encourager ni me dégager. Le début d'ivresse qui m'embuait l'esprit me donnait l'impression de décoller de ma chaise et de planer au plafond. J'entendis le duc réclamer le pisse-pot. Quand un serviteur le lui eut apporté, il le cala entre ses cuisses et se soulagea avec un grognement de satisfaction, avant de le tendre, par-dessus la table, à M. de Vaucouleurs, qui le réclamait. Je me sentis défaillir.

— Eh bien, mon ami, me dit ma voisine de droite, qu'avez-vous ? Puis-je vous être de quelque secours ?

Je prétextai une légère indisposition, me servis de melon glacé et, après une première bouchée, reposai ma fourchette.

— Suivez-moi, me dit-elle. Nous allons soigner cela. J'ai le remède qui convient.

Elle me prit la main, m'aida à me lever et lança à la cantonade :

— Notre Éliacin a une faiblesse. Si je le laisse sans secours il sera mort avant la fin du repas.

Elle me conduisit aux nécessités, ferma la porte au verrou, versa dans un verre d'eau une poudre sortie de son réticule, l'agita avec son doigt et me tendit cette mixture.

— Vous voulez donc m'achever, madame ! bredouillai-je. Ce remède est peut-être pire que le mal.

— Rassurez-vous, mon ami, ce n'est pas un poison. Cette potion va vous rétablir en quelques instants. Asseyez-vous sur ce tabouret et reprenez vos esprits. Vous êtes pâle comme un fromage...

Elle m'épongea le front avec son mouchoir, me caressa le visage du bout des lèvres et soudain, agenouillée, commença à défaire le haut de ma culotte. Je balbutiai :

— Madame... ce n'est pas convenable... votre mari...

— Mon mari ? Le pauvre... Il est ivre et se moque de ma conduite. Laissez-vous faire. Considérez qu'il s'agit d'un complément à l'effet de ma poudre.

Je constatai avec surprise que le malaise dont j'étais victime ne me privait pas d'éprouver du plaisir. Une marquise, « ornement de la Cour », disait-on, était à mes genoux, et pas pour se livrer à une oraison. Elle était si habile que je lui rendis généreusement ses bontés.

Des saillies nous accueillirent à notre retour. Était-ce l'effet du double remède ? Je me sentais de nouveau dans mon assiette. Une flûte de champagne compléta le miracle de ma résurrection.

Je pris congé, sagement, en même temps que M. de Vaucouleurs et une vieille marquise ivre, que des domestiques durent transporter jusqu'à son carrosse.

Je vécus plusieurs jours dans un écœurement rétrospectif, qui tenait autant à l'ambiance sordide de ces agapes qu'à mes lourdeurs d'estomac. Je me dis que je manquais de pratique pour ce genre de réjouissances et que l'on ne m'y prendrait plus. Promesse de Gascon !

J'avais parfois le sentiment de tenir mon rôle de secrétaire en surnuméraire, de remplir une tâche qui, certes, occupait mon temps de service, mais que n'importe quel petit commis aux écritures aurait pu faire à ma place.

Parfois, retour d'une campagne, MM. de Vendôme, ayant déposé leurs armes, m'invitaient à d'autres agapes gargantuesques. Refuser m'eût fait passer pour un pisse-froid. On m'aurait mis en quarantaine, et peut-être congédié. Le jour où je regimbai en prétextant la fatigue, le duc m'envoya chercher par deux valets, qui, malgré mes protestations, me jetèrent dans une voiture pour me conduire chez le duc, où une servante me farda comme un histrion.

Guillaume, que cette histoire amusa, me livra un vade-meçum du parfait convive :

— Ne boude pas la chère, même si elle est médiocre ou que tu sois l'invité d'une dame de qualité. Goûte de tous les plats en évitant de t'en goinfrer. Ris avec les rieurs et chante avec les chanteurs. Si l'on te fait des confidences, montre-toi intéressé, voire complice. Soigne tes reparties, comme pour un duel, où la moindre maladresse risque d'être fatale. Avoir de l'esprit n'est pas donné à tout le monde. C'est un exercice subtil et un gage de réussite plus important qu'un titre de noblesse. Glisse de temps à autre un bon mot, en veillant à ce qu'il ne se perde pas dans un brouhaha, ce qui serait humiliant. Garde en réserve deux ou trois sujets qui permettront de faire rebondir la conversation, car rien n'est plus ennuyeux qu'une tablée où le silence s'attarde. Glisse au moment opportun un poème licencieux. J'en possède un recueil. Tu pourras y puiser...

Toutes ces précautions m'importunaient. Quand je le lui dis, il éclata :

— Nom de Dieu, Étienne ! on ne te demande pas de jaboter comme une pie, de bâfrer comme un porc, de sauter les marquises, jeunes ou vieilles ! Simplement de te montrer un compagnon aimable et complaisant. Qu'est-ce que tu souhaites ? T'enfermer au couvent comme cette cruche d'Isabelle ? Retourner dans *ta province* pour travailler le bois avec ton paternel ?

Je répliquai que je souffrais surtout du sentiment d'usurper ma chance, d'être inutile, d'abuser de la générosité et de l'indulgence de mes maîtres...

— Tes maîtres ? Ils se foutent de tes états d'âme et t'ont à la bonne. Confidence du grand prieur...

Il ajouta avec un clin d'œil complice :

— Le frocard que je suis est sur la bonne voie. Étienne, accroche-toi à la voiture ! Dès que je serai installé à Versailles – et j'y arriverai bientôt, bordel ! – je veux que tu sois à mon côté.

— Tu rêves, Guillaume ! Ton ambition te perdra.

— Je rêve, oui ! Et toi, ça ne t'arrive pas ? Je suis ambitieux et je m'en flatte. Qui ne l'est dans cette société ? Quand je songe à la médiocrité de la noblesse de Cour, je me dis que mes ambitions sont justifiées. Ces fantoches n'ont d'autre consistance que le pouvoir dont ils ont hérité, mais il ne tient qu'à un fil : le bon vouloir de Sa Majesté. Dieu merci, nous sommes, toi et moi, d'une autre trempe, et nous le prouverons. Crois-moi : je finirai ma vie cardinal ou Premier ministre. Peut-être les deux...

Je me dis qu'il n'existait pas, chez Guillaume, de limite entre l'ambition et la folie.

À quelques jours du festin du Temple, un valet de Mme de Coulanges m'apporta un billet de sa maîtresse me conviant à souper à son hôtel. Je répondis que je n'étais pas libre à la date indiquée et me crus débarrassé de cette importunité. Deux jours plus tard, j'eus la surprise de la voir faire irruption dans mon cabinet, le visage figé, l'éventail nerveux.

— Vous êtes un vilain garçon ! me dit-elle. Épargnez-moi vos sornettes et dites-moi ce qui pourrait être plus important que mon invitation !

— Madame, mon naturel timide n'a pu vous échapper, et ces grands soupers me font mesurer la modestie de ma condition.

— La timidité, mon ami, est une maladie qui se soigne. Quant à votre condition, si elle est modeste, cela ne se voit pas. Rassurez-vous, je n'ai pas l'intention de vous ennuyer avec un « grand souper », comme vous dites. Vous trouverez chez moi un petit cercle d'intimes. Rien de la ducaille de l'autre soir, tout juste bonne à moucher les chandelles, ou des chevaliers de la jaquette qui font cautionner le vice italien par de mauvais poètes. Faites-moi la grâce d'accepter. Je ne reviendrai pas à la charge, et vous me vexeriez.

Avant même d'avoir recueilli mon accord, Marie-Angélique le scella sur mes lèvres d'un baiser de papillon et jeta négligemment quelques louis sur ma table. Je protestai. Elle répliqua d'une voix autoritaire :

— Vous ne pouvez paraître à ma table dans la tenue du dernier souper chez le grand prieur. Ces bas gris de porteur de chaise, cette chemise rapiécée, ces manchettes jaunies... Vous irez de ma part chez mon fournisseur, Bellerose, rue Saint-Martin. Il vous vêtira convenablement.

Elle remit son masque et remonta d'un pied léger dans son carrosse en me jetant :

— Mon cocher viendra vous chercher. Ne me faites pas attendre...

J'étais d'autant plus surpris et confus de la générosité de Mme de Coulanges que le couple ne passait pas pour dispendieux. Leur carrosse portait les armoiries lisibles de son précédent propriétaire. En revanche, malgré ses dimensions modestes et son environnement – le quartier de Saint-Eustache proche des Halles –, l'hôtel avait belle apparence.

Je ne me rendais pas à cette invitation dans les meilleures dispositions d'esprit. La générosité de Mme de Coulanges me paraissait propre à m'assujettir dans une intention qui me parut suspecte : je n'avais pas, lors de notre première rencontre, brillé par ma conversation et moins encore par mon esprit. « Peut-être, me dis-je, voit-elle en moi un benêt à tous usages. »

Un coup d'œil sur la table dressée dans le salon m'informa que nous nous compterions à dix et serions bien traités : chandelles de cire rouge, barquettes de fleurs, coupelles de friandises, vaisselle d'argent, nappe brodée et, sur la commode, un bel assortiment de bouteilles...

Premières arrivées, des dames jacassaient sur le sofa. Notre hôtesse me présenta à Mlle des Tournelles et à une Célimène qui sentait son Molière et avait gardé son loup. Vint ensuite l'inévitable abbé aux pommettes fardées, qui se disait confesseur du maréchal de Villeroy, Mme des Vertus, une douairière chaperonnée par un éphèbe rose et gras, un jeune officier de marine, M. de Vermeil, qu'une chevelure d'Absalom dispensait de perruque, accompagné d'une jeune indigène, Gloria, ramenée d'une campagne de traite au Sénégal.

Ayant fait le compte de ses invités, Mme de Coulanges fit sauter les premiers bouchons. Il ne manquait à la compagnie que M. de La Motte, mais il arriva alors que le premier champagne coulait dans les verres. Cet homme gris et sec portait sur un habit de soie mauve à boutons d'argent la croix du Saint-Esprit.

J'eus comme voisine la Célimène. Elle n'avait toujours pas posé son masque, ce qui m'intrigua. Gloria, sculpturale et muette, était mon autre voisine. J'avais en face de moi Mlle des Tournelles, l'abbé, dont le nom importe peu, et la maîtresse de maison. Madame avait loué trois violons, qui agrémentèrent les premières coupes de sérénades dans le goût madrilène.

Je compris d'entrée que cette soirée n'aurait rien de comparable avec le festin du Temple. Je n'arrivai à tirer que des monosyllabes et des sourires niais de la belle indigène. En revanche, la conversation avec ma voisine de droite, Célimène, allait d'un train d'enfer, car elle ne manquait ni d'à-propos ni d'esprit et j'avais fait provision d'histoires piquantes. Celles qu'elle débitait sur la Cour, avec une profusion de gestes, laissait soupçonner une fabulatrice, à moins qu'elle ne fût proche des grands. En deux heures d'horloge, j'en appris plus sur Versailles que dans un livre.

Une partie de la soirée fut consacrée par M. de Vermeil à ses récits de voyages en mer et sur les côtes d'Afrique. J'appris que le commerce du « bois d'ébène » était fort lucratif, malgré des pertes en cours de traversée vers les Antilles et le Mississippi. L'abbé, familier du maréchal de Villeroy, vantait les mérites de ce dernier, malgré quelques déboires sur les champs de bataille, attribués à la malchance. On n'entendit guère Mme des Vertus, et moins encore son chaperon, intéressé par le seul contenu de son assiette et de son verre. M. de La Motte semblait attendre le moment de placer son couplet sur l'Académie, pour laquelle il nourrissait des ambitions.

Mme de Coulanges me fit un clin d'œil lorsque Mme des Vertus engagea à l'étourdie la conversation sur la famille d'Orléans et l'abbé Dubois, qu'elle paraissait exécrer. On plaisanta sur les mœurs italiennes de Monsieur et celles, bavaroises, de Madame, mais c'est surtout mon ami Guillaume qui fit les frais de ces mauvaises langues, chacun, à part Célimène, s'accordant à juger que ses ambitions étaient sans rapport avec ses origines.

J'allais riposter que le mérite avait aussi son prix, quand, d'un geste et d'un mouvement des lèvres, notre hôtesse me priva de mon plaidoyer. Célimène posa sa main sur la mienne et me glissa à l'oreille :

— Laissez dire, monsieur de Maillard. Je sais l'amitié qui vous lie à ce personnage. Je ne l'aime guère moi-même, mais je rends hommage à son intelligence et à son savoir. On lui reproche d'être ambitieux, mais qui ne l'est pas ?

Pour détendre l'ambiance, Madame fit donner les violons. Avec un extrait du *Ballet de la nuit*, les conversations se poursuivirent en sourdine et sur des sujets plus frivoles. La main de ma voisine picorait la mienne à petits coups d'ongle pour marquer le rythme du ballet, le feu de ses bagues crépitant dans la lumière des chandelles.

Je ne sentais pas le temps passer. Le repas, plus

sobre et moins varié qu'au Temple, était plus délicat et les vins plus fruités, notamment dans la gamme espagnole.

Les têtes commencèrent à s'échauffer après que l'on eut servi le vin d'Alicante. M. de La Motte se leva pour débiter un mauvais poème, qu'il venait de composer en l'honneur de notre hôtesse dont il était épris :

Si, dans la nuit complice aux ardeurs amoureuses,
Vous daignez m'accorder, Phyllis, quelques baisers,
Je sentirai le ciel s'ouvrir et consumer
D'un feu de volupté mes timidités peureuses...

Mme de Coulanges, rougissante, lui fit signe de ne pas poursuivre cette déclaration trop directe. Le poète obtempéra et se rassit.

— Si les œuvres de cette vieille perruque sont aussi piètres que ce poème, me dit Célimène, il aura du mal à entrer à l'Académie...

— ... d'autant, ajoutai-je, que le dernier vers a un pied de trop.

Elle parut surprise. Sa main se crispa sur la mienne.

— Monsieur le censeur, votre remarque est judicieuse. J'avais moi-même remarqué cette faute. Seriez-vous poète ?

— Je le fus, madame, mais ne le suis plus.

— Me feriez-vous lire vos œuvres ?

— Je les ai brûlées.

— N'en avez-vous point gardé en mémoire ?

— Non, madame, je les ai oubliées...

Les violons poursuivirent avec une alerte musique de Lulli. Mme de Coulanges chanta d'une voix de soprano *La Pucelle du roi*. Célimène enchaîna, sa main sur mon épaule, avec un conte en vers de La

Fontaine : *La Clochette*. On me sollicita ; je me récusai, sous prétexte que je ferais piètre figure parmi ces talents.

Je sentis, à des frissons plus qu'aux poèmes et aux chansons, que l'ambiance était en train de décliner. Lorsque Mlle des Tournelles, incommodée par la chaleur, dénuda sa poitrine, qui était ronde et ferme, M. de Vermeil salua cette audace d'un baiser. Mes soupçons se confirmèrent quand Mme des Vertus exhiba à son tour ses timbales ballottantes, entre lesquelles son chaperon plongea du nez.

— Mes amis, lança l'officier de marine, soit dit sans vous froisser, les plus belles poitrines qu'il m'ait été donné de contempler sont celles des négresses, et leur corps est à l'avenant. De véritables Phidias... Nous avons en notre compagnie la perle des perles de l'Afrique, un chef-d'œuvre de la création. Gloria, ma princesse, montre-nous tes trésors.

Elle se leva et, sans plus de gêne que si nous lui avions demandé de chanter un air de son pays, elle défit le haut de son corsage. Un murmure d'admiration parcourut l'assistance. M. de Vermeil aurait pu se dispenser d'ajouter :

— Je l'ai payée dix livres au chef de la tribu, son père, mais j'aurais donné bien davantage pour l'avoir. Elle n'était pas destinée à couper la canne et à faire les délices d'un colon.

— Dix livres ! s'écria M. de La Motte. C'est une somme dérisoire. Je vous en offre cinquante.

— Et moi cent ! lança Mme des Vertus. J'ai besoin d'une servante.

L'abbé proposa qu'on mît la belle aux enchères. M. de Vermeil protesta dignement : on n'allait pas transformer cette soirée en marché aux esclaves ! Mlle des Tournelles renchérit :

— Il s'agit d'un être humain, l'abbé, pas d'un animal ni d'une marchandise ordinaire. Honte à vous !

— Qu'en pensez-vous, monsieur de Maillard ? me demanda-t-elle.

— Je dis qu'une telle beauté n'a pas de prix et que c'est la rabaisser que de l'estimer en terme de marchandise.

Je fus applaudi. Des sarcasmes plurent sur l'abbé. L'officier vola à son secours.

— Monsieur le raisonneur, dit-il d'une voix glacée, si un jour vous étiez appelé à faire la traite, ce qui me surprendrait, vous constateriez vite que ces indigènes sont, à de rares exceptions près, des primates. Je ne me sens nullement coupable d'en faire commerce. Gloria pourrait vous dire qu'elle est plus heureuse ici que dans la tanière d'où je l'ai délogée. N'est-ce pas, ma chérie ? Sois aimable : montre à ce jeune écervelé le reste de tes trésors.

J'aurais protesté vertement si je n'avais été, comme toute l'assistance, fasciné par la scène qui suivit. Avec la même indifférence marmoréenne, Gloria fit glisser sa tunique et apparut dans sa nudité de statue.

— Je vais vous donner la réplique ! lança Mme de Coulanges.

Elle passa à l'office, en ramena une gamine à peine nubile mais de belle taille, lui ordonna de se défaire de sa tenue de servante et la plaça près de Gloria :

— Marion, dit-elle, vient d'avoir quatorze ans, et c'est déjà une femme accomplie, sauf qu'elle n'a pas encore été décachetée et que j'interdis que l'on y touche. Je vous préviens qu'elle n'est pas à vendre, quelque prix que vous y mettiez.

La pucelle se dévêtit sans manifester le moindre

embarras, avec un sourire qui pouvait passer pour une provocation. De nouveaux murmures admiratifs coururent dans l'assistance. Je fus moi-même ébloui par cette nudité blonde et rose. Marion différait de Gloria, mais elles se retrouvaient égales dans un même critère de beauté, sans que la préférence que l'on pouvait exprimer tînt au fait que l'une soit de race blanche et l'autre d'origine noire. Je me dis qu'un peuple capable d'engendrer un être d'une telle perfection ne pouvait être jugé inférieur au nôtre, et que les préjugés de l'officier, malgré son expérience de la traite, étaient, au mieux, critiquables, et au pire exécrables.

Mme de Coulanges invita les deux nymphes à danser, ce qu'elles firent sans façon, avec une certaine gaucherie, que compensait la vénusté de leur corps. « Cette scène, me dis-je, n'a rien d'improvisé. Elle est le fruit d'une perversion de classe. »

— Je meurs... gémit l'abbé. Mesdames, secourez un pauvre pécheur au seuil de la damnation éternelle.

— Patience, l'abbé ! lui répondit Mlle des Tournelles. Nous allons prendre en main vos tourments et les apaiser.

Mme de Coulanges avait interdit que l'on touchât à sa protégée ? Voire... Le ballet terminé, Marion courut vers l'abbé et se posa sans façon sur ses genoux. L'agonisant en eut comme une menace d'apoplexie. Son visage vira au rouge de la brique, il ouvrit une bouche à gober les mouches et laissa une main tremblante glisser sur cette nudité. Sans un mot, sans un sourire, Gloria s'assit sur les cuisses de son maître.

C'était le signal de la partie orgiaque de la soirée. Notre hôtesse congédia les violons, ordonna à une servante de moucher quelques chandelles et de fermer les portes, si bien que nous fûmes plongés dans une pénombre de crypte.

Ayant quelque peu abusé des vins d'Espagne, je me sentais dans des dispositions propres à ne pas me faire passer pour un Éliacin. Sous l'apparence de rendre hommage à la beauté, le dévergondage faisait autour de la table des progrès aussi peu discrets mais plus raffinés qu'au Temple. Je me sentais prêt à y céder quand Mme de Coulanges, après avoir murmuré quelques mots à l'oreille de Célimène, me convia sans façon à les suivre dans sa chambre.

Ma main dans celle de ma voisine, je répondis à cette galante invite en me disant que ma nuit, en présence de ces deux bacchantes, allait être longue et agitée.

Elles se dénudèrent en riant et, allongées sur le lit, me tendirent les bras. Je me dépouillai hâtivement pour les rejoindre. Après des préambules affriolants, passant de l'une à l'autre, je les honorai. Lorsque j'observais une pause, elles poursuivaient entre elles leurs ébats, comme si je ne comptais plus. J'avais l'impression, dans la clarté de la chandelle, d'être projeté dans une scène de Pétrone ou de l'Arétin. Reposé, réconforté par un verre d'alicante, je reprenais mon rôle avec une ardeur accrue.

L'aube nous trouva enlacés, baignant dans une euphorie qui nous laissait inertes. La sueur, en séchant, avait laissé sur nos corps une odeur âcre mêlée à de vagues parfums.

Le carrosse de Mme de Coulanges me ramena au Temple, encore ensommeillé, l'esprit aussi vide que le corps. Je titubais en montant jusqu'à ma chambre. Debout devant la fenêtre, dans la fraîcheur du petit matin, je restai un moment à observer la foule qui commençait à se presser devant les boutiques. Des enfants couraient après des chiens, des filles proposaient leurs bouquets, des dévotes sortaient de l'église dans un carillon. C'était le spectacle d'un matin ordinaire, mais je portais sur lui un regard différent, comme si je tombais d'une autre planète.

Je m'écroulai sur mon lit sans me déshabiller et sombrai dans le sommeil pour ne m'éveiller qu'au début de l'après-midi. Guillaume frappait à ma porte.

3

Les tours de la Liberté

Retour de Saint-Cloud, où il avait vécu une semaine en compagnie du duc de Chartres, Philippe, qu'il appelait familièrement son « filleul », Guillaume paraissait d'une santé insolente et d'une bonne humeur à toute épreuve. À le voir arpenter ma chambre avec des mouvements amples et des gestes nerveux, il semblait se préparer à conquérir le monde.

— Cesse de te démener ! lui dis-je. Ça me soulève l'estomac.

Il s'assit au bord du lit, me tapota le genou de sa main sèche.

— Toi, me dit-il, tu me sembles avoir du vague à l'âme. Tu t'es soûlé cette nuit ? Tu as mal baisé ?

— Je suis resté sobre mais j'ai trop baisé. Voilà ce que j'ai. Si tu ne m'avais pas réveillé, j'aurais dormi jusqu'à ce soir.

— Ta tête ressemble à une grosse laitue fanée. Alors, raconte. Où as-tu passé la nuit, sacripant ?

Je lui parlai du souper et des événements qui l'avaient suivi. Il connaissait, de nom et de réputation, les convives de Mme de Coulanges, à l'exception de l'officier de marine, du godelureau de Mme des Vertus et, naturellement, de la mystérieuse femme masquée qui se faisait appeler

Célimène. Lorsque je prononçai ce nom, il eut un sursaut et me dit d'un air grave :

— Tu dis bien Célimène ? Parle-moi d'elle, fais-moi son portrait. C'est important.

— Son portrait ? Je te répète qu'elle était masquée. Je ne vois pas ce qu'il peut avoir d'important dans cette affaire. Je ne l'ai pas violée, que je sache !

Il se leva, remplit à demi un verre de cordial, me le tendit.

— Merde de merde ! Tu aurais mieux fait de rester chez toi. Tiens, bois. Tu en auras besoin. Cette femme avec qui tu as baisé et rebaisé, je la connais. C'est une bâtarde du roi. Célimène est son nom d'emprunt pour les parties fines. Il s'agit d'Anne-Marie de Blois, fille de Mme de La Vallière. Elle a épousé à treize ans un Bourbon, le prince de Conti, et pas par amour, tu t'en doutes !

Je restai muet, comme assommé d'un coup violent sur la nuque. J'entendis Guillaume me raconter que le roi avait raffolé de cette fillette : il la faisait sauter sur ses genoux et lui pardonnait ses familiarités. De tous les bâtards, elle était sa préférée, malgré ses caprices : au seuil de l'adolescence, elle buvait de l'eau-de-vie et fumait la pipe comme un grenadier, adoptait avec les messieurs une attitude provocante, si bien qu'on jugea prudent de la marier au plus tôt.

Cette union ne laissait pas augurer d'un heureux ménage. Le prince n'était l'aîné que de cinq ans, mais il était loin d'avoir la vivacité de sa jeune épouse. Ce lourdaud était mal préparé à donner satisfaction à ce diable en jupons, si bien que le ménage ne tarda pas à devenir le champ clos d'une petite guerre larvée. Il la quitta pour rejoindre l'armée ; elle eut en son absence des amants dont elle changeait, dit-on, « comme de chemise ». Il remporta quelques succès sur l'ennemi ; elle conquit bien des cœurs.

— Le prince de Conti, ajouta Guillaume, a été emporté par la petite vérole, après s'être battu en Hongrie contre les Turcs. Il n'a pas été beaucoup pleuré par sa jeune veuve. Comme leur mariage avait été stérile, elle a profité de sa liberté et en profite encore, comme tu as pu le constater. Elle demeure au Luxembourg, le théâtre préféré de ses exploits. Je l'y ai rencontrée récemment. Nous avons bavardé comme de vieux amis.

— Je sais qu'elle te connaît. Elle m'a parlé de toi.

— En bien, je suppose ?

— Oui et non. Elle n'a pas beaucoup de sympathie pour toi mais elle admire tes talents.

— C'est ce qui compte. Elle m'a parlé du remariage que le roi a prévu pour elle. Sais-tu quel serait l'heureux élu ? Je te le donne en mille ! Mon « filleul » le duc de Chartres. Il a quinze ans et elle vingt-trois. Encore un beau mariage en perspective ! En quelque sorte tu as exercé sans le savoir le droit de cuissage...

Ces propos bourdonnaient autour de moi comme la rumeur d'un orage lointain. Je me répétais une lancinante litanie : « J'ai baisé la fille du roi ! Que Sa Majesté l'apprenne et je me retrouve à la Bastille ou aux galères ! » Si ce châtiment se réalisait, je serais *ipso facto*, pauvre hère, livré à moi-même.

Je bredouillai :

— La Bastille...

— Eh, quoi, la Bastille ?

Je lui fis part de mes craintes. Il hocha la tête, convint que le risque n'était pas à écarter.

— Les personnages conviés à ce souper, les

femmes surtout, me dit-il, doivent connaître la véritable identité de ta Célimène, et Mme de Coulanges est, à ce qu'on dit, sa compagne de débauche. Elles peuvent, avec ou sans l'avoir prémédité, cracher le morceau et, dans ce cas...

Guillaume se retira après m'avoir embrassé comme on fait avec un malade. Je tentai, dès le lendemain, de me remettre au travail en tâchant d'oublier mes frasques et leurs conséquences.

Je m'interrogeai sur le rôle que Mme de Coulanges avait pu jouer dans cette affaire. S'était-elle servie de moi comme d'un Jocrisse que l'on peut utiliser à toutes fins ? Elle ne pouvait ignorer la véritable identité de Célimène et les risques qu'elle me faisait courir. À la réflexion, un autre danger était à redouter : qu'un amant jaloux, un soupirant éconduit cherchât à tirer vengeance de ma bonne fortune. Je me voyais déjà agressé, roué de coups ou provoqué en duel.

À quelques jours de là, le grand prieur m'informa de la mort de maître Jules Ménage. Il en était d'autant plus affligé que la grande vérole ramenée des Flandres le torturait et que ses médecins l'abusaient.

Il m'annonça qu'il comptait me dégager du service de son frère, qui partageait désormais son temps entre Anet et Versailles, pour ne me confier que son propre courrier, dans lequel son vieux secrétaire s'empêtrait.

Je n'arrivais pas à comprendre comment, avec la pléthore de leurs revenus, les deux frères pussent peiner à joindre les deux bouts, au point de s'endetter. Avec seulement les bénéfices de leurs abbayes, de leurs domaines et de leurs bordels, ils auraient pu subsister largement. Leur argent passait en cadeaux à leurs maîtresses, en banquets, en générosités pour la légion d'aigrefins accrochés à leurs basques...

Je parvenais fort bien, en revanche, à admettre que la guerre leur fût un dérivatif. Après une parade dans la cour du Temple, au milieu des badauds et sous l'œil indulgent d'un maréchal, ils partaient se battre, bannière au vent, contre l'Europe coalisée. Le grand prieur chevauchait non un destrier de bonne race mais une vieille carne des Ardennes à la robe balafrée et maculée de grappe, dont il n'aurait changé pour rien au monde, disant qu'elle lui portait chance. Il souffrait du même mal que le roi : une fistule à l'anus, et se faisait porter en chaise durant ses crises.

La guerre dite de la Ligue d'Augsbourg durait depuis un an quand, au printemps de l'année 1690, il décrocha son épée templière pour rejoindre en Italie l'armée de Catinat.

Avant de prendre le chemin des Alpes en compagnie de son vieux secrétaire, il me lança :

— Mon garçon, travaille bien et amuse-toi de même, mais un conseil : ne vise pas trop haut pour ce qui est de tes partenaires. On commence à jaser sur tes derniers exploits avec la Coulanges et une jeune veuve. Tu vois de qui je veux parler ? Gare à toi si le roi apprend que tu as baisé sa fille ! Salut, mon gars...

J'entrepris de défendre ma cause. Il m'interrompit sèchement :

— S'il t'arrive de nouveau d'être entrepris par une femme masquée, envoie-la au diable ! Tu serais comte, marquis ou duc, l'affaire serait de peu d'importance, mais, avec un chétif personnage comme toi, ça peut faire du grabuge. Il est vrai que, tant que tu resteras au Temple, tu bénéficieras de l'immunité. J'aurais aimé être là pour prendre ta défense, mais j'ai rendez-vous avec la guerre, et cette garce n'aime pas attendre.

Conscient du danger qui me guettait, je décidai de rendre visite à Mme de Coulanges pour avoir quelque lumière sur ce traquenard. Je dus insister pour qu'elle daignât me recevoir. Quand je lui eus révélé le motif de ma visite, elle parut surprise, comme si elle avait oublié ou voulu oublier nos ébats.

— Vous me parlez de Célimène ? Eh bien, quoi ?

— Ne me dites pas que vous étiez dans l'ignorance de sa véritable identité. Elle est fille du roi et de Mlle de La Vallière.

Elle fit la sotte.

— Mon cher, je l'ignorais !

— Le roi apprendra sûrement nos rapports, et alors...

— Et alors quoi ? Le roi... le roi... croyez-vous qu'il ne soit pas informé des caprices de ses bâtards ? Allez, vous n'avez rien à redouter. Il est trop occupé par les nouvelles de la guerre. D'ailleurs, qui aurait l'audace de l'en informer ? Sûrement pas moi, vous pouvez en être sûr...

Elle parut réfléchir, se leva, se rassit, ajouta :

— S'il y a une personne dont vous pourriez vous méfier, c'est, en confidence, Mlle des Tournelles, une maîtresse épisodique du duc de Richelieu, tête légère et caqueteuse. Si je l'ai invitée, c'est à la requête de Célimène, je veux dire de la princesse. Le danger peut venir d'elle. Mes autres invités, j'en réponds.

Elle ajouta, avant de me donner congé :

— À la réflexion, je ne serais pas surprise que

M. de Bouqueval vous fasse des ennuis. C'est un des soupirants de la princesse, et des plus jaloux. Il s'est battu en duel avec le duc de Richelieu, qu'il jugeait trop entreprenant. Rassurez-vous, il n'ira pas vous jeter son gant à la figure : un Bouqueval, pardonnez-moi, ne se bat pas contre un roturier.

Deux évidences s'imposèrent à moi lorsque je me retrouvai dans la rue : je n'aurais plus jamais les faveurs de Mme de Coulanges et je devrais me méfier de ce Bouqueval dont, à ce jour, le nom m'était inconnu.

Depuis ma venue au Temple, j'avais pris l'habitude de consacrer chaque semaine quelques heures de loisir à des flâneries. En une seule de ces promenades, j'en apprenais davantage sur les mœurs du bon peuple de Paris, que dans un livre ou dans les gazettes. Plus que dans mon cocon, je me sentais dans mon élément naturel ; les gens que je croisais ne différaient guère de ceux que je rencontrais dans ma ville natale ou à Limoges, sinon par la vivacité et la verdeur du langage.

Ma promenade favorite me conduisait au Pont-Neuf en longeant la berge de la Seine.

Pour me reposer de ma longue marche, je m'asseyais sous le socle de la statue du roi Henri IV flanquée aux quatre coins d'esclaves de bronze. De cet observatoire j'avais vue sur l'immensité du fleuve, le Louvre à ma droite et le collège des Quatre-Nations à ma gauche.

Une fois dispos, je me mêlais à la foule, badaud parmi les badauds. Entre les parties de paume, les équilibristes à « paye qui tombe », les jeux de gobelets, les comédiens ambulants, les distractions ne manquaient pas. J'écoutais les chanteurs de rue débiter leurs complaintes ou leurs chansons satiriques, le crieur public annoncer les dernières nouvelles, les vendeurs d'almanachs et de « canards » s'égosiller, les filles de joie murmurer leur invite...

Les comédiens surtout retenaient mon attention. Cette lie, ces mauvais artistes rejetés par les théâtres profitaient de l'étrange latitude qu'ils avaient de brocarder la société bourgeoise et la Cour. Le Grand Tabarin et son frère, maître Mondor, bonimenteurs volubiles, avaient depuis longtemps plié bagage pour aller vendre leur bagout aux anges, mais les frères Thomas perpétuaient la tradition avec un égal bonheur. J'aurais pu rester des heures devant leurs tréteaux.

Sur la fin de ma promenade, j'avais le choix entre le tondeur de chiens, le vendeur de coco, le négociant en vieilles ferrailles ou le montreur de singe savant. Cette humanité mercantile, bavarde, provocante, débordait d'un lyrisme populacier dont je me régalais. J'apprenais des mots, des expressions, des chansons et des musiques, avec un accent qui, à force de se frotter au mien, qui était coriace, avait fini par l'éclipser.

Un soir, alors que j'écoutais un chanteur juché sur un escabeau, un cri accompagné d'un juron me fit sursauter. Un homme s'écriait, comme Harpagon dans *L'Avare* :

— Ma bourse ! On a volé ma bourse ! Qu'on appelle le guet !

Deux sergents se présentèrent, écoutèrent le bonhomme dévider sa complainte et lui demandèrent s'il pourrait reconnaître son voleur. Il parcourut la foule du regard et, soudain, pointa son doigt vers moi en criant :

— C'est lui, je le reconnais ! C'est ce brigand ! Fouillez-le !

Les deux sergents me demandèrent de vider mes

poches. L'une d'elles contenait une bourse, dont j'ignorais l'existence. Je protestai :

— C'est une mauvaise farce ! Cette bourse ne m'appartient pas !

— C'est bien la preuve que vous êtes notre homme, me dit un sergent.

Le chanteur interrompit son débit pour prendre ma défense. Il jura que mon accusateur et moi ne nous étions pas rapprochés de plus de deux brasses et qu'il aurait fallu que le brigand eût le bras long. On le fit taire en l'accusant de complicité.

— Vous allez nous suivre sans faire d'histoires, me dit le sergent.

Sans faire d'histoires ? Il en avait de bonnes ! Lorsqu'il tenta de mettre la main sur moi, je me débattis. Sur le point de lui échapper, je reçus sur la nuque un coup violent, qui m'envoya dans les nuages.

Un mur nu flanqué d'un grand Christ de bois. Une banquette. Un dallage décoloré et, au fond, sous la croix, une tribune. J'ouvris les yeux sur un décor sinistre. Une main secoua mon épaule. On me tendit un verre d'eau. Je l'avalai d'un trait, avec une grimace de douleur, comme si ma tête allait éclater.

— Que me veut-on ? demandai-je au gardien. Pourquoi suis-je ici ?

— Tu le sais mieux que personne. Patience. Le juge ne va pas tarder. En attendant, tu peux toujours faire ta prière.

Le juge débita un procès-verbal auquel je ne compris goutte et conclut cavalièrement :

— Je vous préviens, Maillard, toute contestation serait inutile. Vous avez été pris en flagrant délit, ce qui rend inutile toute suite à la procédure. Si vous reconnaissez votre faute...

— Je la nie ! m'écriai-je. Je suis victime d'une machination.

— Vous ne pouvez rien contre les faits. Le témoignage des sergents est formel. La peine ordinaire réservée aux brigands de votre espèce est la mutilation du poignet droit ou les galères. Nous avons jugé que cette dernière peine serait suffisante.

— Vous êtes bien bon ! ironisai-je.

— Plus que vous ne croyez. Nous avons de même écarté la peine des galères du fait que vous êtes au service des MM. de Vendôme, qui, m'a-t-on dit, n'ont jamais eu à se plaindre de vous. Vous en serez quitte pour une incarcération à la Bastille. Vous devriez être satisfait.

— Je ne le serai que lorsqu'on m'aura rendu justice !

Je m'informai de la durée de ma peine. Mon juge haussa les épaules, se leva et fit signe qu'on m'évacuât.

Le jugement, expédié deux heures après mon arrestation, avait été trop rapide pour que je n'y voie pas une manœuvre visant à ma perte. Il y avait, d'autre part, une disproportion flagrante entre la rigueur de la peine que j'aurais dû encourir et celle qui m'était infligée. De toute évidence on avait souhaité simplement me donner qu'une leçon. Mais qui donc ? Le nom de M. de Bouqueval revint à ma mémoire. Qui donc aurait pu, sinon un jaloux, me jouer ce mauvais tour ?

Les portes du Châtelet refermées à la fin de cette journée, celles de la Bastille s'ouvrirent à la nuit tombante.

Je ne m'attendais pas à ce qu'on m'hébergeât dans une chambre confortable, mais le cachot dans lequel on me jeta sans ménagement était sordide, puant, meublé d'un bat-flanc et d'un seau pour les nécessités. Il prenait jour par un soupirail donnant sur un fossé où croupissait une eau fétide.

J'attendis en vain un souper. On m'avait oublié, mais je n'en souffris pas, car, la fatigue et l'émotion aidant, je ne tardai pas à m'endormir, malgré le froid humide qui suintait du pavage et des murs couverts de graffiti obscènes.

Au petit matin, le porte-clés déposa dans mon cachot une cruche d'eau et un morceau de pain. Je demandai à voir le gouverneur ; on m'envoya son major. J'obtins de lui l'autorisation d'adresser un billet au secrétaire du duc de Vendôme et un autre à Guillaume.

Mon ami me rendit visite le lendemain de mon incarcération, rouge de colère, criant qu'il ne croyait pas un mot de cette histoire de bourse volée, mais que je m'étais mis dans un sale pétrin. Je le suppliai de faire l'impossible pour me faire libérer.

— Plus facile à dire qu'à faire ! Ne te fais pas trop d'illusions. Tu es là pour des semaines, des mois, des années, et, qui sait, peut-être t'y oubliera-t-on. Je vais pourtant demander au gouverneur qu'il améliore ta condition. Je connais Besmeau : ce brave homme n'a rien d'un geôlier.

Il me parla des appartements du rez-de-chaussée et des étages, où des prisonniers logeaient à l'aise, avec comme seule contrainte la privation de sorties.

— Ce soir, ajouta-t-il en m'embrassant, tu pourras manger à ta faim et coucher dans un vrai lit, sinon je ne m'appelle plus Guillaume Dubois ! Si je rencontre la moindre réticence, je ferai intervenir Monsieur, le père de mon élève. Après... eh bien, après, tu devras te débrouiller sans moi. D'ici trois jours j'aurai quitté Paris, peut-être pour ne plus revenir. Le roi m'envoie aux armées avec mon élève. Philippe a seize ans et je dois lui apprendre la guerre. Eh oui, mon gars ! ton ami l'abbé va devoir affronter l'ennemi ! Ça devrait te faire rire !

— Je n'en ai pas envie. Où va-t-on t'envoyer ?

— En Italie, sous Catinat. J'aurais pu trouver pire. C'est un roturier, comme nous, mais un bon général, émule du grand Turenne. Il est entré dans l'armée par conviction plus que par courtisanerie. Je préfère être placé sous son commandement que sous celui de cette baderne de Villeroy. Rassure-toi : je ferai en sorte de nous faire passer, mon « filleul » et moi, à travers les balles !

Je ne restai pas une deuxième nuit au cachot. M. Besmeau s'intéressa à mon état de « pailleux », s'en offusqua et tint à me le confirmer après l'intervention de Guillaume.

Ce bon gros commis indolent, arrivé en fin de carrière, aussi fatigué que son habit, auquel manquaient des boutons, me fit monter à son cabinet et m'offrit une prise et du tabac pour ma pipe, ce qui laissait bien augurer de mon sort. On lui avait adressé une copie du procès-verbal de mon affaire ; il ne semblait pas dupe.

— J'ai trop l'habitude des injustices, me dit-il, pour ne pas croire à une basse vengeance, pour des motifs que je n'ai pas à connaître. Je vais donc surseoir de mon propre chef au régime du cachot et faire en sorte que vous soyez traité humainement. Ne me remerciez pas : je ne fais qu'obéir à ma conscience. Toute pression pour me faire changer de comportement serait vaine. Sauf venant du roi, cela va de soi...

En me donnant congé, il me remit entre les mains de son major.

— Vous aurez surtout affaire à Chevalier, me dit-il. Il va vous conduire à votre logis. Rien de luxueux, je vous préviens, mais vous pourrez l'agrémenter à votre convenance. L'abbé Dubois m'a laissé cette bourse pour vos besoins. La voici...

Il ajouta joyeusement :

— Monsieur Maillard, bienvenue au château du roi !

Guillaume s'était montré généreux. Avec le montant de sa bourse, celui de ma cassette et la modeste pension que Sa Majesté affecte aux prisonniers, je pourrais vivre sans souci durant quelques mois. M. Besmeau m'avait évité les « calottes », ces mauvaises chambres des étages inférieurs où l'on crevait de chaleur en été et de froid en hiver.

Mon appartement se situait au deuxième étage de l'une des huit tours qui flanquent ce gigantesque quadrilatère de sinistre apparence. Chacune d'elles portait un nom : du Coin, de la Chapelle, du Puits, du Trésor, de la Liberté... C'est à cette dernière que je fus affecté. Elle tenait son appellation de la permission que les prisonniers, sous le règne précédent, avaient obtenue de se promener dans les jardins et sur les terrasses surplombant les fossés où stagnait l'eau de la Seine.

Composé d'une pièce dotée d'une cheminée, d'un cabinet et de commodités, ce logis donnait de plain-pied sur le jardin suspendu. Il n'avait pas été occupé depuis longtemps, me sembla-t-il, car le papier peint était décollé par endroits, il manquait des lattes au parquet et des rideaux aux fenêtres. Le mobilier étant vétuste et sommaire, Chevalier s'offrit pour le compléter. La vue donnait d'une part sur la porte

Saint-Antoine, de l'autre sur le Petit-Arsenal et ses jardins. Au-delà du fossé et du terre-plein circulaire de la porte Saint-Antoine s'étendaient les quartiers neufs des faubourgs.

J'aurais eu mauvaise grâce de me plaindre. J'étais privé de liberté, certes, mais j'en profitais peu dans mon cabinet du Temple, et j'allais jouir de vacances favorables à ma santé éprouvée par ma sédentarité. Je ne serais d'ailleurs pas confiné dans cet appartement : les espaces intérieurs, cours et jardins, étaient ouverts aux « pensionnaires » de M. Besmeau.

En une semaine, mon séjour s'était agrémenté de quelques meubles achetés à la brocante par le major. J'avais aligné sur une étagère les quelques livres que j'avais fait venir de ma chambre du Temple. Un réchaud suffisait à préparer mes repas, car je me méfiais du régime de la prison.

En quelques jours, les idées préconçues que j'avais nourries sur la Bastille s'étaient dissipées. Je l'avais imaginée peuplée de voleurs et de criminels entassés dans des geôles infectes, traversée de couloirs sinistres, empuantie par des odeurs d'eau morte et de rats crevés. Lorsque le juge m'avait donné connaissance de ma peine, je m'étais dit qu'à tout prendre mieux vaudraient les galères. Je n'avais pas tardé à changer d'avis.

Certes, cette réclusion m'était sensible. Lorsque, le soir venu, du haut des terrasses et au-delà du pont-levis, je voyais les clients de l'auberge de la Couronne entrer et sortir, que la musique, les rires et les chansons montaient jusqu'à moi, je me sentais jeté sur une île déserte, comme ce Robinson que je devais lire bien des années plus tard, mais avec le continent à portée de vue et de voix.

Sur cette île, fort heureusement pour moi, je n'étais pas seul.

Le gouverneur m'avait informé que j'allais découvrir une société limitée en nombre mais qui ne manquait pas d'agrément. J'y trouverais des personnages du meilleur monde, qui faisaient sonner leur particule et faisaient assaut d'étiquette. Certains avaient une réputation d'escrocs, mais la plupart s'étaient, comme moi, fourvoyés dans des embrouilles à leur corps défendant.

Je ne tardai pas à m'inclure dans ce petit monde, d'autant qu'il vivait à ma porte. J'en percevais, à chaque heure du jour et de la nuit, les rumeurs, les allées et venues, les jeux et les querelles. Mon temps d'expectative fut bref. Je redoutais une promiscuité à long terme, mais je devais en passer par là sous peine d'être tenu à l'écart et méprisé.

Le nombre des pensionnaires des deux sexes n'excédait pas la vingtaine, si l'on excluait quelques rares « pailleux » auxquels personne ne s'intéressait. Certains avaient avec eux un domestique et recevaient des visites dans leur appartement, de préférence à la salle du conseil, qui faisait office de parloir.

Toute cette population joyeuse, bruyante et colorée profitait de sa relative liberté de mouvement pour se promener de haut en bas et de long en large, de préférence sur les terrasses et dans les jardins plantés de tilleuls et de marronniers d'où ils jouaient, à la lunette, les Asmodée dans les maisons avoisinantes.

Les consignes n'avaient rien de draconien. Les prisonniers devaient être, chaque nuit, enfermés dans leur chambre, mais, l'un d'eux s'étant improvisé ferronnier, le trafic était presque aussi intense de nuit que de jour, avec la bénédiction du gouverneur et du major, auquel on graissait la patte. Pour une livre j'obtins un jeu de fausses clés. Ce n'était pas cher payé pour quelques heures de nuit à somnoler sous les tilleuls, entre deux rondes.

Le premier prisonnier qui frappa à ma porte était une femme : Mme la baronne Angèle de Surville. Elle me rendit visite alors que j'étais occupé à dérouler un tapis destiné à cacher le mauvais état du parquet. Elle fit mine, en agitant son éventail à motifs chinois, de s'extasier sur les changements que j'avais apportés à ce taudis et sur la chance qui m'était donnée d'être de plain-pied avec la terrasse et le jardin. À en juger par son visage, dont le fard et les mouches cachaient mal les rides et les boutons, elle aurait pu être ma mère.

Elle se présenta et me dit, en se laissant tomber dans mon fauteuil :

— Monsieur *de* Maillard, soyez le bienvenu dans notre phalanstère. Nous aurions mauvaise grâce de nous réjouir de votre séjour parmi nous, mais nous vous accueillerons avec amitié. Vous êtes, nous a-t-on dit, l'ami de l'abbé Dubois, précepteur du duc de Chartres, neveu du roi. Est-ce exact ?

— Ça l'est, madame. L'abbé est mon ami d'enfance.

Elle ajouta en se levant :

— En confidence, monsieur de Maillard, la coutume veut que chaque nouvel arrivant paie son écot pour être admis dans notre cercle. Quelques bouteilles suffiront. Du champagne, évidemment.

— Cela va de soi, madame. Avez-vous prévu une date ?

— Nous avons, mes amis et moi, pensé que le plus tôt serait le mieux. Disons dimanche, à cinq heures ? N'oubliez pas quelques pâtisseries...

Le major se fera un plaisir de vous fournir le nécessaire pour une vingtaine de personnes. Avec un pourboire, naturellement.

Elle ajouta avant de se retirer :

— Monsieur Boismeau et son épouse seront peut-être des nôtres...

Cette initiative me prenait de court, mais je n'eus garde d'y faillir, ce qui m'eût condamné à l'ostracisme de mes codétenus. Restait qu'il me serait loisible de ne frayer qu'avec des personnages choisis, en écartant les plus futiles, les plus vaniteux et les plus sots. J'avais déjà observé que certains manifestaient une arrogance de prévôt de province et du mépris pour qui ne portait pas de particule. Je tenais à ne pas m'ingérer dans leurs intrigues qui, dans cette atmosphère confinée, devaient susciter soupçons et querelles. Je comptais avant tout profiter de ce que j'ose appeler ma « liberté » pour me gaver de lecture.

Avant la réception, qui me laissait quelques jours de délai, je fis la connaissance de Georges Bardin, un homme de mon âge – bientôt la trentaine – propriétaire d'un établissement financier. Il m'informa qu'il était l'« invité » de Sa Majesté en son château de la Bastille, sans connaître les raisons de cet honneur. Il était là depuis un an, sans que l'on se préoccupât de son sort.

Je lui exposai mon cas, sans rien omettre de ce qui m'avait conduit dans cette résidence forcée. Il me rassura.

— Avec l'appui de gens haut placés, vous obtiendrez facilement une révision de votre procès et ne resterez pas longtemps parmi nous. On dit que votre ami, l'abbé Dubois, a le bras long. Quant à moi, hélas, je crains d'y passer le restant de mes jours, sans savoir pourquoi. Et je ne suis pas le seul dans ce cas...

Il s'était trouvé une activité lucrative au sein de notre communauté en organisant un système financier rudimentaire mais efficace : il prêtait de l'argent avec intérêt aux pensionnaires et me proposa ses services. Comme il paraissait honnête et compétent, je lui confiai mon avoir.

Il me parla de quelques-uns de nos compagnons de captivité. Mme de Surville, le boute-en-train du cercle, avait comparu au Châtelet pour proxénétisme : elle louait les chambres de son hôtel pour des rendez-vous galants... M. d'Héricourt avait été pris à tricher à la table du dauphin... Mme de Péreille avait été surprise à découper au ciseau des franges de tissus d'or dans la grande galerie de Versailles pour les revendre à des tapissiers... Mme de Vermeil faisait un trafic éhonté de négrillons...

Je dressai l'oreille.

— Serait-ce l'épouse d'un officier de marine ?

— C'est bien elle. Vous la connaissez donc ?

Je lui parlai de M. de Vermeil et de la beauté noire qu'il exhibait comme un objet d'art de collection. J'eus l'impression que ce petit monde, dont émergeaient des personnages connus, se resserrait autour de moi.

— En confidence, m'avoua le financier, je supporte mal cette promiscuité, mais je fais contre mauvaise fortune bon cœur. Je suis un honnête homme, monsieur, et ces fripons à particule m'indisposent. Vous devrez, comme moi, passer sous leurs fourches Caudines, sinon être méprisé comme un lépreux.

Il ajouta :

— Méfiez-vous principalement des femmes. Le

bel homme que vous êtes ne tardera pas à provoquer des convoitises. Si vous avez du goût pour l'intrigue, vous aurez de quoi vous divertir. Pourtant, je tiens à vous prévenir : beaucoup de ces beaux fruits sont gâtés. J'en parle en connaissance de cause...

Les fourches Caudines dont m'avait parlé Bardin n'avaient rien de contraignant.

On jouait beaucoup, à des jeux variés, et pas pour des haricots. Les mises allaient bon train. Face à des partenaires le plus souvent désargentés, je faisais figure de nabab, aisé que j'étais au plan du pécule, si bien que j'étais considéré. Le lansquenet avait mes faveurs. Ce jeu avait été interdit à la Cour, du fait qu'il était facile de s'y ruiner. J'y gagnai de fortes sommes, dont je me délestais en faisant sauter des bouchons.

D'autres jeux, comme le pharaon, la tontine, le bésigue, se partageaient nos après-midi. Beaucoup, les femmes surtout, jouaient à l'étourdi et perdaient gros ; je leur prêtais volontiers de quoi se refaire, sous les regards réprobateurs de Bardin. Je surpris à plusieurs reprises des tricheries de la part de M. d'Héricourt, et lui en fis ouvertement le reproche ; il s'en montra offensé, comme une dinde dont on déplume le croupion, ces pratiques lui paraissant naturelles.

Entre les heures consacrées à la lecture des livres et des gazettes, les parties de cartes, les repas souvent pris en commun et les promenades intramuros, ma vie n'offrait guère de prise à l'ennui.

Je repris l'habitude de la pipe. Au soir tombant, sous les tilleuls de la terrasse, je savourais la fumée du tabac en regardant s'allumer les lampadaires publics. Un des pensionnaires, M. de Dampierre, incarcéré pour des vols de tabatières dans les églises, était lui aussi un adepte de ce plaisir.

— Le tabac, me dit-il d'un ton docte, fait de nous des honnêtes gens. Voyez comme on a plaisir à le distribuer autour de soi ! Il inspire des sentiments de générosité, entretient l'amitié et la vertu, sous quelque forme qu'on le consomme. De plus, le mâcher est efficace contre les maux de dents et l'asthénie.

Il m'apprit que certains, à l'instar des indigènes d'Amérique, le fument sous forme de feuilles roulées, qu'on appelle « cigares », mais rien n'était pour lui comparable à la pipe, et surtout pas le tabac à priser, qu'il trouvait inélégant, en dépit de son goût pour les tabatières.

À l'automne de cette année 1690, je reçus d'Italie des nouvelles de Guillaume et de son Télémaque. Il me disait :

Je me suis découvert des vertus guerrières insoupçonnées. Moi qui avais peur de mon ombre, j'ai apprécié l'ivresse des chevauchées, sabre au clair, sus à l'ennemi ! Quant à monseigneur, il se conduit comme un matamore et, ce qui m'inquiète, prend goût au danger. Aucun obstacle ne lui paraît insurmontable. Je dois lui faire la leçon pour modérer ses élans.

Au mois d'août, près d'une localité du Piémont, Staffarde, nous avons mis en déroute une troupe de Savoyards et d'Espagnols. Mon filleul a fait trois prisonniers et n'en est pas peu fier. Il est vrai que j'y ai donné la main.

En digne émule de Turenne, Catinat fait des prodiges. Il est devenu l'idole de son armée. Ses soldats l'appellent le Père la Pensée, car, contrairement à d'autres généraux, il réfléchit avant d'entrer en action...

Il m'annonçait son retour pour la fin de l'automne, avant les premières neiges, qui tombent d'abondance dans le Piémont.

J'aurais pu lui donner des nouvelles de la campagne des Flandres et du maréchal de Luxembourg, auquel les gazettes tressaient des couronnes.

Ce bossu atrabilaire, frivole et pervers se révélait, sur les champs de bataille, l'égal d'un Condé ou d'un Turenne. En juin, à Fleurus, il avait écrasé l'armée du prince d'Orange par des charges dignes de la légende. Il ramenait à foison des étendards ennemis, dont on ornait la cathédrale. On l'appelait le Tapissier de Notre-Dame...

Un soir de septembre, je venais d'achever mon souper solitaire sur la terrasse et entamais à la chandelle la lecture d'une œuvrette de Lucien de Samosate, quand une voix féminine m'interpella :

— Monsieur de Maillard, il est temps de rentrer. La première ronde va passer.

Je posai ma pipe et me retournai. Elle était derrière moi, à demi cachée par une haie de buis, petite forme indistincte aux épaules enveloppées d'une large écharpe à cause de la fraîcheur. Elle s'avança vers moi, les mains croisées sur la poitrine. Je me levai en reconnaissant Mme Besmeau, et lui offris de prendre ma place toute chaude dans mon fauteuil.

— Vous venez de m'épargner le cachot ! lui dis-je. Lorsque je lis, je ne vois pas le temps passer. Je n'ai même pas entendu la cloche.

Ce brimborion de femme, un peu forte de la poitrine et des hanches, avait déjà attiré mon attention, sinon ma convoitise. Elle avait assisté, en compagnie de son époux, à mon examen d'entrée, et, de temps à autre, se mêlait à nos parties de cartes.

— Vous m'avez fait gagner six louis aujourd'hui, me dit-elle. Je voulais vous en remercier sans témoin.

— C'est une joie de vous être agréable, madame.

Nous tâcherons d'augmenter encore vos gains, mais il faut toujours compter avec la chance.

Elle me demanda ce que je lisais et soupira :

— Je vous envie, monsieur de Maillard. J'aurais aimé, moi aussi, lire des livres, mais ils me font bâiller. Je me contente de l'almanach et du *Mercure*.

— Pour s'y intéresser, il suffit d'un peu de curiosité, de persévérance et d'attention.

— Ce que j'aimerais, c'est que vous me lisiez une page de ce livre. J'aime votre voix, à la fois douce et grave.

— Qu'à cela ne tienne ! Je vais vous lire le premier chapitre du *Songe*, où Lucien parle de son enfance en Syrie.

Je m'agenouillai dans l'herbe pour être à sa hauteur, si près d'elle que je percevais son souffle un peu haletant, et commençai :

— *« J'avais cessé depuis peu d'aller aux écoles et j'étais déjà grand garçon lorsque mon père tint conseil avec ses amis pour savoir ce qu'il ferait de moi... »*

Elle m'écoutait les yeux mi-clos, la bouche entrouverte, la gorge palpitante, et soudain, au milieu d'une phrase, elle murmura :

— C'est trop, Étienne. Je n'en puis plus. Prenez-moi...

Au comble de l'excitation, je lâchai le livre et me jetai sur elle avec une telle vigueur que le fauteuil d'osier craqua et que nous nous retrouvâmes allongés sur la pelouse, riant comme deux innocents.

— Nous allons poursuivre cet entretien, lui dis-je, mais plus confortablement, dans ma chambre. Si nous restons ici, la ronde risque de nous surprendre.

Elle referma la porte au verrou, tira les rideaux de la fenêtre et, à ma grande surprise, commença à se dévêtir, avec une telle hâte qu'elle me supplia de l'aider.

Léonore Besmeau était plus légère et plus agile que je l'avais estimé. Elle n'était grasse que d'apparence, peut-être parce qu'elle s'habillait comme une servante d'auberge. À peine à pied d'œuvre, elle prit l'initiative de nos ébats, avec une préférence pour la position préférée de Mme de Coulanges : le « cheval d'Hector ». C'était une cavalière d'une vigueur et d'une habileté consommées. Elle gémissait et poussait des cris de sauvageonne prise au piège, si bien que je dus la bâillonner avec la main. Après une charge fulgurante, nous prîmes notre plaisir avec une simultanéité parfaite.

— Eh bien, lui dis-je, alors qu'elle se rhabillait, voilà un assaut bien mené. Vous m'avez conquis. Je rends les armes.

— Gardez-les et prenez-en soin ! J'ai le sentiment que vous aurez à dégainer de nouveau, et sans tarder.

— Eh bien ! j'accepte le défi !

À défaut de références littéraires, ma partenaire avait la repartie facile.

Le lendemain, en portant à mon banquier mes gains de la veille, je lui confiai ma bonne fortune, en lui demandant de ne pas l'ébruiter. Je fus atterré d'apprendre que notre cénacle en était informé.

— J'ai omis, me dit-il, de vous prévenir qu'ici les murs, aussi épais fussent-ils, ont des oreilles, et que rien n'échappe à nos amis. C'est même l'essentiel de leurs préoccupations. Il faut bien nourrir les conversations, n'est-ce pas ? et, comme les événements sont rares, on n'en manque aucun, aussi minime fût-il. C'est dire que, si la bonne fortune dont vous m'avez informé devait se renouveler, il faudrait redoubler de précaution.

Il me parla de Mme Besmeau.

— Elle est issue d'une bonne noblesse du Poitou, mais peu fortunée. Ses parents l'ont mariée, à peine sortie de l'adolescence, à un receveur des finances : Besmeau. Lorsqu'on a proposé à son époux le gouvernement de la Bastille, elle a quitté sans regret sa campagne pour le suivre. Elle y a creusé son nid et y fait sa pelote. Rien d'autre ne l'intéresse que l'argent. N'allez pas en conclure qu'elle fait commerce de ses charmes ! Nous avons dans notre cénacle de grandes vérolées à particule qui lui raviraient la palme. Elle gémit sur l'avarice de son mari, cocu complaisant, vous tire les larmes et attend la consolation de quelques écus. Elle vous chantera un couplet que je connais pour l'avoir souvent entendu : « J'aimerais porter toilette, comme telle marquise, mais, hélas, mon mari... »

Je mis quelques jours à digérer ma déconvenue et ma perplexité. Léonore m'avait laissé une impression toute différente : celle d'une femme passionnée et impulsive. Et voilà que ce butor de Bardin détruisait cette image...

Mon premier réflexe fut de renoncer à donner suite à notre cavalcade. J'en pris même la ferme décision, non sans regret, mais, en moins de trois jours, j'oubliai les épines pour ne me souvenir que de la rose. « Pourquoi, me disais-je, me priver d'un plaisir, dût-il m'en coûter quelque argent ? Cette femme est appétissante et j'ai grand faim... »

Une semaine après notre premier assaut, le gouverneur, comme il le faisait parfois pour distraire son épouse, donna à ses pensionnaires un souper sur la terrasse, avec de la musique.

La soirée était douce. L'odeur des tilleuls, fatigués par la chaleur du jour, le disputait à celle des fossés, où chantaient les grenouilles. Les tables avaient été dressées sous les arbres, avec un ample vélum pour les protéger de la miellée et de la fraîcheur.

Le menu était simple mais de bon aloi : soupe de pois verts, volaille rôtie, tranches de bœuf avec leur couronne de persil, quartier de godiveau, crêtes de coq, avec un dessert composé de biscuit, de crème et de pommes rissolées... On n'avait pas lésiné sur le bourgogne.

La conversation alla d'un train d'enfer. Au dessert, Mme de Surville nous régala de sa chanson favorite : *L'Amour de moi* :

L'amour de moi çi est enclose
Dedant un joli jardinet
Où croît la rose et le muguet
Et aussi fait la passerooose...

Mme de Péreille lui donna la réplique avec *La Marquise emprisonnée* :

Le roi a fait battre tambour
Pour voir toutes ses da-a-mes
Et la première qu'il a vue
Lui à ravi son ââme...

La musique d'une épinette prit le relais, alors que l'on apportait le biscuit et la crème. Mme de Vermeil se mit au clavier pour jouer le motet d'une pièce pour orgue de François Couperin, organiste à Saint-Gervais. Elle enchaîna avec un madrigal italien de Schütz et, sans transition, avec un branle, qui arracha les convives à leur banc pour danser sur la pelouse. Deux bras vigoureux me soulevèrent. Léonore me souffla à l'oreille :

— Voyons, mon ami, si vous êtes bon danseur.

— Ne me tentez pas. Vous seriez déçue.

Elle insista ; je dus céder. Elle tenta de me faire exécuter un mouvement compliqué ; j'emmêlais mes escarpins et me sentais ridicule.

— J'avoue, lui dis-je, que cet exercice ne me convient pas. J'en préfère d'une autre nature.

— Quand tu voudras, mon cœur... Le plus tôt sera le mieux.

La fête se poursuivit à la fraîche dans la lumière des girandoles et des pots à feu posés en guirlande sur la balustrade. J'observais M. Besmeau : il fumait sa pipe d'un air grave et paraissait ne porter d'attention qu'à son assiette et à son verre qu'il faisait remplir fréquemment.

Je fus des premiers à me retirer, un peu éméché. Au cours de l'après-midi, j'avais disputé des parties de paume qui m'avaient fatigué. Léonore me regarda partir avec un sourire et un signe discret de la main, que j'interprétai comme l'annonce d'une visite imminente.

Passé minuit, je dormais comme un bienheureux quand on frappa à ma porte. Je me trouvai nez à nez non avec celle que j'attendais, mais avec son mari.

— Pardonnez-moi de vous déranger à une heure aussi indue, me dit-il. Puis-je entrer ?

— Vous êtes chez vous, monsieur le gouverneur.

Il posa son bougeoir et sa pipe sur le guéridon et se laissa tomber dans mon fauteuil en balayant son visage d'une main lasse.

— Ma démarche, me dit-il, pourra vous paraître indécente. N'en prenez pas ombrage. Ce que j'ai à vous dire ne souffre pas de retard. Il s'agit, vous

vous en doutez, de mon épouse. Son manège ne m'a pas échappé. Je suis un mari complaisant, mais ni sourd ni aveugle. J'ai appris votre premier rendez-vous, et vous surprendrai peut-être en vous disant que cela m'importe peu et n'enlève rien à la sympathie que je vous porte. Ce soir encore, Léonore s'est conduite comme une catin, et vous ne lui avez guère résisté, avouez-le !

— Monsieur...

— Ne vous emportez pas : c'est une observation, non une réprimande. Je vais même vous annoncer une décision qui vous surprendra bien davantage : si mon épouse vous donne du plaisir, grand bien vous fasse ! Cela vous paraît déconcertant ?

— Je dois en convenir, mais j'aimerais savoir ce qui vous incite à tant de complaisance.

Il sourit, ralluma sa pipe à la chandelle, me demanda un verre d'eau, que je lui apportai. Il ajouta avec un petit rire :

— *Le Mari complaisant*... Cela ressemble au titre d'une pièce de Molière, mais je ne suis pas Sganarelle. Mon rôle est moins ridicule. Ce que je veux éviter, c'est que la comédie ne tourne au drame. J'aime Éleonore à ma façon, voyez-vous, monsieur Maillard, et il me plaît de croire qu'elle est attachée à moi. Alors, si, en nous quittant, vous décidiez de me l'enlever, le mouton que je suis sentirait lui pousser des griffes de tigre. Je serais capable de vous tuer.

Assis au bord du lit, je me sentais la proie d'une confusion qui me laissait sans repartie. Ce pauvre homme me faisait pitié, mais l'envie me prenait de l'injurier, de lui crier que, s'il en était à ce point, c'était sa faute plus que celle de cette épouse qu'il n'avait pas su garder, et moins la mienne, qui n'avais fait que céder à la tentation. Avec lui on quittait une comédie de Molière pour une tragédie de Racine.

Je finis par lui dire en me levant, comme pour l'inviter à se retirer :

— Monsieur le gouverneur, sachez que je sais faire la différence entre le désir et l'amour. Je souhaite que votre épouse se trouve dans les mêmes dispositions. Voulez-vous ma promesse de n'avoir plus de rapports avec elle ?

— Ce serait inutile. Elle reviendra à la charge et vous céderez. Je connais les faiblesses de la nature humaine. Alors, pas de promesse je vous prie. À bon entendeur, salut, et faites de beaux rêves...

Dans les jours qui suivirent, l'attitude de Léonore me laissa entendre que notre aventure était lettre morte. Elle assistait à nos jeux et à nos collations sans me prêter plus d'attention qu'aux autres, et en évitant le moindre signe de connivence qui n'eût pas échappé à nos partenaires.

Je parlai à Bardin de la visite de M. Besmeau.

— Vous n'êtes pas le premier, me dit-il, qu'il met en garde contre sa femme. L'année passée, il s'en est pris à un vieux beau qui s'était mis en tête, à une semaine de sa libération, de partir avec Léonore et de lui faire un pont d'or. Il l'a fait enfermer durant un mois dans le plus sordide des *in pace*, d'où il est sorti perclus de rhumatismes...

Un soir, alors que je poursuivais, à la chandelle et dans la rumeur d'une pluie d'octobre, la lecture de Lucien, on frappa à ma porte. J'ouvris. C'était elle. Sans un mot, elle se planta devant la cheminée, et, grelottante, face aux derniers tisons, souleva sa chemise.

— Ce n'est pas raisonnable, lui dis-je. Ton mari...

— Il dort, et même un orage ne pourrait le

réveiller. D'ailleurs nous avons chacun notre chambre. Et puis, qu'il soit au courant, peu importe. Il te l'a dit, oui ou non ?

Il m'importait à moi. Je me sentis assailli d'un sentiment de culpabilité, comme si j'étais complice d'un vol et, en même temps, je la désirais si fort que je redoutais d'engager le fer, au risque de la voir faire demi-tour. Elle tisonna et jeta une bûche dans l'âtre. La première flamme fit apparaître son corps par transparence.

— Nous en sommes restés au premier assaut, me dit-elle. La forteresse est-elle toujours à prendre ? Si oui, la bataille sera rude. Elle pourra durer jusqu'à l'aube si tu as suffisamment de munitions en réserve.

Elle venait, par ces quelques mots, de balayer mes préventions et de remporter une nouvelle victoire.

Les assauts, avec quelques répits, durèrent toute la nuit. Ils auraient pu se poursuivre encore durant des heures si le grincement du pont-levis qu'on abaissait ne nous avait alertés.

Je n'avais jamais vu Guillaume dans un tel état d'excitation. Son visage mince et sec avait pris une coloration basanée, qui faisait ressortir quelques tavelures rosâtres. Comme possédé par le diable, il allait et venait dans ma chambre, tournait autour de ma table, balayait l'air de sa cape avec des gestes désordonnés. J'attendais qu'il me livrât le récit de ses exploits dans le style de ceux qu'il relatait dans ses lettres.

C'est de moi qu'il me parla. Il lâcha, comme s'il donnait lecture d'une proclamation :

— J'ai une grande nouvelle à t'annoncer, mon petit Étienne. L'heure de ta délivrance approche !

L'émotion me cloua dans mon fauteuil.

— Par exemple... À peine arrivé, tu as accompli ce miracle ! Comment est-ce possible ?

— Je suis à Paris depuis moins d'une semaine, mais j'ai battu le pavé, tiré des sonnettes, parlé au procureur du roi, à Versailles. J'ai fini par obtenir l'assurance que tu serais libéré, le temps de réexaminer ton affaire.

— Guillaume, tu es le Bon Dieu en personne !

— C'est parfois au diable que je pense... Dis-moi, mon ami, tu n'as pas l'air d'avoir trop souffert en mon absence ! Un bel appartement, une mine à me rendre jaloux, un peu de ventre, mais ça se voit à peine. La prison te réussit. Si tu souhaites poursuivre ta cure...

— Je n'y tiens pas, mais je dois avouer que la liberté me manque moins que je l'avais redouté. Je me suis procuré une lorgnette de navire. Elle me donne l'impression de me promener dans le quartier, de pénétrer dans les maisons...

En lui préparant un café je lui parlai de Léonore. Cette relation tripartite entre la femme, le mari et l'amant le divertit. Il fronça pourtant les sourcils : je n'allais pas, au moins, m'attacher à cette hystérique ! Je le rassurai : nos rapports n'avaient rien de ceux de Laure et de Pétrarque et notre rupture n'entraînerait aucun drame. Je lui avouai même que la lassitude et le remords me gagnaient, d'autant que Léonore me faisait payer une rançon après chaque assaut.

— Si ce n'est pas de la putasserie, s'exclama-t-il, ça y ressemble fort ! Lâchée dans Paris, ta Dulcinée finirait à l'Hôpital général ou à la Louisiane...

Sans le soutien de Guillaume pour hâter ma libération, j'aurais pu faire confiance aux MM. de Vendôme. Apprenant, à leur retour, ma mésaventure, ils s'étaient promis de demander l'intervention du roi pour m'élargir et me blanchir. Ils n'eurent pas à le faire.

Ce mouvement autour de mon humble personne me ravissait et me gênait. J'aurais, à tout prendre, préféré qu'une simple lettre du procureur du Châtelet m'informât sans phrases de mon innocence, plutôt que d'être sujet à ces interventions. Je ne ressentais d'ailleurs aucune hâte à quitter ces lieux. Léonore se montrait moins impatiente encore : elle avait trouvé en moi un amant prodigue de son énergie comme de son argent. Lorsque nous évoquions l'imminence de mon départ, elle versait quelques larmes. Un jour, elle me proposa de partir avec moi.

— Que cela soit clair, lui répondis-je, je m'en irai seul. J'en ai fait la promesse à ton mari, et mon sens de l'honneur m'interdit de la trahir. De plus, je tiens à profiter pleinement de ma liberté retrouvée. C'est une maîtresse exigeante, et tu ne serais pas de taille à lui faire obstacle.

M. Besmeau me convoqua en son cabinet à quelques jours de cette scène. Il venait de recevoir le document qui m'ouvrirait les portes de la Bastille.

— Monsieur de Maillard, me dit-il, l'honnête homme que vous êtes a tenu parole. Beaucoup, à votre place, l'auraient oubliée. Je ne puis vous en vouloir, puisque vous avez rendu mon épouse heureuse. C'est tout ce qui compte pour moi. Je vous souhaite bonne chance...

Je récusai son idée généreuse d'organiser à ses frais un souper pour fêter ma libération. Je préférais partir sur des adieux discrets à mes compagnons de captivité, sur la pointe des pieds pour ainsi dire.

Ma dernière nuit avec Léonore avait un goût amer. Nous la passâmes embrassés, comme deux vieux adversaires fatigués. L'aube me trouva, bouleversé, debout devant la fenêtre donnant sur l'image de détresse suintant des faubourgs enneigés et des champs lointains, survolés par des nuées de corbeaux.

Avant que ma compagne ne s'éveillât, je fis crépiter une dernière flambée et préparai mes bagages, en lui laissant des meubles et des objets dont elle pourrait tirer quelque argent.

C'était le jour où, d'ordinaire, elle allait faire ses

emplettes au marché. Je profiterais de son absence pour m'esbigner comme un voleur. Voleur de quoi ? Je lui avais donné tout ce qui pouvait la combler : le plaisir, l'argent, mais pas l'amour.

Je saluai mes amis du cénacle, non sans l'émotion que je refusais à ma maîtresse. Les dames versèrent quelques larmes en m'embrassant. Mme de Surville et M. d'Héricourt avaient été libérés ; d'autres les avaient remplacés. Georges Bardin régla le reliquat de mon avoir ; il n'y manquait pas un liard et il avait même prospéré. Je remerciai le major de sa complaisance, lui laissai un fort pourboire, puis allai faire mes adieux au gouverneur. Au moment de monter dans la voiture de louage qui allait me ramener au Temple, je rendis au capitaine des portes son salut militaire.

Léonore n'avait pas encore reparu. J'avais à dessein négligé de lui laisser un billet pour lui annoncer mon départ. Je n'en eus pas de nouvelles jusqu'au jour, quelques années plus tard, où, par hasard, j'appris que M. Besmeau avait pris sa retraite en Poitou. Elle l'y avait suivi.

Le secrétaire qui m'avait remplacé dans mon cabinet du Temple, Joseph, me confia que mon retour était le bienvenu : il nageait à la godille dans un fatras de paperasses dont il n'arrivait pas à se dépêtrer.

Je passai mes jours et une partie de mes nuits à retrouver le droit fil d'une correspondance qui avait souvent plusieurs mois de retard. Les messieurs de Vendôme vivaient dans un autre monde, étrangers à toutes ces contingences, comme s'ils sentaient leur fin prochaine et que tout pût aller à vau-l'eau. Ils avaient rapporté de leur campagne quelques pilleries en argent ou en nature, qu'ils écoulaient selon leurs besoins.

Mes propres finances ne me causaient aucun souci. J'avais quitté la Bastille plus riche qu'en y entrant. Outre que l'on y était nourri et que Sa Majesté assurait une indemnité journalière aux prisonniers, il me restait de mes gains au jeu, malgré les ponctions effectuées pour Léonore, un pécule non négligeable.

Le grand prieur célébra mon retour par une beuverie, qui manquait d'entrain. Sa fistule s'était infectée et il avait ramené d'Italie une maladie vénérienne tenace. Il bougonnait :

— Par la barbe de saint Pierre, ces filles et fils de pute d'Italiens sont si beaux qu'on ne peut leur résister ! Pour une poignée de blanc ils t'ouvrent leur jardin, mais tu y trouves plus d'épines que de roses.

Il soignait cette maladie par ce qu'il appelait le « grand remède ». Ce supplice consistait en expositions à des vapeurs de mercure porté à une forte température, à raison de deux heures par jour durant plusieurs semaines. Condition nécessaire, disait-il, à lui faire « suer la vérole ». Quant à la fistule, on la traitait au fer rouge. Ces souffrances, ajoutées aux fatigues de la guerre, avaient fait de lui un vieillard précoce : sa trogne balafrée de cicatrices était boursouflée, son nez commençait à se fendiller, comme si la lèpre s'y attaquait, et ses lèvres, comme dit Rabelais, « bavaient tel un pot de moutarde ».

Avec une expression jalouse, il me fit compliment de ma bonne mine et m'informa que son frère et lui avaient confié la responsabilité de leur secrétariat à leur compagnon de débauches, l'« Anacréon du Temple », Guillaume Amphrye, abbé de Chaulieu. Ce vieillard plus porté sur la bouteille que sur la poésie nourrissait, à soixante-dix ans passés, une passion secrète pour une fille de dix-huit, Mlle de Launay, qui le menait bâton haut.

Le duc Louis-Joseph s'était épris quant à lui d'une créature étrange, qui se disait habitée par le génie de Platon. Au cours d'un repas ou d'une réunion, elle aiguillait la conversation vers un sujet et un texte du philosophe, qu'elle avait lu et appris par cœur, quelques heures avant, ce qui lui permettait de jouer les femmes savantes. Elle énonçait, les yeux clos, comme une pythie respirant des vapeurs, des théories sur la cité idéale, la cosmologie ou l'immortalité de l'âme, avec quelques citations opportunes, qui semblaient venir d'outre-tombe.

Passer pour savant aux yeux des gens incultes est un secret de la réussite, dans une société où l'ignorance va de pair avec la sottise et où l'on ne brille que par les apparences. La fausse émule de Platon réussissait assez bien dans cet exercice, jusqu'au jour où elle fut confondue par un sorbonnard.

Nos rapports avec l'abbé de Chaulieu ne tardèrent pas à se dégrader. Son arrogance n'ayant d'égale que son incompétence, il prétendait nous donner les leçons quant au style des réponses au courrier.

— Veillez à le rendre moins sec et plus élégant, nous dit-il.

Je rétorquai :

— Apprenez-nous donc à les rédiger en alexandrins, car je crains que Joseph et moi n'y parvenions pas. Dans ce cas, nous vous en laisserions le soin.

Joseph, qui ne manquait pas d'à-propos, vint à la rescousse :

— L'idée me paraît géniale ! Nous pourrions écrire, par exemple : *Je sais que je vous dois près de mille pistoles / Mais, à défaut, monsieur, vous avez ma parole...*

Je surenchéris :

— Douze pieds, une rime riche... Excellent ! On pourrait ajouter : *Mais mon compte est à jour, monsieur, vous me vexez / Insister de la sorte est coupable à l'excès...*

L'abbé prit la mouche :

— Vous n'êtes que des sots et des galopins ! Comme disait La Bruyère, rira bien qui rira le dernier. J'informerai nos maîtres de votre insolence.

C'est ce qu'il fit. Au retour d'Anet, bien décidé à

dissiper le goût du lait dans les vapeurs du chinon, M. le duc fit mine de s'offusquer de notre comportement envers l'abbé, puis il nous dit en riant :

— Ce Chaulieu est un mauvais poète et une vieille ganache ! Je ne comprends pas comment mon frère a pu vous l'imposer. Supportez ses fantaisies mais ne tenez aucun compte de ses conseils...

Notre tâche reprit son cours normal, qui était celui d'un torrent, jusqu'au jour où un nouvel incident me confronta à l'abbé.

Il avait coutume de se faire accompagner à notre cabinet du Temple par son égérie, Mlle de Launay. Cette gamine effrontée entrait sans façon dans notre réduit, feuilletait nos liasses, en brouillait l'ordre, si bien que nous devions tout reprendre. Quand je le lui reprochai, elle me toisa et me traita de « grimaud » ; son protecteur s'en mêla et menaça de me faire renvoyer. Le grand prieur s'en garda bien mais me fit la leçon. Je racontai l'algarade à Guillaume ; il compatit mais me laissa dans l'embarras.

Persuadé que des démêlés plus sérieux risquaient de me jeter à la rue, je proposai mes services à quelques grands personnages familiers des messieurs de Vendôme ; ils firent la sourde oreille. Je confiai à Guillaume que, quoi qu'il m'en coûtât, j'étais prêt à donner mon congé. Il éclata :

— Et que ferais-tu, malheureux ? Irais-tu vendre des chansons sur le Pont-Neuf, débarder des sacs sur le Port-au-Blé, te faire souteneur ou décrotteur ? Peut-être revenir travailler chez ton père ? Un conseil, Étienne : patiente... Si cet imbécile de Chaulieu continue à te faire des misères, ouvre ton parapluie et laisse passer l'averse. Le grand prieur et son frère t'ont à la bonne. Ils n'accepteraient pas de se séparer de toi, d'autant que tu connais leurs petits secrets...

Sans lui en faire part, je me montrais surpris qu'il n'ait pas eu l'idée de chercher lui-même, dans son entourage, où me placer. Je voyais en cela plus de négligence que d'indifférence et ne lui en voulus pas. Peut-être estimait-il que j'exagérais la gravité de ma situation. Il avait une formule empreinte d'une sagesse antique dans sa vulgarité :

— Laisse pisser le mouton...

Un soir de février, alors que, malgré la pluie qui tombait à seaux, j'allais me rendre au cabinet de lecture proche du Temple pour consulter les gazettes en fumant la pipe, le grand prieur me fit appeler dans ses appartements.

— Je dois, me dit-il, me rendre à Rome pour y rencontrer le grand maître de l'ordre de Malte. Avant mon départ, je vais offrir un repas à mes amis. Je souhaite que tu sois des nôtres.

— L'abbé de Chaulieu sera-t-il présent ?

— Il me serait difficile de l'écarter, mais, rassure-toi, tu ne l'auras pas comme voisin.

Malgré la répulsion que j'éprouvais pour ces agapes crapuleuses, je ne pouvais me dérober. Il ajouta :

— Je te placerai près de mon amie de cœur, Françoise de La Chapelle. Tu me rendras compte de son comportement et de ses propos. J'ai des raisons de me méfier du baron de Charbonnières, qui serait trop heureux de me la souffler en profitant de mon absence.

J'avais rencontré à plusieurs reprises Mlle de La Chapelle, qui avait indûment ajouté une particule à son nom. De condition inférieure, elle avait exercé les fonctions de « remueuse » du nouveau-né d'une famille du Marais, avant d'être remarquée par monseigneur et adoptée non comme fille, mais comme maîtresse. Elle avait, frôlant la trentaine, des avantages physiques à considérer, mais son esprit n'était pas à l'avenant. Elle menait son protecteur par le bout du nez et lui donnait des plaisirs tarifés, ce qui ne le choquait pas. Il était devenu l'esclave d'une garce qui aurait eu sa place parmi les putains de la Salpêtrière.

Je m'acquittai de ma mission avec une parfaite indifférence, bien décidé à ne rien révéler à mon maître qui pût lui donner des alarmes. Cette catin et son galant pourraient bien faire ce que bon leur semblait, il ne pousserait pas au benêt plus de cornes qu'il n'en avait. D'ailleurs, à l'issue de ce repas, il ne daigna pas me demander un rapport, que j'aurais pris soin d'édulcorer.

De ce Charbonnières je savais peu de chose, sinon qu'il avait un physique de muguet, une conversation diserte, un petit talent de musicien, et des besoins sans rapport avec sa condition. Un soir, alors que je buvais une bière à la Pomme de Pin, je l'avais entendu raconter une histoire qui m'amusa.

Fort râpé mais tenant malgré tout à faire bonne figure, il avait gardé le carrosse hérité de son père. Son cocher devait souvent attendre ses gages et l'attelage son picotin. On parlait des « chevaux fantômes » de M. de Charbonnières, tant ils étaient maigres. Il avait fait accrocher à l'arrière de son carrosse, pour faire illusion sur sa fortune, un mannequin vêtu en laquais et bourré de foin. Au cours d'un embarras, sa voiture ayant dû s'immobiliser, la mule du vinadier qui le suivait avait respiré le foin, mordillé le derrière du faux laquais et l'avait vidé de son contenu, si bien qu'il ne restait que l'habit.

Au diable les amours de la belle Françoise et de son musicien ! J'avais d'autres soucis en tête, et notamment ma situation. Sermonné sans doute par le grand prieur, l'abbé de Chaulieu avait mis de l'eau dans son vinaigre et nous laissait travailler à notre guise. Il en prenait d'ailleurs à son aise et consacrait plus de temps à sa jeune maîtresse qu'à son travail.

Le grand prieur parti pour Rome, un autre départ m'affligea : celui de Guillaume. Il était appelé par le roi à participer, avec le duc de Chartres, son élève, à une campagne dans les Flandres. Il compensa cette mauvaise nouvelle par une bonne.

— Ne fais pas cette tête ! me dit-il. Es-tu toujours décidé à quitter le Temple ?

Je le lui confirmai.

— Eh bien, considère la chose comme faite. Tu me rejoindras au Palais-Royal dès mon retour.

Il m'expliqua que Monsieur possédait une bibliothèque importante en qualité comme en quantité, et très fréquentée. Celui qui en avait la charge étant décédé, ma candidature fut agréée. Je pourrais prendre mon service quand il me plairait, le plus tôt étant le mieux.

J'en eus comme un vertige et tombai dans ses bras. Le Palais-Royal... la famille d'Orléans... le frère du roi comme patron... Le bonheur fit naître en moi comme un délire.

Mon collaborateur n'accueillit pas la nouvelle de mon départ avec le même enthousiasme. L'idée de se retrouver seul entre l'abbé et sa gourgandine lui donnait des sueurs froides.

J'attendis, pour prendre congé du Temple, le retour du grand prieur. Il parut plus surpris que contrarié de ma promotion. À cette information s'en ajoutait une autre, qui l'affecta plus gravement : sa maîtresse l'avait abandonné.

— Cette trahison, soupira-t-il, me donne envie de me retirer dans ma campagne et d'y vivre comme un Tartare !

J'allai flâner autour du Palais-Royal, une des promenades favorites du bon peuple de Paris. J'admirai ce qui allait être mon domaine : les bâtiments amples et majestueux, les jardins plantés de marronniers, le grand bassin qui en occupait le centre, le va-et-vient des carrosses sous le porche...

Certain jour, j'aperçus Guillaume, accompagné d'un garçon au visage bouffi, à la démarche lourde, débouchant d'un petit escalier à demi dissimulé derrière une charmille. Pressé, comme à son habitude, il ne remarqua pas ma présence et je me gardai de la lui révéler.

4

Les marronniers du Palais-Royal

Je ne pouvais m'arrêter devant le bassin ou en faire le tour sans me remémorer cette scène que Madame, mère du duc de Chartres, m'a racontée dans son langage vif et cru.

Dans son enfance, alors qu'il s'amusait à y lancer des batelets, le jeune prince, qui allait devenir le Grand Roi, avait basculé dans l'eau. Aux cris qu'il avait poussés, gentilshommes, dames et valets, armés de cannes et de branches, avaient réussi à le ramener sur le bord, « presque noyé ».

— Pas un de ces poltrons, avait ajouté Madame, n'a eu le courage de mouiller ses dentelles en se jetant à l'eau. Que de coups de pied au cul se sont perdus...

Après le Temple et la Bastille, le Palais-Royal. J'étais passé d'un lieu clos à un autre, comme si le bon ou le mauvais ange qui veillait sur ma destinée avait décidé de me mettre à l'épreuve avant de me lâcher dans la grande ville, livré à moi-même et sans tutelle.

À la différence de mes deux premières résidences, le Palais-Royal n'est pas abrité par des remparts. Le cardinal de Mazarin y a vécu et a fait édifier par l'illustre Mansart une galerie destinée à recevoir ses trésors : des collections de toiles de maîtres, de tapisseries, d'objets d'art de tous les coins du monde... Ce monument était alors, avec ses niches à coquilles dorées et les fresques de Romanelli, l'un des plus beaux du royaume. Il est vrai qu'il fallait ce décor à la fortune du cardinal, l'homme le plus riche du pays. La mère du dauphin, Anne d'Autriche, durant sa régence, avait fait orner le fronton de la grande entrée d'une inscription en lettres d'or : *Palais-Royal*. C'est là que le futur Roi-Soleil avait failli connaître un crépuscule prématuré.

À force d'en faire le tour sur le chemin qui me menait de mon domicile à mon cabinet et vice versa, ce bassin circulaire était devenu une image obsédante rappelant la précarité de l'existence. Si l'enfant royal, me disais-je, n'avait pas survécu, par qui la France serait-elle gouvernée de nos jours ? Je manquais de la culture philosophique et politique qui m'eût permis, sinon de répondre à cette question, du moins de m'en rapprocher.

Plusieurs fois par semaine, Madame, qu'on appelait la princesse Palatine ou, plus familièrement, Liselotte, recevait des nouvelles de son fils, Philippe, duc de Chartres, qui était à l'armée des Flandres, sous la protection de son mentor, l'abbé Dubois. On lui communiquait des nouvelles des autres théâtres d'opération. Le maréchal de Luxembourg tenait tête aux Coalisés dans le Nord, Catinat dans le Piémont, les maréchaux d'Estrées et de Noailles en Catalogne, Jean Bart et Tourville sur les côtes anglaises...

Le duc Philippe et l'abbé Dubois n'avaient pas démérité. Ils faisaient, par leurs exploits, l'admiration des soldats, des officiers, des dames de la Cour, du roi lui-même.

— Je n'ai jamais été aussi fier de mon fils ! proclamait Monsieur.

— J'ai pleuré de joie en apprenant sa conduite au feu devant Mons ! surenchérissait Madame.

Et Luxembourg, parlant de Guillaume, ajoutait :

— Cet abbé ferait un excellent mousquetaire !

À en croire Guillaume, le jeune prince s'était choisi comme modèle le roi Henri IV, dont il admirait les actes héroïques. Je partageais cet engouement, plus pour l'humaniste que pour le guerrier. Nous aurions à confronter nos avis, quelques années plus tard.

En apprenant les nouvelles de la guerre, notamment celles qui nous venaient des Flandres, je ne pouvais que me réjouir des succès de Philippe et de Guillaume. Parfois, malgré mon dégoût pour les armes, je regrettais de ne pas chevaucher à leur côté.

En septembre, la bataille de Leuze-en-Hainault marqua le point d'orgue de cette sanglante épopée. Épuisés par des mois de marches, de contremarches, d'assauts et de retraites, les soldats aspiraient, après le feu des combats, à celui de leur cheminée. Madame m'apprit qu'une charge torrentielle de la cavalerie de Luxembourg avait balayé celle du feld-maréchal de Waldeck.

Madame, forte femme au physique ingrat, peu complaisante avec elle-même comme avec les autres, se disant « carrée comme un cube », n'aimait qu'un être au monde : son fils. En me rapportant ses succès, elle ajouta :

— Le roi va en baver de jalousie ! Il a donné des consignes pour que son bâtard, le duc du Maine, reçoive les louanges qui reviennent à mon fils. Quel toupet !

Je me plais à imaginer le Palais-Royal comme un navire de haut bord traînant dans son sillage les jardins de Le Nôtre, les plus vastes de Paris, après ceux des Tuileries et du Luxembourg. Entre la place qui le précède et la rue Neuve-des-Petits-Champs, limité sur ses flancs par les rues de Richelieu et des Bons-Enfants, c'est un espace dans lequel on respire un air et une ambiance de couvent, contrairement aux Tuileries et à Versailles.

Il n'était pas alors, comme l'enclos du Temple, ouvert à tous. Vous n'y eussiez trouvé ni mendiants ni marchands d'orviétan ni chanteurs ni prostituées. On ne voyait dans ses allées que gentilshommes, bourgeois, ecclésiastiques et militaires ; on y croisait davantage de carrosses et de chaises à porteurs que de chars à bancs. Pas de remparts autour des jardins mais des alignements de belles demeures de deux à trois étages occupées par ce que le peuple appelle le « gratin ».

Le logis que Monsieur m'avait réservé se situait au deuxième étage d'une bâtisse étroite, légèrement décalée, située à droite des appartements et des services du prince. Je trouvai dans ce lieu une sorte de terre promise vers laquelle, dans son sillage, m'avait guidé mon ami Guillaume.

Une certaine fraternisation d'armes avait resserré les liens entre Guillaume et son « filleul ». La rude vie des camps, la discipline, le danger confirmaient la persistance d'un duo sans fausses notes. Télémaque avait trouvé son mentor, et vice versa. Une identité de caractère et de vue qui les assimilait aux Dioscures.

Lorsque, sous les pluies d'automne, ils reparurent à la Cour, je fus des premiers à brandir mon chapeau pour saluer leur carrosse. Pourrais-je jamais oublier cette image : le duc Philippe et l'abbé Dubois, côte à côte, répondant aux ovations par la portière, aux accents d'une fanfare ? Cela rappelait, toutes proportions gardées, le triomphe de César entrant dans Rome après avoir asservi la Gaule, ou du roi Henri IV après sa victoire de Fontaine-Française sur les Espagnols...

Trois jours après ce triomphe, qui avait fait grincer les dents du roi, Guillaume pénétra en coup de vent dans la bibliothèque, alors que je feuilletais une vieille édition d'un ouvrage de Lemaistre de Sacy : *De imitatione Christi*, que j'allais confier au maître relieur pour en rafraîchir le maroquin.

Je me jetai littéralement dans ses bras. Il protesta :

— Eh là, mon gaillard ! doucement. Je ramène de nos batailles une balle qui s'est logée dans mon épaule et qui me fait souffrir à hurler. Je préfère attendre pour me la faire enlever. Nos hôpitaux de campagne sont tenus par des bouchers !

Il se laissa tomber dans mon fauteuil et pianota sur la table en soupirant :

— Ah ! mon ami, quelle équipée ! Je suis mort de fatigue, j'ai l'estomac en compote, le foie en marmelade, mais je suis prêt à repartir. Quant à toi... quelle mine ! quelle élégance ! Et tu te parfumes, on dirait...

Il m'annonça que cette visite était la première, après celle qu'il avait consacrée aux parents de Philippe. J'étais sensible à cet honneur et le lui dis. Il haussa les épaules. Je constatai que la guerre ne l'avait pas guéri des tics nerveux qui agitaient son visage ni de son élocution embarrassée : il avait l'esprit vif et la langue épaisse, mais était le premier à s'en moquer.

Il me parla de sa dernière bataille : celle de Leuze, et de la charge de cavalerie qui avait décidé de la victoire. Il avait pu faire la différence entre le duc du Maine et le duc de Chartres dans leur manière de combattre. Le premier, encadré de vétérans, obéissant à la consigne comme dans ces stupides parties de chasse où l'on pousse le gibier devant le tireur. Le second, tout feu, tout flamme, n'en faisant qu'à sa tête mais le faisant bien, fonçant sabre au clair à travers le feu des batteries.

— Lorsque le maréchal le traitait de jean-foutre, il lui répondait que seul le résultat comptait. C'est miracle qu'il n'ait reçu que quelques éraflures. Si j'étais dévot, je dirais que Dieu était avec lui.

Lorsque, dans la semaine qui suivit, il m'invita à un souper en tête à tête dans son appartement, il paraissait d'humeur maussade. Je lui demandai comment s'était déroulée l'entrevue avec le roi. Il bougonna :

— Je passe sur les compliments biseautés qu'il a réservés à mon « filleul ». L'événement important qui ressort de cette réception, je te le donne en mille !

— Il t'a offert une abbaye ?

— Ne plaisante pas ! Il a décidé qu'il était temps de marier Philippe, qui vient d'avoir dix-sept ans.

— Quelle sera l'heureuse élue ?

— Françoise-Marie de Bourbon, duchesse de Blois, la sœur de cette dame masquée dont tu m'as parlé : la veuve du prince de Conti. Elle a hérité du titre que portait sa sœur aînée avant son mariage. C'est une gamine insupportable et qui n'a rien pour séduire, sinon d'être la bâtarde du roi. À cause de ses grosses joues, on l'appelle Jouflotte...

Des images traversèrent soudain ma mémoire : le souper chez Mme de Coulanges... l'étrange créature masquée... le ballet en trio dans la clarté d'une chandelle...

— Ne fais pas cette tête, Étienne ! Si tu avais vu celle de Philippe... Et de sa mère, donc... J'ai cru qu'elle allait éclater. Un duc d'Orléans épouser une bâtarde ! Imagine la scène qui a suivi : la ducaille empressée de présenter ses compliments au prince qui allait devenir le gendre de Sa Majesté sans cesser d'être son neveu, des grimaces répondant à des sourires. J'en étais moi-même malade au point d'aller me lâcher le ventre derrière un buisson...

Guillaume poursuivit en me parlant des dispositions de son « filleul » à la galanterie.

Sa mère avait tenu à ce qu'il fût déniaisé à l'âge de quatorze ans. Elle avait choisi pour ce sacrifice une dame d'expérience, qui avait accompli sa mission avec honneur. Comme je me montrais surpris qu'il n'y eût pas à la Cour, depuis des siècles, un office de mercenaires chargées de cette mission, Guillaume s'écria :

— C'est une fameuse idée ! J'en parlerai au roi. Un office de déniaisage... Les candidates ne manqueraient pas et cela éviterait des expériences malheureuses, comme celle de notre roi. Il a été livré, à sa puberté, à une borgnesse, ce qui aurait pu le dégoûter à jamais des femmes.

Il me rassura quant à Philippe : ce hors-d'œuvre l'ayant mis en appétit, il était entré d'un pas alerte dans le domaine du libertinage. Guillaume me confia que, s'il ne se montrait pas vigilant, ce faux timide trousserait tous les jupons passant à sa portée. Il portait à la « chosette » des dispositions qui ne le préparaient guère à l'étude. Lorsque Guillaume le voyait bâiller aux mouches, il se doutait bien qu'il n'était pas obsédé par le théorème de Pythagore ou la guerre des Gaules.

— J'ai eu, me dit l'abbé, quelque difficulté à lui faire admettre la nécessité de modérer ses impulsions, de faire des choix et d'éviter les dames d'honneur de sa mère, des Allemandes qui passent pour être chaudes du fondement.

Il se souvenait de la réflexion de Liselotte à la naissance de ce fils : « *Celui-là sera pape ou antéchrist.* » Prophétie aveugle : entre ces deux éventualités, il y avait place pour une carrière mitigée, sans dévotion assidue comme sans athéisme déclaré.

Guillaume s'était arrogé une mission occulte mais efficace : procurer au prince de quoi satisfaire ses élans, en lui évitant des partenaires indignes. Il y avait, à portée de voix du palais, un vivier de demoiselles disposées au sacrifice : le corps de ballet de l'Opéra. Il faisait appel au volontariat, faisait examiner ces partenaires par un médecin et, pour éviter, me disait-il, les godiches, exerçait un droit de cuissage. La famille du prince, me disait-il, devrait lui savoir gré de ces précautions.

Peut-être titillé par le remords, il n'aimait pas aller trop loin dans la confidence. Lorsque je le poussais dans ses retranchements, il se rétractait, comme un escargot auquel on touche l'œil. Il en allait de même avec la singulière passion qu'il éprouvait pour Ninon de Lenclos : lorsque je le pressais de m'en dire plus, il tirait pudiquement le rideau.

Au cours de ce souper en tête à tête, je ne vis pas le temps passer.

J'avais apporté quelques bouteilles qui nous délièrent la langue. Il ne s'attarda guère sur le récit de ses campagnes mais, ce qui me surprit, il me parla de sa famille, dont il n'avait pour ainsi dire pas de nouvelles. Il évoqua, avec de l'émotion dans la voix, nos équipées dans les marécages de la Guierle, nos parties de pêche aux grenouilles, nos tentatives maladroites de séduction auprès des filles, mais jamais de celle qu'il aurait engrossée, ce qui aurait pu justifier son départ et sa volonté d'oublier à la fois cet épisode et cette ville qu'il faisait mine d'abhorrer.

La Palatine, choquée par la décision du roi, ne décoléra pas d'une semaine, hérissée comme un porc-épic et grognant comme un sanglier.

Le jour où, à sa requête, je lui portai l'œuvre de Machiavel, *Le Prince*, qu'elle m'avait fait demander, je la trouvai en grande discussion avec Monsieur et attendis dans l'antichambre. À travers la porte, je l'entendis rugir :

— Jamais notre fils n'épousera cette bâtarde ! Réagissez donc, chiffe molle, trou du cul ! Allez trouver Louis, dites-lui que notre fils est malade, impuissant, que sais-je ?

— Madame, en nous opposant à la volonté de Sa Majesté, nous serions exclus de la Cour, privés peut-être de nos avantages...

— Nos avantages passeraient-ils avant notre honneur ? Vous me la baillez belle !

Je préférerais oublier l'avalanche de jurons orduriers et de blasphèmes dont Madame couvrit ce pauvre homme, qui ne manifestait son désaccord que par des coups de talon sur le parquet. Lorsque, Monsieur s'étant retiré, le feu au visage, la canne en bataille, je poussai la porte, Madame hurla :

— Que me veut-on encore ? Je ne vous ai pas sonné, Maillard !

— Si, Madame. Vous m'avez fait demander ce livre. Je vous l'apporte. Veuillez me pardonner si je vous dérange...

Elle maugréa, en balayant l'air de son éventail :

— Bien... bien... De quel livre s'agit-il ?

— Du *Prince*. C'est une belle édition. Elle date de...

— Je me fous de la date ! Montrez...

Elle me demanda si je l'avais lu, y avais trouvé quelque intérêt et si sa lecture lui serait profitable.

— N'en doutez pas, Madame. Ce livre traite de la fonction du prince dans la cité. Machiavel l'a écrit alors qu'il souffrait de la disgrâce des Médicis. Il peut se résumer en une formule : la fin justifie les moyens.

— Voilà qui me conviendra, monsieur Maillard. Y est-il question d'amour ?

— Fort peu, Madame. De politique et de morale surtout.

— La politique... La morale... Elles ne font pas bon ménage si j'en crois mon expérience. Prendrez-vous une bière, mon ami ? Je la fais venir de Bavière. Le voyage en gâte un peu le goût, mais elle reste meilleure que cette pisse d'âne qu'on fabrique en France...

Elle sonna sa servante, qui nous apporta une bouteille et deux chopes. Tandis que nous buvions et qu'elle me parlait de ses récentes lectures, je l'observais, heureux que l'occasion me fût donnée de m'entretenir avec ce personnage déconcertant.

Comme elle échappait aux critères de la séduction, on ne pouvait dire qu'elle fût laide, car elle ne pouvait se comparer à aucune de ses congénères. Était-ce seulement une femme ? On n'en doutait pas à voir son visage qui, passé la quarantaine, avait conservé de la majesté, sinon du charme, mais avec le corps d'un dragon costumé en nourrice ; de plus, elle négligeait sa toilette, recevait en robe de chambre, pieds nus et, dans les chaleurs de l'été, n'hésitait pas à donner de l'air à ce qu'elle appelait ses « grosses timbales ».

Les gens de Cour l'exécraient. À chacune de ses visites à Versailles, elle faisait le vide autour d'elle par ses sarcasmes, qui ne ménageaient personne. Elle ne se gênait pas pour critiquer les mœurs de son beau-frère et traiter la Maintenon, son épouse morganatique, d'« ordure » et de « vieille guenille ». Une liberté de jugement qui eût valu à tout autre qu'elle une lettre de cachet.

Au demeurant, âme sensible et généreuse, qualités indécelables sous ce langage de grenadier, cette corpulence de Gargamelle et cette carapace de mépris.

J'ose qualifier de sympathie le sentiment qu'elle me portait. Au début de nos relations, je me rendais dans ses appartements la peur aux tripes, comme si je risquais d'être dévoré tout cru. À la longue, certain d'échapper à ses humeurs imprévisibles, j'avais pris plaisir à la rencontrer, et je crois qu'il en était de même pour elle, sinon j'en eusse été informé. Je lui apportais, dans l'heure qui suivait, les ouvrages qu'elle me demandait. Nous en discutions sans la moindre gêne autour d'une chope de bière.

En famille, elle supportait sans trop rechigner la présence de Marie-Louise et d'Anne-Marie, les deux filles que Monsieur avait eues de sa première épouse, Henriette d'Angleterre, fille du roi Charles Ier. On n'avait pas jugé urgent, j'ignore pourquoi, de marier ces filles montées en graine.

Lorsque j'imaginais les étreintes qui avaient eu comme résultat le duc de Chartres, j'étouffais un fou rire : cette matrone accouplée à une poupée, l'assaut de Monsieur contre cette Gargamelle, la lente élaboration du fœtus dans cette outre, la montagne accouchant d'une souris...

Lorsque Guillaume me parla de la réception donnée par le roi pour annoncer le mariage imposé, je me dis que nous étions au bord d'un de ces scandales qui éclaboussent les dynasties et y laissent des traces indélébiles. Madame et les siens paraissaient si peu décidés à accéder à la volonté royale que l'on pouvait craindre les conséquences d'un refus. Guillaume sentait venir l'orage, au cas où Madame tiendrait tête au roi. L'idée d'une disgrâce de la famille d'Orléans était dans l'air. On en tremblait.

J'étais en train de lire, assis au soleil, au pied d'un marronnier, dans un timide soleil de décembre, quand je vis Guillaume courir à travers la pelouse avec de grands gestes. Il se laissa tomber près de moi et soupira en s'éventant le visage avec son chapeau. Il venait d'assister, à Versailles, à la réception destinée à confirmer la nouvelle du mariage et à en prévoir la date.

— Nom de Dieu, c'est fait ! Ce mariage aura lieu, mais ça n'aura pas été sans discussions. J'avais recommandé à Philippe de s'abriter derrière l'avis de ses parents, ce qui le mettait à l'abri des reproches. Il en est convenu. Quant à Françoise-Marie, on ne lui a pas demandé son avis. Une fille, ça obéit et ça se tait. Monsieur a fait preuve de sa servilité coutumière. « Sire, quel honneur... un don du Ciel... jamais nous n'aurions osé espérer... » Le roi aurait imposé à Philippe une négresse ou une guenon, ce dernier aurait eu le même comportement !

Je m'informai de la réaction de Madame.

— Nous étions dans nos petits souliers ! À la voir foudroyer le roi du regard avec des coups d'éventail à déraciner un boulingrin, nous pouvions redouter le scandale. Quand elle s'est décidée à donner son avis, elle a lancé d'une voix ferme : « Sire, les sujets obéissants que nous sommes en passerons par votre volonté ! » Elle a ployé le genou et a disparu sans attendre les remerciements du roi.

— En définitive, tout est pour le mieux ?

— L'apparence est sauve, mais attends la suite ! Madame s'est arrêtée dans la galerie des Glaces et s'est mise à hurler qu'on l'avait attirée dans un traquenard, que ce mariage avec la fille d'une putain réputée empoisonneuse était une scandaleuse mésalliance. Lorsque Monsieur a tenté d'apaiser sa colère, elle lui a administré une gifle qui l'a envoyé buter contre le mur.

Le défilé des courtisans venus complimenter la famille avec leurs sourires crispés rappelait à mon ami une cérémonie de condoléances. Les efforts des gentilshommes, compagnons de plaisirs de Philippe, pour apporter un peu d'animation à cette assemblée tombèrent à plat. Les convives rappelaient, avec leurs visages figés, les momies de Palerme.

On avait installé la future épouse sur une chaise, comme une poupée, son chat sur les genoux, mangeant dans son assiette. Elle n'avait pas eu un sourire ou une parole, mais s'était gavée de pâtisseries.

Guillaume me la dépeignit comme « assez jolie », malgré son visage joufflu et son regard terne, qui ne dépassait pas le bord de son verre.

— Après tout, me dit-il, à condition de laisser la bride longue à Philippe, elle pourra se montrer bonne épouse. Si ce mariage est une réussite, j'y aurai été pour une bonne part, grâce aux conseils de sagesse donnés à mon « filleul ». S'il s'était rebellé, comme sa mère, il y aurait de l'orage au-dessus du Palais-Royal...

Lorsque, passé les cérémonies de mariage, j'eus le privilège de voir de près la petite duchesse de Chartres, je la trouvai mieux qu'« assez jolie », avec un charme aigrelet, un air timide, des mains et des pieds menus, mais, à son désavantage, une démarche déjetée et surtout des joues de bébé trop bien nourri qui avaient fait écrire à sa demi-sœur, ma maîtresse d'une nuit, ces vers féroces :

Belle princesse
Où les autres ont le nez
Pourquoi mettez-vous les fesses ?

À ce présent mal accepté fait à son neveu, le roi avait ajouté quelques avantages : des provinces, des villes, la promesse d'un commandement militaire, des faveurs dans l'étiquette de la Cour, et, pour Monsieur, la possession pleine et entière du Palais-Royal... Il y avait là de quoi dissiper déceptions et rancœurs. Ces libéralités faisaient des Orléans la famille la plus riche de France.

Je garde en mémoire la visite que Sa Majesté daigna faire au Palais-Royal, peu avant le mariage fixé au mois de février.

Une file interminable de carrosses franchit le grand portail et prit place tant bien que mal dans les allées. Le roi parcourut à pas lents cet endroit, où il avait vécu avec sa mère les journées terribles de la Fronde, s'accoudant aux fenêtres comme pour retrouver ses émotions passées, montrant de la pointe de sa canne enrubannée le détail d'une tapisserie qui l'avait fait rêver aux héros de l'Antiquité, s'arrêtant sous le marronnier centenaire que l'on appelait l'Arbre de Cracovie, se penchant sur le bassin où il avait failli périr noyé. Dans l'appartement de Philippe, il resta longtemps à contempler une tapisserie flamande, qui racontait une victoire de Scipion l'Africain, mais ne fit que passer dans celui, plus sobre, de Françoise-Marie.

La cérémonie fut célébrée en la chapelle de Versailles le 18 février de l'année 1692, par un temps de grisaille et de neige qui avait transformé le parc en steppe sibérienne.

Guillaume m'en rapporta les détails : Philippe, vêtu d'un habit blanc brodé de pierres précieuses, Françoise-Marie d'une robe de dentelles et de brocarts d'où son visage émergeait comme celui d'une poupée de cire. Malgré son air renfrogné et ses épaules précocement voûtées, il avait belle allure. En dépit de son air maussade et de ses joues blêmes de froid, elle était « assez » jolie.

Le cardinal de Bourbon présida le cérémonial en grelottant. Des bruits de toux et des claquements de dents se mêlaient à la musique de l'orgue. Guillaume jura qu'il n'avait jamais été moins ému et n'avait eu aussi froid de sa vie.

On avait dîné, soupé, dansé, mais le cœur n'y était pas. De même lorsque le cortège des courtisans avait accompagné le couple jusqu'à sa chambre. La chemise nuptiale leur avait été présentée par Jacques Stuart, le souverain proscrit d'Angleterre, et leur couche bénie par le grand aumônier de la Cour.

Le souvenir de cette triste cérémonie estompé, Guillaume avait été convoqué à Versailles par le roi, qui souhaitait lui témoigner sa reconnaissance pour avoir poussé ce triste mariage à sa conclusion. Il me dit à son retour :

— Lorsque Sa Majesté, après m'avoir servi son compliment, m'a demandé quel présent me serait agréable, j'ai commis la pire bévue de mon existence. Je lui ai répondu qu'un chapeau de cardinal serait le bienvenu ! Il a changé de mine et a porté son regard vers la Maintenon et ses proches comme pour les prendre à témoin de cette insolence.

Il se prit la tête à deux mains et gémit :

— Étienne, quelle mouche m'a piqué, nom de Dieu ? Moi, cardinal, alors que je n'ai même pas été ordonné. J'ai cru qu'on allait se saisir de moi pour me conduire à Charenton, que c'en était fait de ma carrière !

Sa Majesté lui avait donné congé sans un mot, avec un simple mouvement de sa canne, comme pour balayer un mouchoir sale tombé à terre.

Une semaine avant le mariage du duc de Chartres et de la duchesse de Blois m'était survenue une aventure qui avait failli mal tourner et me faire évincer du Palais-Royal, sans espoir de retour.

Je croisais parfois, dans l'entourage de Madame, une femme mûre, ancienne maîtresse de Monsieur et nourrice de Philippe, Mme Devienne. J'avais, à mon corps défendant, suscité son attention. Elle m'avait laissé entendre que nous pourrions faire un peu de chemin ensemble dans le pays du Tendre, ce qui me laissait de glace.

Pour m'attirer dans ses filets, cette gorgone, qui avait l'apparence de la Palatine sans en avoir l'intelligence, fit mine de prendre intérêt à la lecture. Elle venait m'emprunter des livres, qu'elle me rapportait sans les avoir lus.

Un soir, alors qu'elle avait feuilleté *Le Décaméron* de Boccace, plus pour les illustrations salaces que pour le texte, elle m'invita à venir m'en entretenir avec elle dans sa chambre.

Avachie dans son fauteuil, en négligé, elle ne daigna pas se lever pour venir à ma rencontre. À peine avais-je refermé sa porte qu'elle me lança d'une voix grasseyante :

— Que boirez-vous, mon ami : ratafia, champagne, marasquin, bavaroise ?

Interloqué par cet accueil primesautier, je mis quelques instants à répondre que le champagne serait le bienvenu. Elle tira la sonnette et ordonna à son valet de faire sauter un bouchon pour moi, de préparer une bavaroise pour elle, et de se retirer. Comme il était vieux et malhabile, il mit du temps à préparer cette dernière liqueur, composée de thé, de lait, de kirsch et d'un jaune d'œuf, dont elle devait la recette à Madame. Elle demanda au valet de « forcer sur le kirsch ».

Tandis qu'elle se délectait de sa bavaroise et moi d'un champagne de bon cru, elle voulut m'entretenir de sa lecture mais ne parvint qu'à me démontrer qu'elle n'avait rien lu.

— Eh bien, me dit-elle, venez plus près ! Je suis un peu faible de l'oreille droite et myope. J'aimerais que vous retrouviez et lisiez pour moi le texte qui correspond à ces images, dont certaines sont fort licencieuses...

J'approchai, comme vers l'instrument d'un supplice, de cette matrone plus laide encore à la lumière du chandelier. Sa robe de chambre bâillait sur une poitrine tavelée de rousseur, aux mamelons fatigués, mêlant une odeur *sui generis* à celles du musc et du clou de girofle.

Soudain, adoptant le tutoiement, elle me dit :

— Je n'ai lu que la *Première journée*, me dit-elle. J'aimerais que tu me lises la seconde. Ta jolie voix donnera au texte plus de... sentiment. Ne rougis pas ! Mon Dieu, ce que tu es timide. Tiens, assieds-toi plus près, sur ce tabouret...

La gorge nouée, moins de timidité que de crainte, j'obéis et commençai la lecture :

« À chaque fois, très gracieuses dames, que je considère en moi-même combien vous êtes tout naturellement compatissantes, je reconnais que le présent ouvrage aura sur votre jugement... »

— Passe ! lâcha-t-elle, passe ! Ce préambule n'a guère d'intérêt. Lis-moi le texte qui correspond à l'image où l'on voit le moine mendiant soulever sa robe pour séduire une dame...

— Je crains de vous décevoir, lui dis-je. L'artiste a pris des libertés avec l'auteur. Il n'y a rien que d'honnête dans son texte, à part quelques passages qui...

— Eh bien, trouve-les !

Je lui donnai lecture de quelques lignes puisées au hasard et qui ne pouvaient répondre à son attente, ce dont elle paraissait se moquer, son attention se portant davantage sur le récitant que sur le récité. Une main grasse me caressa la nuque et peigna mes cheveux, l'autre dénouant ma cravate et s'insinuant dans l'échancrure de ma chemise.

— Madame, protestai-je, que faites-vous ? Laissez-moi poursuivre, je vous prie.

Elle m'ordonna de me taire, et, soulevant ma tête des deux mains, appliqua ses grosses lèvres sur les miennes avec un couinement. Je me dégageai et, un mouchoir sur la bouche, allai vomir dans la cheminée. Je l'entendis rognonner :

— C'est dégoûtant ! Fous le camp, mauviette, bardache, et ne te trouve plus sur mon chemin !

— C'est bien mon intention ! m'écriai-je. Bonne nuit, madame !

Je repris le livre et repartis en claquant la porte.

Guillaume, lorsque je lui narrai l'incident, éclata de rire.

— Si j'avais été prévenu de cette invitation, me

dit-il, je t'aurais mis en garde. Outre que cette Devienne est une goule qui fait feu de tout bois, elle ne sait ni lire ni écrire. Elle t'a tendu un piège, tu lui as résisté, elle doit être furieuse. Reste sur tes gardes et prépare la riposte. Elle va sûrement te dénigrer auprès de Madame.

Le printemps avait fait passer ses premiers vols de migrateurs au-dessus de la ville, quand une autre sorte de migration se prépara : celle qui allait diriger les hommes vers les champs de la mort. En hibernation depuis la fin de l'automne, la guerre réclamait sa pâture. Au terme d'un souper, auquel Guillaume et moi fûmes conviés, Philippe nous annonça que le moment était venu pour lui de fourbir ses armes.

— Mes amis, dit-il, Sa Majesté a tenu parole et m'a confié le commandement d'un corps de cavalerie. Nous allons bientôt prendre la route des Flandres. J'aurais préféré l'Italie...

— ... à cause des femmes ! lança cet impertinent duc de Saint-Simon.

— ... en raison du climat et de la beauté de ce pays, mais Sa Majesté en a décidé autrement... Je m'y résous donc et, si le hasard place sur mon chemin...

— ... quelques belles Flamandes !

— ... quelques généraux autrichiens célèbres par leur talent, je ne pourrai que m'en réjouir. Mon cher Dubois, daigneras-tu m'honorer de ta présence ?

— Tout l'honneur sera pour moi, monseigneur.

Le départ aurait lieu au mois de mai, le temps de rassembler les escadrons et de tracer un plan de campagne d'après les renseignements des agents secrets.

— Et maintenant, mes amis, lança Philippe en levant son verre, buvons à la victoire et à l'amour !

Il fit éteindre les chandelles et entrer les filles.

Guillaume avait présumé à tort des sévices que la Devienne aurait pu me causer : elle ne me donna plus signe de vie, ne me réclama plus de livres et, lorsqu'il m'arrivait de la croiser dans le palais ou les jardins, elle faisait mine de ne pas me reconnaître. Je n'en demandais pas plus...

Deux mois après son mariage, au moment de partir en campagne, Philippe apprit qu'il allait être père. Il n'en montra qu'indifférence, impatient qu'il était de monter en selle, après s'être occupé, avec l'aide de Guillaume, de remettre sur pied les services des intendants, commissaires, contrôleurs, infirmiers et fourrageurs... Il fallait en outre prévoir les cantonnements, organiser les convois de vivres et de munitions, assurer la formation des jeunes recrues et parer aux premières tentatives de désertion, cette plaie de l'armée.

Le début de la campagne des Flandres fut décevant. Les armes restant muettes, officiers et hommes de troupe s'attardaient à savourer la douceur du printemps, disputaient des parties de cartes, se chauffaient au soleil, s'épouillaient, festoyaient et couraient la gueuse.

La guerre ne daigna se réveiller que dans les premiers jours d'août.

À dix-huit ans, le duc de Chartres était le plus jeune chef de l'armée du Nord. Il était entouré d'une belle et bonne noblesse : les ducs du Maine et de Bourbon, les frères de Vendôme, le duc d'Elbeuf, le marquis de Feuquières...

La première bataille, dont Guillaume me donna des nouvelles, eut lieu près d'une ville du Hainaut : Steinkerque. Lorsque l'armée ennemie commandée par le stathouder des Provinces-Unies, roi d'Angleterre, d'Écosse et d'Irlande, Guillaume d'Orange, forte de quatre-vingt mille hommes, attaqua le camp des Français, au cours de la nuit, la surprise fut totale.

Nous avons bien cru, alors que nous dormions, écrivait Guillaume, *qu'un déluge de fer et de feu nous submergeait. C'était, dans notre camp, l'affolement général. Les officiers et les hommes en chemise cherchaient en tâtonnant leur uniforme et leurs armes. Les chevaux, apeurés par la mitraille, tiraient sur leur bride en piaffant.*

Philippe a été des premiers à retrouver ses esprits, à monter en selle et à foncer vers les batteries ennemies... Cette bataille, la plus sanglante à laquelle il me fut donné d'assister, dura toute la matinée, avec des fortunes diverses. À midi, l'armée des Coalisés prenait le chemin de la retraite et Steinkerque était à nous. Quarante mille hommes, morts ou blessés, gisaient sur le terrain.

Philippe s'en est tiré avec deux blessures sans gravité. J'ai pu admirer sa magnanimité : il a donné l'ordre de recueillir nos blessés et ceux de l'ennemi pour les faire soigner à ses frais !

De retour de cette campagne glorieuse, Philippe en respira les fleurs quand Paris lui fit fête, et en recueillit à Versailles les fruits amers. Une fois de plus ses exploits avaient éclipsé ceux de l'enfant chéri du roi, le duc du Maine. On en tint rigueur à ce « batteur d'estrade ». Autre déception : l'enfant que lui avait donné sa jeune épouse n'avait vécu que quelques jours.

Dans le silence de la grande bibliothèque, j'avais lu et relu les lettres de Guillaume, la plupart du temps de simples billets rédigés sur la peau d'un tambour. Il me disait le plaisir intense qu'il retirait de la vie des camps, des longues marches dans les champs, les prés et les guérets rissolés par la chaleur, l'odeur des bivouacs et celle de la chair grasse des Flamandes, qu'il comparait à des Rubens.

J'ai gardé l'autre lettre, adressée d'une ville du Brabant, Neerwinden, devant laquelle notre armée avait de nouveau trouvé Guillaume d'Orange. Mon ami m'y décrivait le combat en détail, insistant sur le courage de son Télémaque, ses assauts de cavalerie d'une audace insensée qui avaient décidé de la victoire, et son écœurement devant ces milliers de cadavres qui jonchaient le sol.

Il rejoignait mon propre dégoût pour ces tueries inutiles. Si je n'étais athée, je remercierais la Providence de m'avoir épargné cette épreuve. J'aurais d'ailleurs, n'ayant jamais souhaité la mort de personne, fût-ce de mes ennemis, fait un piètre soldat, lâche et dépourvu que je suis devant le danger.

Après cette série de victoires, le maréchal de Luxembourg avait adressé au roi un bulletin de victoire digne de César : « *Sire... vos troupes et les princes de votre sang se sont surpassés. Pour ce qui est de moi, je n'ai d'autre mérite que d'avoir exécuté vos ordres. Vous aviez ordonné d'attaquer une ville et de livrer bataille : j'ai pris l'une et j'ai gagné l'autre...* »

Guillaume fulminait :

— Les princes du sang se sont bien battus, certes, mais, sans la cavalerie de Philippe, la victoire aurait peut-être changé de camp ! Pourtant, pas un mot sur lui, pour ne pas risquer d'humilier la camarilla de Versailles ! Quant aux milliers de soldats qui ont laissé leur vie sur les champs de bataille, on se hâte de les oublier pour préparer d'autres hécatombes...

Guillaume reprit le fil de ses affaires et son « filleul » celui de ses plaisirs. Pour récompense de ses services à l'armée, le premier obtint l'abbaye de Saint-Just et le second la gratitude du roi. Aux chants de victoire avait fait écho un lamento de misère. La guerre avait vidé le trésor public, fauché la jeunesse du royaume, réduit le peuple des villes et des campagnes à la famine et à la désolation.

Depuis mon installation à Paris j'avais été le témoin et rarement la victime, grâce à Guillaume, de périodes difficiles. La guerre dite de la Ligue d'Augsbourg avait plongé l'Europe entière dans le malheur. Du fait de l'amenuisement des forces vives des campagnes, les denrées de première nécessité s'étaient raréfiées et les prix augmentaient.

La popularité du roi connaissait un reflux. Depuis l'avènement de la Maintenon, les réjouissances de Versailles n'étaient plus que des fêtes de village. On avait remisé les violons et éteint les lustres. On célébrait plus de messes qu'on ne donnait de bals. On vivait à l'économie, on s'ennuyait et l'on trouvait le moindre prétexte pour quitter ces lieux où flottaient des odeurs d'encens plus que de patchouli.

Il n'en était pas de même au Palais-Royal, où le retour du prince avait ramené la gaieté avec un souffle de jeunesse.

Philippe avait repris l'habitude des soupers en petit comité et en galante compagnie. Guillaume m'y faisait parfois convier, mais je refusais la plupart du temps ces invitations, ce qui suscitait des querelles.

— J'en connais beaucoup, me disait-il, qui aimeraient être à ta place. Monseigneur te fait l'honneur de t'inclure à sa compagnie, et tu fais la fine bouche ! Mais peut-être préfères-tu la fréquentation des prostituées et des filles de bordel...

Il ne croyait pas si bien dire.

— Je l'avoue. Au bordel, je sais où je mets les pieds. Je paie et suis servi. On ne me demande pas de faire assaut d'esprit avec Saint-Simon, Richelieu, Nocé et quelques autres. Je suis libre, comprends-tu ?

J'avais mes habitudes à l'hôtel du Roule. Cette maison close se situait au-delà de la porte de Chaillot, à une demi-heure de voiture du palais. Placé sous la protection de la police, tenu par Mme Paris et sa fille, il proposait un escadron d'une quinzaine de pensionnaires triées sur le volet. Les tarifs étaient élevés, mais je ne m'en plaignais pas, car ils sélectionnaient la clientèle. Je payais six francs pour un déjeuner en compagnie d'une fille, douze pour un dîner, un louis pour un souper et une nuit complète. La maison, sans être luxueuse, était d'une propreté irréprochable, les chambres élégamment meublées, le service discret et les vins excellents. Aux dires de Guillaume, expert en la matière et qui fréquentait ces lieux, on n'aurait pas trouvé mieux dans tout Paris.

Tout en comprenant mes réticences, Guillaume les déplorait et me reprochait de « cracher dans la soupe » ; je me moquais en plaisantant de ses manières serviles de courtisan au petit pied et de maquereau.

— J'aurais dû, me dit-il, te laisser moisir à la Bastille ! Mon pauvre ami, tu ne sais pas profiter de ta chance. Tu manques d'ambition.

— Et toi tu en as pour deux ! Tu te vois déjà avec un chapeau de cardinal, n'est-il pas vrai ?

C'était tourner le couteau dans la plaie, lui rappeler sa bévue en face du roi. Ce jour-là, je crus bien que les ponts étaient coupés entre nous. Il resta une semaine sans me donner signe de vie, puis revint vers moi, me prit dans ses bras et me demanda pardon. Nous avons continué, après ce grain, à naviguer sur les eaux d'une amitié au long cours.

Il se sentait vis-à-vis de moi en position de force. Sans abuser de sa supériorité, il était conscient que ma situation au palais tenait à un fil qu'il avait dans sa main. Qu'il le lâchât, et je n'étais plus rien. J'avais honte de cette sujétion, mais ne trouvais aucun moyen d'y pallier.

J'avais trouvé auprès de Liselotte une autre forme d'amitié, moins ferme mais tout aussi agréable. Son amie, la Devienne, était une fausse lectrice, mais la Palatine une cliente assidue de ma bibliothèque ; il ne se passait guère de jour qu'elle ne vînt me solliciter de lui apporter un ouvrage ou de converser avec elle, parfois la nuit, à propos d'une lecture commune.

Son comportement envers l'abbé avait changé. Après l'avoir accusé de complicité avec le roi pour une union qu'elle réprouvait, elle avait remis l'épée au fourreau lorsqu'un premier enfant était né au jeune ménage et surtout lorsque la mort avait emporté le chérubin. Ils n'en étaient pas encore à se faire des grâces, mais leurs rapports s'étaient assouplis. Il en était de même entre Madame et Françoise-Marie : la haine avait cédé la place à l'animosité et l'animosité à l'indifférence. On était, il est vrai, loin de l'affection.

La duchesse n'y mettait guère du sien. Son caractère acerbe lui avait valu un sobriquet : Mme Lucifer. Elle avait adopté envers Philippe, avant leur mariage, une attitude qui n'annonçait pas la passion : « Peu m'importe qu'il m'aime, pourvu qu'il m'épouse ! » Elle avait eu ce qu'elle voulait : Philippe accomplissait sans faillir son devoir d'époux, en se réservant de donner libre cours à ses plaisirs ordinaires. Dans certains ménages, l'équilibre naît de ce genre de consensus. Ce n'était pas le cas.

En dehors des cérémonies, elle paraissait peu. Son époux lui en faisait le reproche, mais ne recevait en retour que des sarcasmes. Ses appartements étaient son refuge. En quittant Versailles pour Paris, elle n'avait fait que changer de nid. Elle y cachait sa malformation et ses humeurs : timidité congénitale, indolence, indifférence. Il ne lui manquait, pour ressembler à la défunte reine Marie-Thérèse, qu'une cour de duègnes, de vieux courtisans, de naines, de singes et de moines.

Guillaume et moi avions pensé que la venue d'un enfant pourrait améliorer l'ambiance de leur foyer, mais Philippe était parti pour les armées et le nourrisson pour le Ciel. Au retour, ils avaient retrouvé une cohabitation difficile. La seule solution qui aurait pu leur convenir tenait dans cette formule banale : « Chacun pour soi et chacun chez soi. » Ils ne se rejoignaient que pour leur devoir de géniteurs et des entretiens qui sentaient la poudre. Ils vivaient sur ce fond de rancœur comme sur le tapis de cendres recouvrant un magma de lave.

Un an après son mariage, à Versailles, lors de la réception d'un ambassadeur, j'entendis Françoise-Marie déclarer à une amie de jeunesse :

— Je ne puis souffrir plus longtemps d'être humiliée. A-t-on oublié que je suis la fille du roi, sa préférée, et qu'on me doit le respect ?

Je n'eus pas, quant à moi, à me plaindre de nos rapports, assez espacés car elle n'était pas grande lectrice comme sa belle-mère. Elle se montrait avec moi d'une courtoisie un peu froide et parfois d'une morgue héritée de Versailles, comme pour marquer nos distances.

Qui lui avait parlé de mes talents aux cartes ? Je l'ignore. Elle m'invita à sa table de jeux. Je m'y comportai avec aisance et m'y plus, jusqu'au jour où je constatai que la comtesse Sforza, fille d'une grande famille de Romagne, y trichait d'une manière si grossière que je me promis de ne plus y revenir. Je le regrettai car, lorsqu'elle se dépouillait de ses grands airs, la duchesse était d'un commerce agréable. Elle avait hérité de sa mère, la Montespan, une intelligence pragmatique et un esprit acéré. Philippe lui-même convenait qu'ils pouvaient passer ensemble quelques heures agréables s'ils consentaient à ne pas sortir leurs griffes.

Avec sa belle-mère, les rapports tardaient à se stabiliser.

Un soir, à Versailles, à la suite de je ne sais quel manquement au protocole dont Madame s'était rendue coupable, les humeurs s'échauffèrent. Guillaume avait tenté, sans y parvenir, d'arrondir les angles. Il avait entendu Madame vociférer sous la galerie :

— Il faudrait que je lui fasse des excuses ? Vous plaisantez, Dubois ! C'est cette garce qui m'a manqué de respect. Un tel orgueil pour le fruit d'un double adultère ! Je ne puis supporter de la voir, avec ce visage qui ressemble à son derrière, cette peau qui s'épluche, cette démarche de guingois et cette tête qui branle comme celle d'une vieille. Un beau cadeau que cette catin de Maintenon et le roi ont fait à mon petit...

Elle alla jusqu'à reprocher à sa belle-fille de s'enivrer « comme un sonneur de cloche » chaque jour ou presque, avec la Sforza et quelques autres complices. Guillaume, fort gêné, avait répliqué :

— Mais, Madame, vous ne pouvez oublier que la duchesse est votre belle-fille et la mère de vos futurs petits-enfants ! Que gagnerez-vous, l'une et l'autre, à vous chipoter ?

— Pourquoi lui en ferais-je compliment ? Après tout il est de son devoir de procréer. Si elle ne répond pas à cette attente, je me charge d'aller à Rome demander le divorce à Sa Sainteté !

Il fallut les efforts constants de Guillaume pour établir, entre ces deux furies, au pis-aller, des rapports d'indifférence. Elles se tournaient le dos : un bon moyen de ne pas se cracher des injures à la face.

— Ces enragées, me dit-il, ont failli me faire perdre la tramontane. Il m'a fallu des trésors de persuasion pour en arriver à ce modus vivendi. Il aurait été plus facile de réconcilier le roi et Guillaume d'Orange ! Comme chacune m'accuse de connivence avec l'ennemi, je reçois des coups des deux côtés !

— Qu'en pense Philippe ?

— Il en rigole ! Sais-tu ce qu'il me dit ? Que ça met de l'animation dans le palais. Ce galopin en a de bonnes, nom de Dieu ! Après tout, c'est à lui qu'incombe de rôle de médiateur, mais il déteste les complications. Alors c'est sur moi, l'arbitre, que retombent les emmerdements...

La vie de Philippe n'était pas exempte de ces « emmerdements », dont Guillaume parlait avec la franchise vulgaire dont il pimentait ses propos.

Le roi lui avait promis le gouvernement de la Bretagne. Le duc de Chaulnes, titulaire de cette fonction, était à l'article de la mort mais ne se décidait point à « passer la barque », comme on dit.

Le roi n'attendit pas qu'il fût mort pour le remplacer. Ce n'est pas à Philippe que revint cet honneur mais au fils du duc, le comte de Toulouse, un bâtard du roi et de la Montespan. Sans en faire une règle, le roi était coutumier de ces petites trahisons. Philippe en fut outré. Monsieur prit de haut cette humiliation et en demanda raison à son frère. Le roi argua de motifs politiques, ce que Monsieur contesta.

Quelques faveurs au bénéfice de sa famille lui firent oublier ses récriminations.

Profondément déçu, Philippe chercha l'oubli dans deux nouvelles passions : la chasse et l'alchimie. Il passait des heures à traquer le cerf dans la garenne de Clichy et le reste de son temps dans un laboratoire installé dans une cave du palais, où il élaborait des parfums qui faisaient grimacer de dégoût ceux qui les respiraient. Et je ne parle que pour mémoire des petits soupers dont il ne pouvait se passer.

Philippe avait ses maîtresses et son père ses mignons.

Jeune et ardent, le duc de Chartres puisait à loisir dans les coulisses de l'Opéra. Il avait ses préférées, qui ne se faisaient guère d'illusions sur la durée de leur faveur. Je me souviens de l'une d'elles, dont il semblait épris, Florence ; elle lui fit un enfant auquel il donna le nom d'un de ses valets de chambre, Coche, et qui devint évêque de Cambrai et pair de France.

Il eut des relations tourmentées avec Charlotte Desmares, nièce d'une illustre comédienne : la Champmeslé, interprète de Racine à l'hôtel de Bourgogne. Elle lui donna une fille, dont il ne renia pas la paternité, puis une seconde, qu'il refusa de reconnaître, sous prétexte qu'elle « sentait trop l'arlequin », pour dire qu'elle devait être faite de pièces différentes.

Monsieur, dans le domaine des passions, n'était pas en reste. À près de soixante ans, ses ardeurs peinaient à s'échauffer. Le jeune baron de La Carte, petit gentilhomme impécunieux du Poitou, se chargea de souffler sur les braises. Sa jeunesse et son allure efféminée d'éphèbe avaient séduit ce vieil inverti, qui en fit le premier gentilhomme de sa chambre. Le jour où Madame lui reprocha de s'afficher avec ce greluchon qui sentait un peu trop sa province, il regimba :

— Mon âge avance, ma chère, et je n'ai plus de temps à perdre. C'est pourquoi je compte bien me distraire avec qui me plaît jusqu'à la fin de mes jours.

Monsieur présenta son giton à Versailles, sous les regards amusés de la courtisanerie et ceux, furieux, de la Maintenon. Le temps que les deux amoureux y séjournèrent, l'ambiance de la Cour passa de la morosité à l'exubérance. Monsieur ne savait qu'inventer pour distraire son petit ami : il le faisait poser nu pour des artistes, voguait avec lui, au soir tombant, en gondole, sur le canal, dansait, sa main dans la sienne, gavottes et pavanes.

Pour faire meilleure figure à la Cour, il manquait à M. de La Carte un bon mariage. Monsieur lui proposa une demoiselle de haut lignage, Mlle de La Ferté qui, la quarantaine venue, après une vie débridée, attendait encore son prince charmant. C'est Philippe qui, le soir des noces, eut l'honneur de présenter la chemise à l'amant de son père.

Ces petites comédies ordinaires ne me faisaient pas oublier la situation du pays.

Un hiver particulièrement rude avait ajouté la misère à la ruine occasionnée par les guerres. Le thermomètre à esprit de vin marqua moins vingt degrés. Un auteur célèbre écrivit qu'un soir, à Versailles, le vin gela dans le verre du roi.

Il y avait plus grave... Une simple promenade dans Paris à bord de mon cabriolet, cette petite voiture que j'aimais conduire seul, me faisait mesurer les conséquences de ces intempéries. Les franges de stalactites suspendues aux gouttières du Palais-Royal évoquaient la résidence du roi de Thulé, et les jardins une toundra de Laponie. Plongée dans l'inertie et le silence, la ville, malgré les fumerolles qui s'échappaient de quelques cheminées, semblait prise dans un bloc de glace.

Un matin, emmitouflé dans une fourrure comme un coureur de bois du Canada, je poussai jusqu'au Temple pour apporter au grand prieur le document qu'il me réclamait. Sur mon trajet, je pus voir des cadavres alignés sur le bord de la chaussée, mêlés à des chiens crevés. Des gens affamés me montraient le poing et m'injuriaient, des gosses décharnés s'accrochaient à ma voiture et, quand je les menaçais de mon fouet, me jetaient des paquets de boue durcie.

La Seine était gelée en profondeur, de berge à berge, si bien que des charrettes la traversaient sans risque. Prises dans la glace, les roues des moulins du Pont-au-Change et la pompe du pont Notre-Dame avaient cessé de fonctionner. Les rives étaient jonchées d'oiseaux morts de froid. Sur le quai de la Ferraille, je fus assailli par des mendiants, dont je ne parvins à me débarrasser qu'en leur jetant ce qui restait dans ma bourse et qu'ils se disputèrent comme des chiens.

En province, la situation était pire.

Dans les campagnes, presque tous les enfants en bas âge mouraient de froid et d'inanition. Les adultes éventraient la carapace de neige pour arracher au sol quelques racines gelées et raclaient l'écorce des arbres pour en faire des soupes infâmes. On faisait des festins de châtaignes et de glands.

De tout le temps que dura la froidure, la vie au palais demeura figée comme la Seine, chacun restant cloîtré dans son logis, devant son poêle ou sa cheminée, quand on avait de quoi les alimenter. Pour toute nourriture, je devais me contenter de galettes faites d'une farine aigre qui m'occasionnait des flux de ventre, de poisson séché et de rogatons récupérés dans les assiettes des maîtres et revendus par leurs domestiques.

Guillaume n'était pas mieux loti que moi. Certains jours, il déposait sur ma table de travail, en s'excusant de ne pouvoir faire mieux, une pomme que je dévorais. La duchesse était de nouveau enceinte et Philippe avait renoncé à la chasse pour ne se consacrer, pour se réchauffer, qu'à son athanor et à des passes d'escrime dans la salle d'armes.

Pour comble, le printemps à peine revenu, Guillaume m'apprit que la guerre allait reprendre. Je protestai :

— La guerre ! Mais c'est de la folie ! Le pays ne pourra pas la supporter...

— J'en ai bien conscience, mais, que veux-tu ? l'ennemi est à nos frontières et, au moindre signe de faiblesse de notre part, il nous débordera de partout à la fois. Tu imagines les hordes de Guillaume d'Orange devant Paris ?

— Tu vas donc repartir ?

— Il le faudra bien, dès qu'on aura réparé les grands chemins.

Il me parla de l'œuvre dont il s'occupait avec quelques dames du palais : le Secours du Potage. Dans quelques quartiers particulièrement touchés par la famine, on distribuait du bouillon, du pain, parfois du riz mais pas de viande, devenue rare et hors de prix.

Le maréchal de Luxembourg, duc de Montmorency-Bouteville, rendit son âme à Dieu à l'âge de soixante-sept ans, au mois de janvier de l'année 1695. On ne comptait plus ses faits d'armes. Ce bossu acariâtre, d'un courage à toute épreuve sur les champs de bataille, était d'une intelligence et d'une insolence qui le faisaient craindre des médiocres.

Philippe pleura en apprenant la nouvelle. À ce personnage s'attachaient pour lui des noms et des images de batailles qui sonnaient comme des trompettes : Mont-Cassel, Fleurus, Steinkerque, Neerwinden... Il caressa l'espoir de se voir confier un commandement digne de ses exploits. Une nouvelle fois, cette chance lui échappa, au profit du duc du Maine, dont le roi s'acharnait, contre toute évidence, à vouloir faire un chef d'armée. Le duc de Saint-Simon, qui passait la meilleure partie de son temps à Versailles, m'apprit que ce personnage médiocre vivait à l'ombre du roi, comme aux pieds d'une idole, avec une servilité sans faille.

Avant de quitter le Palais-Royal, cuirassé de métal, botté de cuir jusqu'aux cuisses, le duc Philippe fit ses adieux à ses deux favorites, Florence et Charlotte, et à son épouse, dont la grossesse arrivait à son terme.

De cette campagne, Guillaume, dans ses lettres, me dit peu de chose, aucune des rares batailles dont elle fut l'objet n'étant digne de figurer dans l'Histoire. On sentait bien qu'énergie et conviction manquaient de part et d'autre. Philippe avait reçu le commandement de la cavalerie, sous l'autorité de deux incapables : le duc du Maine et le maréchal de Villeroy, qui n'allaient faire assaut que d'incompétence.

J'appris que mon ancien maître, le duc de Vendôme, commandant en Catalogne, avait pris Barcelone. Il s'était fait peindre à la Cour d'Espagne, en tenue de vice-roi, avec, dans le cartouche, quelques mauvais vers de son ami poète, Palaprat :

Favori de Vénus ainsi que de Bellone
Le héros que tu vois ici représenté
Prit la vérole à Barcelone
Toutes deux du même côté.

Cette campagne de l'année 1695 n'avait pas l'apparence d'un vrai conflit, comme nous en avions connu dans le passé. Les troupes mettaient plus de temps à s'observer qu'à se combattre. Des désordres accompagnaient cette inaction et cette lassitude généralisées : désertions, exactions, pillages... Plus personne ne croyait à une bataille capable de mettre fin à une guerre qui durait depuis sept ans.

À son retour, je trouvai Guillaume désenchanté mais serein. Quand je lui en fis la remarque, il me répondit :

— Surtout, ne va pas croire que cette campagne m'ait déçu ! Elle a été calme, et c'est tant mieux ! Cela a économisé nos hommes.

Il me fit signe de rester assis, bourra sa pipe (il s'était mis au tabac depuis peu), se servit un verre de marasquin et se mit à tourner en rond, l'œil au plancher, comme s'il cherchait une épingle tombée sur le parquet. En tirant les premières bouffées, il caressait d'un doigt léger le cuir d'une reliure qu'on venait de me livrer. Soudain il se tourna vers moi en éclatant de rire. Je lui demandai la raison de cette soudaine hilarité.

Il me raconta qu'avant de me rendre visite il était passé chez Madame, qu'il avait trouvée en compagnie de son fils. Elle venait d'achever sa toilette et se trouvait sur sa chaise percée. Tous deux semblaient d'humeur joyeuse.

— Ils venaient, me dit-il, de se livrer à un concours de pets. J'ai entendu monseigneur lancer à sa mère : « Madame, je me rends. Une seule bordée de vos batteries aurait couché sur le pré une compagnie de grenadiers ! »

Il avala d'un trait son verre de marasquin, ralluma sa pipe et ajouta :

— La guerre, j'en ai mon aise, et pour deux raisons : le spectacle de ces massacres inutiles m'est devenu odieux et le favoritisme obstiné du roi envers son bâtard relève du scandale. Je suis à jamais écœuré de cette sinistre comédie, et Philippe de même. Monsieur le duc méritait plus qu'un blâme : la disgrâce, voire le bannissement. Derrière l'indulgence du roi il faut voir la volonté de cette « vieille ordure », la Maintenon, qui protège son chouchou envers et contre tous.

Je fus heureux de l'entendre proclamer, accoudé à la fenêtre donnant sur les jardins :

— Tous mes efforts, désormais, tendront à la paix. Philippe et moi avons compris que ces guerres n'apportent que drames et misères et doivent être bannies. Étienne, j'en fais le serment : la paix sera désormais mon seul souci, et mon enjeu jusqu'à la fin de mes jours.

Il ajouta en rallumant sa pipe :

— Que veux-tu, je ne pouvais laisser Philippe affronter seul le danger, étourdi qu'il est, mais je mentirais en affirmant que je n'y ai pris aucun plaisir, du moins au début. Nous étions ivres de bonheur en lançant nos chevaux, nos dentelles et nos rubans flottant au vent. Ivres, oui, aveuglés par cette beauté sauvage et cette violence. Et puis, peu à peu, le dégoût est venu...

Au cours de l'hiver qui suivit, le roi exigea de son neveu Philippe qu'il passât quelque temps à Versailles.

Son neveu se sentait mal à l'aise au milieu de ces courtisans qui se disputaient l'honneur de tenir la chandelle de Sa Majesté, de lui servir de porte-tampon quand il se trouvait sur sa chaise percée, plastronnaient lorsqu'ils avaient reçu une parole ou un regard du Dieu incarné. Ils faisaient assaut de minauderies auprès de cette idole décatie, la Maintenon, pour l'accompagner aux vêpres, ou auprès du roi pour avoir l'honneur de pousser sa chaise roulante dans les allées du parc.

Éloigné du Palais-Royal, où il avait ses habitudes

et ses amis, Richelieu, Canillac, Feuquières, Nocé et quelques autres, Philippe se sentait en exil. Son épouse avait aménagé pour son usage personnel un pavillon donnant sur le parc, que Philippe avait fait orner par des artistes de fresques libertines. Il lui rendait visite, la nuit par devoir d'époux, le jour par celui de père. Il s'informait fréquemment de la santé de leur fille, Marie-Louise-Élisabeth, titrée duchesse du Berry, qui, ayant échappé aux médecins, était en parfaite condition. Ils se chamaillaient, se rabibochaient, revenaient à la bataille, traversaient des tempêtes et savouraient les bonaces.

Deux à trois fois la semaine, l'abbé allait porter son courrier à Philippe et l'entretenir des affaires. Il prenait, aux Tuileries, le « carabas », une voiture de poste qui le mettait à une demi-heure de Versailles, et trouvait Philippe à ses plaisirs : les cartes, les jeux dans le parc, les rendez-vous galants derrière les bosquets ou dans les grottes. La duchesse passait son temps à lire, allongée sur son sofa, à jouer au biribi avec la Sforza, à parler à ses perroquets, à lancer des balles à ses chiens et, le soir, à s'enivrer.

Tous deux s'ennuyaient. Surveillé au château, Philippe cherchait plutôt ses divertissements en ville, où il avait le choix entre bordels et tripots. Un soir, après le couvre-feu, il avait été agressé par un groupe d'aigrefins, qui l'avaient dépouillé de ses vêtements, de sa bourse, et l'avaient roué de coups. Depuis, il se faisait accompagner par ses gardes.

Informée de ce comportement peu digne d'un prince, Madame se lamentait auprès de l'abbé.

— Ce cher enfant... Imprudent et étourdi comme il l'est, je crains qu'il lui arrive malheur. Il est entouré de vauriens qui l'entraînent dans de mauvais lieux et le volent. Lui qui excellait dans tous les arts, qui a peint des tableaux, écrit de la musique, commencé un opéra, lu de bons livres, je ne le reconnais plus ! Dubois, faites-lui comprendre qu'il file un mauvais coton.

Guillaume haussait les épaules. Lorsqu'il faisait part à Philippe des alarmes de sa mère, il s'attirait ce genre de réponses :

— Dubois, fiche-moi la paix ! N'oublie pas que je suis une double victime de la raison d'État : par un mariage forcé, et par l'ingratitude du roi envers mes qualités militaires. Alors, qu'on me laisse jouir en paix de ce qui me reste de liberté.

Guillaume lui répondait par la voix de la sagesse :

— Il n'empêche, monseigneur : madame votre mère a raison. Vous ruinez à la fois votre santé, votre honneur et vos finances. Vous vous obstinez à boire alors que vous ne tenez pas le vin, à jouer alors que vous perdez constamment, à fréquenter des vauriens qui vous grugent. Est-ce raisonnable ?

— Était-il raisonnable de me faire épouser cette femme avec qui je n'ai rien de commun ? Est-ce normal de me tenir en lisières comme un nourrisson, de me punir, alors que j'en ai fait dix fois plus sur les champs de bataille que ce trou du cul du Maine ?

Guillaume s'avouait impuissant face à des raisons qu'il ne pouvait guère contester. Aussi affligé que Madame du comportement de Philippe, il en souffrait davantage, investi qu'il était d'une mission de sauvegarde qui ne tolérait aucun relâchement. En revenant de ses voyages à Versailles avec la mine sinistre d'un porteur d'avis d'obsèques, il me disait :

— Philippe me donne beaucoup de souci. Il souffre d'une vérole tenace. Si tu voyais sa mine... C'est à pleurer !

Lorsque, après son temps d'exil, monseigneur

regagna ses pénates, j'eus du mal à le reconnaître : il avait pris du ventre, son teint s'était terni et il avait la démarche d'un vieillard.

En entrant dans ma bibliothèque, il me lança :

— Maillard, tu vas chercher tout ce qui a trait à l'alchimie. J'ai décidé de me remettre à mon athanor...

5

L'espoir naît à Londres

Depuis qu'il avait assisté à une séance de divination dont il était revenu bouleversé, monseigneur s'intéressait aux sciences occultes et à l'alchimie.

Son ami et complice de plaisirs, M. de Feuquières, l'avait conduit chez Mme de Séry, ancienne fille d'honneur de la Palatine, dont Philippe avait fait naguère une de ses maîtresses. La dame tenait à lui présenter un mage italien, le signor Bongiovani, et une fillette, Suzanne, qui passait pour médium. Le visiteur fut surpris de trouver sur la table non une bouteille de vin et des flûtes, mais une carafe et un verre d'eau.

— Monseigneur, dit le mage, voici Suzanne. Ses dons de voyance tiennent du prodige. Souhaitez-vous connaître votre avenir ? Elle vous le révélera.

— Eh bien, répondit Philippe, demandons-lui ce qu'il adviendra du pays à la mort du roi.

Bongiovani promena lentement ses mains au-dessus du verre, recouvrit la tête de la fillette d'un voile noir et lui demanda de répondre. Elle se pencha sur le gobelet et, d'une voix qui était celle d'une adulte, débita une étrange litanie. Elle décrivit, avec force détails, le décor et les personnages de la chambre mortuaire de Versailles, en omettant toutefois de mentionner la présence du dauphin. Philippe lui en demanda la raison.

— Ne l'interrompez pas, monseigneur, je vous en conjure, repartit le mage. Elle risque de perdre le fil. Que souhaitez-vous apprendre d'autre ?

— Eh bien ! ce qui me concerne ! Que vais-je devenir ?

— Regardez ce mur, dit le mage, et dites-moi ce que vous y voyez

— J'y vois un visage qui ressemble au mien... une couronne... quatre cercles, l'un d'eux n'étant pas achevé... Qu'est-ce à dire ?

— Observez bien, monseigneur, qu'aucun de ces cercles ne porte la fleur de lis. Ce qui tend à prouver que vous ne régnerez pas mais que vous serez presque roi...

« Presque roi... » Guillaume m'avoua que cette séance de magie avait profondément troublé son maître. C'est de ce jour que datait pour Philippe un regain de passion pour les mystères de l'âme. Il avait du mal à croire en Dieu mais reniflait partout la présence du diable. Une nuit, il avait entraîné l'abbé Dubois dans une carrière de Montmartre pour se livrer à des invocations, sans susciter autre chose que des échos.

Je lui procurai les grimoires qu'il m'avait demandés. Il s'y plongea et passa des nuits à lire *La Table d'émeraude*, d'Hermès Trismégiste, *Le Livre de la vertu*, de Zozime, *Le Livre des secrets*, de Rhazès, et cette merveille qui le fit exulter : *L'Entrée ouverte au palais fermé du roi*, de Philatète. Il parcourut sans omettre une ligne ces ouvrages, qui sentaient le soufre plus que l'encens. Mme de Séry lui servait d'aide pour les séances de lecture et de partenaire pour les messes roses qui suivaient. Il avait la prétention de trouver la pierre philosophale et de fabriquer de l'or. Du soupirail de la cave sortaient des fumées malodorantes.

Se souvenant de l'affaire des Poisons, la Cour s'en émut. On cria au sacrilège et aux messes noires. Le roi menaça de faire embastiller son neveu et ses complices, mais ç'eût été discréditer la famille royale.

Sommé de se présenter à Versailles, Philippe comprit qu'il était victime d'une cabale de dévots montée par le duc du Maine. On l'évitait, on lui tournait le dos, on faisait mine de le mépriser. Certains même se signaient sur son passage.

Sur ordre du roi, Philippe dut fermer son athanor et troquer le bonnet à cornes de l'alchimiste contre la toque du philosophe. Mis de nouveau à contribution, je lui fournis tout ce dont il souhaitait faire son profit.

Il fit son maître à penser du philosophe allemand Gottfried-Wilhelm von Leibniz, avec qui sa mère correspondait, et entreprit de « réaliser la conjonction de la réalité concrète et de l'idée ». Il abonna la bibliothèque au *Journal des savants* et entretint d'autres relations épistolaires avec un philosophe anglais, John Locke, apôtre du matérialisme sensualiste, qui avait longtemps vécu en France. Il rencontra Fontenelle, qui prônait avec audace une poésie sans référence au sacré. Il trouvait chez les écrivains et les philosophes de quoi nourrir son scepticisme. Loin de rejeter l'image du jouisseur, il lui donnait une justification.

Comme j'avais, pour mon compte, largement puisé dans ma bibliothèque, nous échangions des idées et développions des controverses. Lorsque Guillaume se joignait à nous, je ne sentais pas le temps passer.

Madame s'extasiait sur les dons artistiques de son rejeton, dont Guillaume se moquait, mais qui n'étaient pas négligeables.

Antoine Coypel, directeur de l'Académie, l'avait encouragé à peindre. Il orna de fresques, sur le thème de Daphnis et Chloé, l'appartement de la duchesse. Élisabeth Jacquet, jeune veuve de l'organiste de Saint-Séverin, Martin de La Guerre, lui avait appris l'art de composer et l'avait aidé à écrire un opéra, *Panthée*, qui fut joué à la Cour.

Il s'intéressait à toutes formes d'art et de pensée. Il avait renoncé à l'alchimie pour prendre intérêt à la chimie. Avec la complicité d'un savant, Humbert, il rouvrit son athanor, non pour y distiller des mixtures diaboliques ou des parfums détestables, mais pour sonder le mystère des éléments.

En l'espace de quelques mois, le spectre que j'avais vu descendre de son carrosse, au retour de Versailles, était redevenu le fringant jeune homme que j'avais connu naguère. Il avait mis un frein à ses soirées galantes comme à ses débauches sordides pour se consacrer de nouveau à la belle Mme de Séry. Il retrouvait en elle la douceur, les attentions, l'ardeur amoureuse que son épouse lui refusait. Pour employer une expression banale, c'était un autre homme.

Un jour d'été, sous les ombrages de Saint-Cloud, alors qu'ils venaient de faire l'amour derrière un bosquet de buis proche de la cascade, il lui glissa à l'oreille un distique de sa composition :

Je ne voudrais pas être roi
Sans vous, ma chère Phyllis...

Elle sourit, lui dit que s'il devenait roi, il l'oublierait vite. Il lui avoua qu'il aurait aimé l'avoir pour reine et qu'elle lui donnât des enfants aussi beaux qu'elle. Elle éclata de rire.

— Eh bien, monseigneur, soyez comblé ! Si je ne deviens pas reine, au moins serai-je mère. Je suis grosse de quatre mois. Touchez mon ventre. Il porte votre fruit.

Ce fruit étant celui de l'adultère, il convenait de le garder secret. Philippe installa sa maîtresse dans un petit hôtel particulier de la rue des Bons-Enfants. Elle y organisa une réclusion qui n'eut rien d'austère, y reçut ses amis, les invita aux repas et aux fêtes qu'elle organisait. Si elle n'était pas reine, elle en prit l'apparence.

L'année 1697, au château de Nieuwburg, près de la ville de Ryswick, dans les Pays-Bas, les Coalisés firent la paix avec la France.

Ils avaient pris cette décision à la suite d'une série de défaites en Espagne, face au duc de Vendôme. Les pourparlers durèrent de mars à septembre. La conclusion n'était pas à notre avantage, mais l'essentiel était assuré : la paix. C'était la seule victoire à laquelle chacun pût aspirer d'un même cœur.

À Versailles, le torchon brûlait entre le roi et son frère, Monsieur, duc d'Orléans, qui, montant sur ses grands chevaux, lui avait lancé :

— Sire, soit dit sans vous offenser, vous traitez mon fils Philippe à la fourche ! À vingt ans passés, il bat le pavé de la Cour, comme nu, au milieu de ses cousins et cousines que vous comblez de faveurs.

Cette situation est humiliante ! En quoi mon fils a-t-il démérité ?

Réponse du roi : tant que ce « jeune fou » ne se serait pas amendé, qu'il n'aurait pas mis un frein à ses mœurs attentatoires à la dignité de la famille royale, renoncé à jouer les bravaches sur les champs de bataille, les faveurs royales lui seraient mesurées.

Connaissant les acteurs, j'imagine la scène : Monsieur, dressé sur ses ergots, agité de gestes nerveux comme un automate, la voix haute et grinçante ; son frère le roi, avachi dans sa chaise roulante, empâté, fardé comme une catin, mâchonnant ses mots...

Guillaume restait dubitatif quant à la paix. Pour lui, celle que les belligérants avaient conclue à Ryswick n'était qu'une trêve. Les conditions étaient si décevantes pour la France que le roi songeait déjà à tout remettre en question. Il avait assisté à de grandes manœuvres, à Compiègne, et passé en revue une armée de soixante mille hommes parfaitement équipés et prêts à se mettre en campagne.

Monsieur dit à Guillaume :

— Il faudrait faire comprendre au roi qu'une nouvelle guerre serait la ruine définitive du royaume et que ces massacres sont d'un autre temps.

— Que proposer pour lui faire accepter la paix ? lui demanda Guillaume.

— Une alliance avec l'Angleterre. Nous avons fait un pas vers son roi en le reconnaissant comme souverain légitime, quitte à renoncer au soutien et à l'asile que nous avons accordés au prétendant, le roi Jacques Stuart. Nous avons fait un pas de plus en nous restituant mutuellement les colonies conquises durant la dernière guerre. Il y a là, il me semble, un terrain favorable à une alliance susceptible d'assurer la paix. La France et l'Angleterre unies seraient invulnérables...

Je rencontrai Guillaume à la suite de cet entretien. Il me dit en riant :

— Mon petit Étienne, mon humble personne va prendre une importance « internationale » ! Le roi a fait la grimace, mais il a fini par donner son accord à ce projet d'alliance. Et c'est moi, ton ami, l'abbé Guillaume Dubois, que l'on a chargé des négociations !

Il ne pouvait me révéler le détail d'une mission qui devait demeurer secrète. Le comte de Tallard, notre ambassadeur, était chargé de préparer sur place le terrain.

— Nous allons devoir, lui et moi, tenter de trouver un sol ferme sous le marécage et nous lancer dans une manœuvre diplomatique des plus hasardeuses. À la moindre maladresse de ma part, tout est foutu et je me trouve discrédité à vie !

— Tu vas donc partir pour l'Angleterre ? Combien de temps durera ta mission ?

— Je n'en sais fichtre rien ! Tu n'auras de nouvelles qu'à mon retour.

Je connaissais de réputation Camille d'Hostun, duc de Tallard, au début de sa carrière porte-fanion dans la gendarmerie anglaise. De retour au pays, incorporé à nos armes, il avait obtenu le grade de lieutenant général. Depuis peu, étant donné sa connaissance de l'Angleterre et de sa langue, il avait été désigné pour l'ambassade à Londres, afin d'y négocier une importante affaire de succession : l'héritage du roi d'Espagne, Charles II, qui, approchant de sa fin, avait sombré dans la folie.

Guillaume quitta Paris sous une belle pluie d'avril pour les brumes de Londres. Il ne devait revenir qu'un an plus tard.

Je l'attendais avec l'impatience que l'on imagine. Et c'est avec la même impatience que j'espérais sa visite dans mon cabinet ou son invitation à le rencontrer dans son appartement. Il avait tant à faire, contraint à une navette permanente entre Versailles et le Palais-Royal ou Saint-Cloud, demeure d'été de la famille d'Orléans, que je ne fus guère surpris qu'il me fît attendre.

Il daigna me donner signe de vie une semaine après son retour, en m'invitant à partager son souper.

— Ah, Étienne ! soupira-t-il, quelle aventure... J'en suis encore tout retourné. Et ça ne fait que commencer !

Accueilli discrètement à Londres, il avait trouvé en Tallard une oreille attentive et un esprit ouvert. Sans la moindre réticence, ils étaient convenus du plan destiné à circonvenir le souverain.

Il avait été sensible à l'accueil que lui avait réservé M. de Saint-Évremond. À la suite d'un différent relatif au traité des Pyrénées, passé l'année 1659 entre la France et l'Espagne, ce personnage, contraint à l'exil, avait choisi l'Angleterre. Maître à penser de Ninon de Lenclos, jeune encore et sans doute sa maîtresse, il l'eût peut-être épousée, s'il ne s'était promis de n'avoir ni femme ni enfant, « pour ne pas perpétuer, disait-il, un genre humain exécrable » – une philosophie que j'aurais pu faire mienne. Cet ancien frondeur avait gardé envers le roi la dent dure. Il ne le ménageait pas dans ses propos et ses écrits, disant que la source de son esprit critique résidait dans la loupe qu'il portait sur le front.

— C'est surtout des femmes dont il m'a parlé, ajouta Guillaume. Il en a une longue expérience. Il m'a raconté que les Anglaises ne songent qu'au côté sérieux de l'amour et veulent du « fond de terre », que les Hollandaises sont faciles mais infidèles, les Françaises coquettes avant leur mariage et plus encore après... Je t'ai apporté un de ses écrits : *Réflexions sur les divers génies du peuple romain*, que je tiens pour son meilleur livre.

Guillaume avait été accueilli par la Cour et la bonne société londonienne comme un personnage important. On s'arrachait sa présence, en se montrant surpris qu'un abbé fût aussi libre de jugements et de propos. À l'en croire, il avait brillé dans les soupers et avait fait des ravages dans les cœurs.

De ses entretiens avec le roi d'Angleterre et ses ministres, il ne me dit rien. En revanche, il me parla des difficultés que Tallard lui avait suscitées en l'accusant de mener des négociations en dehors de lui. Finalement, son séjour n'avait eu qu'un résultat positif : s'informer de l'esprit qui régnait à la Cour d'Angleterre et en ramener les promesses d'une alliance.

De ses confidences sur sa vie à Londres, j'aurais pu faire un livre. Il occupa une soirée à me raconter ses promenades dans cette ville grouillante, brumeuse, colorée, splendide et misérable. Il s'attarda à me raconter ses soupers, qui n'avaient rien à envier à ceux du Palais-Royal, ses rapports avec la fringante Hortense Mancini et la comtesse de Sandwich. En l'espace d'un mois il était devenu l'ami des Anglais et la coqueluche des Anglaises. Ninon de Lenclos avait annoncé à Saint-Évremond la venue de l'abbé par ces simples mots : *C'est un petit homme délié, qui vous plaira*.

Un soir de juin de l'année 1701, le roi et son épouse convièrent à souper Monsieur, frère du souverain, Madame, leur fils et la duchesse, afin de dissiper les nuages qui avaient assombri leurs rapports concernant la conduite scandaleuse de Philippe.

Ces agapes se déroulèrent dans une humeur sereine. Le roi mangea du bout des lèvres mais en goûtant à tous les plats. Monsieur s'empiffra comme deux et but comme quatre... Madame critiqua le poulet à la béchamel, réclama de la choucroute et de la charcuterie, qu'on lui apporta sur-le-champ. À la table voisine, bâtards et bâtardes riaient, papotaient et se faisaient des farces.

Alors que l'on servait le melon glacé, Monsieur se renversa dans son fauteuil, ouvrit la bouche et piqua du nez dans son assiette.

Ce ne fut qu'un cri. Chacun s'empressa autour de lui. Ramené d'urgence au Palais-Royal, il vomit en cours de route, perdit de nouveau connaissance, si bien qu'on crut sa mort imminente. Les médecins diagnostiquèrent une crise d'apoplexie et lui tirèrent trois palettes de sang, ce qui amena une rémission. On lui fit boire de l'eau des Carmes puis on le laissa dormir.

Trois jours plus tard, Monsieur rendait à Dieu son âme pécheresse, sans avoir formulé une de ces paroles dignes de passer à la postérité. Madame gémit, disant qu'elle refusait le couvent, ce que personne ne lui eût proposé. Philippe mouilla de ses larmes la petite main de marbre crispée sur le chapelet, et Jouflotte cacha sa joie derrière son éventail. Quant au roi, il parut affligé d'un sincère chagrin pour ce frère envers lequel il n'avait jamais eu beaucoup d'affection, mais, disait Liselotte, « il pleure comme il pisse ».

À quelques jours des obsèques, le roi dit à Philippe :

— Désormais, mon neveu, je t'autorise à me considérer comme ton père. Nous allons oublier nos petits différends. Pour ma part, j'y suis bien décidé. En est-il de même pour toi ?

Philippe inclina la tête. Le jeu de la mort avait fait que le duc de Chartres s'effaçât derrière le duc d'Orléans. L'inventaire en vue de l'héritage donnait le vertige. La famille possédait une telle multitude de domaines, villes et châteaux que le tabellion mit une heure à en dresser la liste, à croire que la famille possédait la moitié du royaume. Monsieur léguait en outre à son fils ses collections de peintures, de bibelots, d'armes anciennes, ainsi qu'un régiment et des compagnies de gardes suisses.

Guillaume vit sa fortune assurée. Devenir officiellement secrétaire du duc d'Orléans semblait lui ouvrir une voie royale. Il dut déchanter : c'est M. de Thésus, personnage obscur proposé par Sa Majesté, qui fut chargé de cette fonction. Oubliés ses efforts au service de la paix, l'abbé restait, dans l'ombre de Philippe, une sorte d'éminence grise, un intendant propre à toutes fins.

À quelque temps de là, il m'annonça son départ pour Madrid.

Mort à l'âge de trente-sept ans, le roi d'Espagne, Charles II, était déjà un vieillard. Victime d'une lourde hérédité, il était en proie à des crises de démence et d'hébétude. Sa lucidité revenue, il sombrait dans le mysticisme, passait des heures en prière dans la crypte funèbre, parcourait la nuit, comme un fantôme, les galeries de portraits et, le jour, chassait le loup ou se donnait du plaisir avec son épouse, Marie-Anne de Neubourg. Son empire, couvrant le tiers du monde connu, reposait sur des épaules débiles.

Dans le jeu de convoitises qui suivit cet événement, la France pouvait formuler des prétentions licites. Pour démêler l'imbroglio généalogique qui allait suivre, le roi décida d'envoyer à la Cour de Madrid celui qui avait fait ses preuves à Londres : l'abbé Dubois. Des accès de colère froide submergeaient les mouvements d'orgueil de Guillaume. Il disait en tapant du poing sur ma table :

— C'est un piège où je risque de laisser des plumes ! On ne fait appel à moi que pour des missions en forme de traquenards. On me glisse à l'oreille : « Tu es intelligent, l'abbé ! Tu t'en tireras bien... » Nom de Dieu, cette affaire d'héritage risque d'être un foutu bordel...

Il passa des jours dans ma bibliothèque, à feuilleter des grimoires et de nouvelles publications sur l'empire d'Autriche, l'Europe et les Amériques, à jeter des notes sur le papier, à s'empêtrer dans les arbres généalogiques. Quand, pour le détendre, je tentais de lui faire admettre qu'il allait faire un beau voyage, il bougonnait :

— Un beau voyage ? Ah ouiche ! Ce pays de brigands, de massacreurs de taureaux et d'hérétiques ne me tente guère. Quant aux femmes, à ce qu'on dit, elles sont dévotes ou vérolées. Je préfère encore les Flamandes...

Il me révéla que Philippe avait des droits à faire valoir dans la succession, mais qu'il y avait quelques autres candidats au trône, et tout aussi sérieux, qu'il m'énuméra. Bouleversé par cette nouvelle, Guillaume me confia ses craintes :

— Un Bourbon sur le trône d'Espagne, c'est la ruine de notre alliance avec l'Angleterre et la perspective de nouvelles guerres ! Imagine, Étienne : l'empire de Charles Quint reconstitué ! Jamais l'Angleterre et le reste de l'Europe ne l'accepteront.

À diverses reprises, à Saint-Cloud notamment, j'avais rencontré le duc d'Anjou, Philippe, l'un des candidats à la succession. Moins de vingt ans, taciturne, obsédé par la piété, il avait eu comme gouvernante une aventurière, épouse du prince italien Orsini, Mme des Ursins. Il avait treize ans quand on l'avait jeté dans les bras de Marie-Louise de Savoie, de cinq ans sa cadette, ce qui n'était pas fait pour éveiller sa puberté. Alors qu'à dix-sept ans il avait du mal à se gouverner lui-même, on le voyait mal à la tête d'un empire. C'est pourtant ce qui lui advint.

Le roi le présenta à l'ambassadeur d'Espagne, le marquis de Castel del Rios, en des termes que me rapporta Guillaume et que je retranscris de mon mieux :

— Messieurs, je vous présente le roi d'Espagne ! Sa naissance le destinait à cette couronne. Le feu roi Charles la lui offre par son testament, et toute l'Espagne le souhaite. J'exécute avec plaisir cet ordre qui nous vient du Ciel. Quant à vous, mon enfant, montrez-vous bon Espagnol. C'est votre premier devoir, mais souvenez-vous que vous êtes né Français et que vous devez entretenir entre nos deux nations l'union capable de conserver la paix à l'Europe...

Colère de Guillaume :

— Le roi se trompe lourdement ! L'Europe et l'Angleterre, que nous avons bernée, n'accepteront jamais cette succession. Étienne, je crains que, de nouveau, la guerre soit bientôt à nos portes...

La présence de l'abbé Dubois en Espagne n'ayant plus sa raison d'être, il s'y attarda peu. Ce séjour lui permit pourtant de se faire une idée de ce pays dont la vie et les mœurs diffèrent tant du nôtre. Il put respirer à la Cour de Madrid des relents de foi hypocrite, de lubricité débridée, de corruption, « à se boucher le nez » ! Le pays lui-même ne manquait pas d'agrément, avec ses vastes espaces de sierras, ses villes opulentes, ses énormes cathédrales. Quant aux femmes, il évita de m'en parler. Je crus comprendre qu'une dame de la Cour lui avait laissé un présent non souhaité.

Le seul bénéfice qu'il tira de ce temps perdu est le don, qui le ravit, d'une nouvelle abbaye dont il tirerait d'importants bénéfices : celle de Nogent-sur-Coucy.

L'avènement du duc d'Anjou au trône d'Espagne, s'ajoutant à la mort de son père, avait eu sur Philippe un effet singulier. Guillaume m'avoua qu'à son retour de Madrid il avait eu du mal à le reconnaître.

— Ce pauvre garçon semble égaré. Quand tu lui parles, c'est comme si tu t'adressais à un mur. Il accepte des invitations et oublie de s'y rendre. Il en donne lui-même et il n'y paraît pas. J'en suis au point de craindre de le voir aller à la messe et à confesse...

On aurait pu songer qu'une nouvelle passion venait de bouleverser sa vie. Il n'en était rien : aucune de ses petites maîtresses, hormis Mme de Séry, n'émergeait du lot. Quant à sa vie de famille, elle suivait son cours normal. Après Marie-Louise, titrée duchesse du Berry, son épouse lui avait donné deux autres filles : Louise-Adélaïde, qui allait vers ses quatre ans, et Charlotte-Aglaé, sa cadette de deux ans. De nouveau enceinte après la mort de Monsieur, elle fit brûler des cierges dans la chapelle du Palais-Royal pour que ce fût un garçon.

La petite Marie-Louise, à sept ans, manifestait les

prémices d'une féminité précoce, teintée de perversité, avec son visage d'une rondeur attendrissante sans les grosses joues de sa mère, son corps délié, son penchant à l'effronterie et aux facéties, son insatiable besoin d'affection et sa bonne humeur inaltérable, malgré les fessées qui ne lui étaient pas épargnées...

Elle se plaisait à Saint-Cloud, où l'espace lui était moins mesuré qu'au Palais-Royal. Elle jouait sur les pelouses avec ses chiens, se promenait dans une voiturette attelée d'un bouc, pataugeait dans les cascatelles. Je les surpris un jour, elle et son père, en train de faire des roulades sur une prairie en pente et, durant la collation, de se bombarder avec des gâteaux à la crème.

En ce début de siècle, un scandale ébranla Versailles.

Le moins qu'on puisse dire, c'est que le Grand Dauphin Louis n'avait pas, à ce jour, défrayé la chronique de la Cour par ses amours. Il est vrai qu'il avait eu dans sa jeunesse un précepteur sévère, l'évêque de Meaux, Jacques Bénigne Bossuet, qui s'était attaché à lui faire haïr les sciences qui éloignent de Dieu et l'histoire qui donne une triste idée de l'homme. Rien, dans cet enseignement, qui pût le prédisposer aux dérèglements. Il avait pourtant, après son déniaisement institutionnel par une douairière, la maréchale de Rochefort, nageotté, sans risque de s'y noyer, dans les eaux troubles de la Cour, passant d'une dame de qualité à une servante.

Et puis, un beau jour, chez une de ses sœurs, il avait rencontré la femme qui allait gommer d'un trait les quelques amourettes qui surnageaient dans sa mémoire : Émilie de Choin, dame d'honneur de la princesse de Conti.

J'ai du mal à imaginer le personnage de premier plan qu'il était épris d'une femme qui, elle, n'était rien, ou peu de chose. Il est vrai qu'on la disait « laide à se faire remarquer », et lui fort innocent. Ces défauts, en les rapprochant, devenaient des qualités.

Laide, Émilie de Choin ? Ce jugement était un peu hâtif. Pour l'avoir croisée à plusieurs reprises, je conviens qu'elle n'avait rien pour inspirer le désir, rappelant, par sa taille menue et ses jambes courtes, ces carlins que l'on voit dans les tableaux. Elle avait, de plus, un visage plat, des boutons dissimulés sous des mouches, et de mauvaises dents, mais le dauphin n'avait pas, lui non plus, une allure de don Juan. On disait d'ailleurs, en parlant de lui : le « lourdaud » ou la « statue inachevée ».

Monseigneur le dauphin avait tourné autour de cette veuve sans postérité, qui se garda de décourager ces avances. Il fut sensible à sa conversation, en fit sa compagne de promenades, puis sa confidente et enfin sa maîtresse. Un horizon radieux semblait s'ouvrir devant eux.

La dauphine ayant eu le bon goût de disparaître, ils mêlèrent leurs larmes puis se consolèrent dans l'appartement qu'elle possédait près du château, sur la Grande-Avenue, où il prit ses habitudes. Elle s'efforça de lui cacher sa secrète ambition de devenir reine à la mort du roi, et traita le dauphin comme un amant ordinaire.

Elle apprit bientôt qu'elle était, à la Cour, *personna non grata* et qu'on souhaitait son éviction. Elle se retira au château de Meudon, propriété du dauphin, moins luxueux que Versailles mais préférable à la Bastille.

C'est dans la chapelle de cette résidence que l'héritier du royaume épousa en secret Émilie de Choin, fille du bailli de Bourg-en-Bresse, sans que ni l'un ni l'autre n'eussent conscience de commettre une mésalliance. Le roi n'avait-il pas donné l'exemple en épousant la veuve Scarron ?

Émilie devint la « reine mystérieuse de Meudon ». Le dauphin lui présenta ses enfants et lui amena quelques relations. Une Cour se forma dans cette modeste excroissance de Versailles. On se pressait autour de la « fée du sanctuaire », en laquelle on voyait la future reine de France.

L'abbé Dubois eut sa place parmi les invités, pour un souper couronné par un feu d'artifice tiré dans le parc. Il me dit dans son langage imagé :

— Toutes les ambitions sont pointées sur cette créature. Elle n'est entourée que de gens préoccupés à planter leurs jalons. Il faut dire qu'elle a sur son époux une influence bénéfique : elle lui inculque les bonnes manières, lui apprend à redresser la taille, à parler, à écouter, à se conduire en somme en souverain. Il faut passer par la Maintenon pour avoir l'oreille du roi, mais on doit faire sa cour à Émilie pour arriver jusqu'au dauphin.

Conscient qu'il ne pouvait sacrifier son fils à sa réprobation, le roi tenta d'attirer les deux époux à la Cour, en leur faisant miroiter quelques faveurs ; elle refusa, et le dauphin fit de même. Cette rébellion contre la volonté royale accrut l'aura romanesque du couple. Première à Meudon, elle répugnait d'être en second à Versailles.

Cette situation insolite allait perdurer jusqu'à la mort du dauphin Louis, l'année 1711. Auparavant, beaucoup d'eau avait coulé sous les ponts de la Seine.

Cette eau que je regardais certains soirs passer sous le Pont-Royal, alors que le couchant incendiait le fleuve, me rappelait que la guerre, loin de là, charriait des flots de sang et des cadavres.

Le roi avait eu beau proclamer que la France et l'Espagne seraient deux nations séparées, nullement solidaires, sauf si les circonstances l'exigeaient, l'Europe s'était de nouveau mobilisée contre nous. Sans alliés, sans chef d'armée capable de succéder au maréchal de Luxembourg, nous nous trouvions de nouveau jetés dans une aventure périlleuse. Pour comble, la révocation de l'édit de Nantes, avait soulevé contre l'autorité royale le peuple des Cévennes.

Avant de périr, à la suite d'une chute de cheval, le roi Guillaume d'Angleterre avait chargé John Churchill, duc de Marlborough, ancien ambassadeur à Versailles, de former une nouvelle coalition. Il allait devenir notre ennemi le plus coriace.

Une interminable noria de voitures et de cavaliers portait chaque jour à la Cour des dépêches des fronts d'Espagne, d'Italie et des Flandres, où nos armées enchaînaient les défaites. Les Danois, les princes allemands, la Suède et le Portugal entrés dans la danse, nous n'avions comme alliée que l'Espagne, dont les forces étaient dérisoires, alors que deux cent cinquante mille hommes marchaient de toutes parts sur nos frontières, sous le commandement de chefs prestigieux.

Le premier coup de tonnerre eut lieu sur le front d'Italie, où cette vieille ganache de Villeroy s'était laissé enfermer dans Crémone. On l'avait remplacé par le duc de Vendôme, dont le frère, le grand prieur, se battait sur le Rhin. Assisté par le roi Philippe d'Espagne, il vola de victoire en victoire, si bien que Philippe lui décerna la Toison d'or et en fit un Grand d'Espagne. Sale et débraillé, ivre chaque soir, le duc donnait licence à ses plaisirs entre deux batailles, avec pour commensal le fils d'un jardinier parmesan, Alberoni, qui lui présentait le coton sur sa chaise percée, en murmurant, devant les fesses sérénissimes : « *O culo d'angelo...* »

Je ne puis songer sans émotion à ces rudes hommes qui faisaient alterner la guerre et les plaisirs, ne se ménageant ni dans l'une ni dans l'autre de ces passions, renaissant de leurs déboires et de leurs faiblesses avec une ardeur nouvelle. Malgré leurs allures de brigands, leurs vêtements souillés de crasse, de tabac et troués par les balles, ils jetaient un défi aux généraux de Cour et imposaient le respect.

En compagnie de Guillaume, j'assistai au retour du vainqueur de Cassano, au milieu d'une foule exaltée. L'attelage du héros dut prendre le pas pour franchir le grand portail et gagner le pavillon où résidait le roi.

À peu de temps de là, Philippe fut sommé par Sa Majesté d'aller combattre en Italie dans le corps d'armée commandé par le maréchal de Marsin. Il se montra d'emblée lucide et valeureux, Marsin incapable et couard. Cette campagne ne fut pour lui qu'une suite de trahisons, qui finirent par avoir raison de son énergie et le privèrent d'une entrée victorieuse dans Milan, qui était à portée de sa main.

À l'issue d'une retraite précipitée à travers les Alpes avec des lambeaux de corps d'armée, il parvint, harassé, transi et le ventre creux, aux portes de Grenoble. En arrêtant sa voiture devant une auberge, il aperçut une femme qui, s'abritant de la pluie sous un porche, paraissait l'attendre.

Elle s'avança vers lui et lui dit, sur le ton du reproche :

— Monseigneur, vous m'avez fait attendre bien longtemps...

Il reconnut sa maîtresse : Mme de Séry.

6

Jour de fête à Belleville

Le jour des Cendres, laissant Guillaume à une partie de cartes avec Philippe et quelques autres partenaires, j'allai flâner seul sur les quais de la Seine. À ma grande surprise, en m'engageant sur le Pont-au-Change, je constatai que la plupart des boutiques étaient closes et la clientèle clairsemée. J'en demandai la raison à une marchande de verroterie, qui me répondit :

— Mais, monsieur, vous tombez de la lune ! La moitié de Paris est à Belleville. D'ailleurs je vais fermer boutique.

En longeant les lavoirs, je me retrouvai place de Grève. Une animation insolite régnait autour d'une file de fiacres d'où montaient des appels :

— Trois sous pour la Courtille ! Pressez-vous ! Il n'y aura pas de place pour tout le monde...

Je montai dans une voiture où trois filles avaient déjà pris place. Elles me dévisagèrent en riant derrière leurs éventails. Je me dis que j'allais faire ce bref voyage en agréable compagnie, et engageai la conversation après le premier claquement de fouet. J'appris que ces donzelles travaillaient comme couturières chez Mme Irma, rue des Petits-Champs, et qu'elle leur avait donné congé, avec dix sous chacune, pour aller se dégourdir les jambes à Belleville.

— Nous n'avons pas de cavaliers, me dit celle qui était assise près de moi. Nous ferez-vous danser, monsieur ?

— Vous ne pourriez faire un plus mauvais choix, mademoiselle.

— Nous pourrions vous apprendre.

— Vous seriez déçues : je suis né avec un piquet de vigne dans le dos et j'ai du plomb à mes semelles. En revanche je pourrai vous offrir à l'arrivée un verre de limon ou quelque autre rafraîchissement qui vous conviendra.

Elles échangèrent des rires, battirent des mains et me remercièrent. Elles étaient assez jolies et délurées, ce qui n'était pas pour me déplaire.

Je n'étais monté qu'à deux ou trois reprises sur les hauteurs de Belleville, d'où la vue embrasse la capitale. Rien ne m'y attirait, sinon une promenade agréable et un air plus sain qu'au cœur de Paris. Avec ses enclos, ses jardinets à charmilles, ses potagers, ses guinguettes et ses petites boutiques, ce quartier offre un pittoresque de bon aloi. On y respire, dans une ambiance paisible et laborieuse, l'odeur de la sciure de bois mêlée à celle des ateliers de forges ou des cuisines d'auberges, et moins de relents de misère que dans certains quartiers proches de l'Hôtel de Ville. Les gens y partagent cette gaieté que semble donner l'altitude. Un jour de grande chaleur, j'avais bu dans une gargote un de ces « vins diables » un peu âpres comme ceux des Porcherons, mais qui m'avait donné des ailes.

Je demandai à ces demoiselles où elles souhaitaient descendre. Ce ne fut qu'un cri :

— Au Tambour du Roi, monsieur. On s'y amuse beaucoup. D'ailleurs le fiacre ne va pas plus loin.

Il faisait un temps de printemps, doux et nébuleux, avec une arrière-saveur de pluie et de poussière. Autour de la taverne, la foule était déjà dense. Juchés sur des planches posées à même des futailles, de petits orchestres de violons, de tambourins et de guimbardes enchaînaient les airs populaires. On dansait déjà dans les enclos, où l'herbe avait reverdi. Des guirlandes en papier de couleurs se balançaient au-dessus du chemin de terre menant à l'auberge.

Je fis bonne impression auprès de mes compagnes en réglant le montant de la course. Elles se relayèrent pour me témoigner leur gratitude par des baisers, qui sentaient la poudre d'amande.

L'une d'elles s'appuya à mon bras. Nous dûmes jouer des coudes pour pénétrer dans la taverne et nous gendarmer afin de trouver une table. On nous dirigea vers le fond de l'immense salle aux charpentes noires de suie, décorées d'assiettes de faïence, près d'une ample cheminée où tournaient des broches, au bas d'un mur luisant d'humidité, décoré de fresques en l'honneur de la vigne.

L'une des demoiselles, qui paraissait avoir là ses habitudes, me révéla que cet établissement avait été créé au milieu du siècle précédent par un nommé Ramponneau, personnage haut en couleur, qui en avait fait un lieu de plaisir connu de tout Paris, mais dont j'ignorais l'existence. La famille avait pris la suite. Ma compagne me montra le fils Ramponneau : vêtu, comme un personnage de Rabelais, d'un tablier de grisette rouge, il était serré à la taille par une grosse ceinture de cuir garnie de couteaux et de cuillers à pot. Passant de table en table, il échangeait avec les clients des plaisanteries aussi grasses que ses éclats de rire.

En raison de la chaleur, je proposai à ces demoiselles, plutôt que du vin qui aurait eu des effets pernicieux, un verre de limon, puis, l'heure du dîner approchant, je leur proposai de partager mon repas. Elles acceptèrent sans trop se faire prier.

Ce fut le dîner le plus détendu et le plus joyeux auquel il m'était donné d'assister depuis des lustres. Malgré la chaleur, les odeurs de graillon et le tumulte, qui nous forçait à donner de la voix, cela me changeait agréablement de mes agapes solitaires.

Après le repas, mes compagnes m'entraînèrent au-dehors pour aller danser. Assis sous un pommier qui commençait à mettre ses feuilles, je m'appliquai à faire bonne figure, face à ces contorsions qui ne rappelaient guère les menuets et les pavanes de Versailles. J'entamai ma sieste malgré le bruit, quand une main me secoua l'épaule. Celle qui s'appelait Germaine s'écria joyeusement :

— Venez, monsieur, nous allons faire la « descente » !

— Il ne faut pas manquer ça ! ajouta Denise.

La troisième, une forte fille, Marion, m'arracha de mon banc et, me prenant par le bras, m'entraîna dans la foule refluant vers l'avenue centrale. « Va pour la descente, me dis-je, et tant pis pour ma sieste ! »

La coutume voulait qu'en ce jour des Cendres la population de Belleville rendît visite, en grande pompe, musique en tête, à celle du quartier bas de la Courtille. Un cortège composé de notables avait sacrifié au rite dans la matinée. Celui de l'après-midi, populaire et animé, avait l'allure d'une marée humaine tonitruante et désordonnée.

À entendre les détonations des pétards et à respirer l'odeur de la poudre, j'aurais pu me croire au cœur d'une bataille sur les rives de l'Adige, auprès de Philippe. Mes compagnes, bras dessus bras dessous, dansotaient sur place en suivant des chars de carnaval sur lesquels étaient juchés des hommes, des femmes et des enfants costumés et grimés. À l'avant du cortège, une fanfare moulinait sans fin l'air de *La Belle Tourangelle*, repris en chœur par la foule. Au pied des maisons, des sergents du guet en grande tenue veillaient au grain, des détrousseurs se mêlant volontiers à cette fête.

De temps en temps, des bousculades creusaient des remous dans la presse. On entendait des gens crier qu'on avait volé leur bourse ou leur montre, des femmes protester contre des pince-fesses, des enfants criant qu'ils étouffaient...

Après une brève averse, qui déclencha une joyeuse panique, nous arrivâmes à la Courtille. La foule se dispersa dans les jardins qui entouraient tavernes et cabarets, nombreux dans le quartier, entre de hautes demeures de marchands de vin et d'artisans aux façades ornées de draps et de tapis, comme pour le passage du roi.

Mes compagnes m'entraînèrent vers une charmille où nous serions à l'abri d'une autre ondée. Pour avoir dansé et s'être égosillées, elles mouraient de soif. Je commandai des rafraîchissements ; elles protestèrent, disant qu'elles préféraient du ratafia ; j'en demandai une bouteille. Au moment de régler la note, je portai la main à ma poche et constatai que ma bourse avait disparu.

— Je l'avais il y a quelques instants ! m'écriai-je. On me l'a volée.

— Le voleur ne doit pas être loin, dit Marion.

— Je le vois ! s'exclama Denise. C'est ce galopin au bonnet rouge. Rattrapez-le !

J'enjambai mon banc, me lançai à la poursuite du malandrin, qui louvoyait entre les tables, et lui mis la main au collet au moment où il s'apprêtait à enjamber une palissade. Je n'eus guère de mal à maîtriser cet avorton et, en le fouillant, à lui arracher mon bien. J'allais le libérer quand, sortant un couteau de sa poche, il me le planta dans le flanc avant de prendre la fuite, poursuivi par un sergent du guet. La douleur fut si intense que je perdis connaissance.

Quand je retrouvai mes esprits, je me trouvais dans un fiacre, mes trois luronnes penchées sur moi. Elles s'étaient servi de ma cravate pour en faire un pansement. Marion me dit que je perdais beaucoup de sang et qu'il fallait me mener à un chirurgien. Je fis arrêter le fiacre devant la grille du Palais-Royal et réglai la course. Lorsque le concierge, M. d'Ibagnet, vint à mon secours avec deux gardes, les filles restèrent ébahies, sans voix, me prenant sans doute pour quelque altesse sérénissime. Je les remerciai et leur promis de leur rendre visite chez Mme Irma pour les récompenser de leurs soins.

Bien que profonde, la plaie n'avait pas touché le rein, ainsi que me le confia le médecin Mareschal, que Madame avait fait prévenir. J'en fus quitte pour une indisposition d'une semaine. Guillaume me rendit visite chaque jour. Je trompai mon ennui en lisant *Les Éthiopiques*, d'Héliodore.

Guillaume m'apprit que l'on avait mis la main sur mon voleur.

— Il appartient, me dit-il, à une communauté de gredins bien connue de la police : la bande à Rafia. Tu as eu de la chance : il aurait pu te tuer. On l'a marqué au fer rouge et pendu par les aisselles : un supplice qui peut s'achever par la mort.

— C'est un châtiment sans rapport avec sa faute ! protestai-je. Il me semble qu'une bonne correction aurait suffi.

— Il faut laisser faire la justice. S'il avait été

adulte, on lui aurait coupé le poignet droit avant de le pendre. C'est le tarif !

Il ajouta avec un rire :

— Quant aux filles qui t'ont ramené, elles sont elles aussi connues de la police, mais pour d'autres motifs. Leur travail de couturière n'est qu'un paravent. Ce sont des prostituées à la solde d'une maquerelle, Mme Irma. Elles racolent habituellement la nuit, autour de Saint-Eustache et des Halles. Deux d'entre elles sont marquées de la fleur de lis au fer rouge. Si tu avais échappé à ton voleur, elles t'auraient entraîné je ne sais où pour te dépouiller.

— Et moi qui leur ai fait porter des chocolats...

Après une semaine de repos, parfaitement remis, j'avais repris mon travail lorsque Guillaume, tout guilleret, m'annonça que nous allions célébrer ma « résurrection » par une petite fête.

— Tu seras mon invité, ajouta-t-il. Les revenus de mes abbayes viennent de me tomber du Ciel, et je suis riche comme Crésus ! Cet argent, je n'ai pas l'intention de le laisser dormir. La vie est trop courte. Prépare-toi. Je passerai te prendre à six heures.

— Pour aller où ?

— Au bordel, Étienne, au bordel !

Il avait prévu de m'inviter à l'hôtel du Roule, cet établissement de ma connaissance, situé hors des murs, dans le faubourg de Chaillot. Nous prîmes mon cabriolet pour nous y rendre car le trajet était long et que je peinais encore à marcher. Il ne cessa de chantonner tous les « tontons » et « tontaines » qui lui passaient par la tête et me tapait sur les cuisses en riant.

— Ah ! mon Étienne, me dit-il, le bordel... L'amour plus la liberté. Tu y vas quand tu l'as décidé, tu baises la fille de ton choix, tu paies et tu repars sans le moindre état d'âme. Pas de scènes de ménage ! Rien que des caresses et des sourires ! Un petit enclos de paradis dont nous avons la clé, dont les fruits ne sont jamais les mêmes et qui nous réserve toujours des surprises...

— ... parfois cuisantes...

— J'en conviens ! Mais là où je te conduis, mon Étienne, aucun danger ! Les filles sont saines, la clientèle huppée et la maison protégée par la police.

Il me parla de sa première visite, en compagnie du duc Philippe.

— Si tu avais vu sa mine ! Il rougissait, pâlissait, triturait les bords de son chapeau sans arriver à faire son choix, à croire qu'il voulait déguster avant de consommer. C'est moi, connaissant ses goûts, qui ai décidé à sa place et lui ai jeté dans les bras une belle Flamande. Elle lui a donné tant de plaisir qu'il était sur le point de vouloir passer la nuit avec elle !

Prolongée vers les hauts murs qui la séparaient d'un couvent par un parc plongé dans la pénombre, la maison était étroitement surveillée par des chiens et un colosse moustachu, vêtu à la tartare et coiffé d'un turban. Il s'inclina lorsque Guillaume lui eut glissé quelques mots à l'oreille et une pincée de blancs dans la main.

Nous étions attendus. Pour la circonstance, la tenancière, Mlle Paris, qu'on appelait l'Abbesse, avait résilié ses autres engagements pour nous laisser seuls. En nous ouvrant elle-même sa porte, elle fit une révérence à mon chaperon qui lui baisa la main en l'appelant Madame. Elle demanda si nous souhaitions souper et coucher.

— Les deux, répondit Guillaume.

— Eh bien, mes amis, le champagne vous attend.

Elle nous précéda vers un vaste vestibule où, dans une pénombre discrète, jouaient ors, bronzes et velours, dans un parfum d'Orient. Un tableau à l'antique montrant des jeux obscènes de satyres et de nymphes décorait le mur au-dessus d'un divan. Les soirées de cette fin de printemps étant fraîches, un feu rougeoyait dans la cheminée. Ce décor me changeait de celui des lupanars où, en fin de semaine, j'allais dépenser mon argent et dissiper mon énergie et mes illusions.

Madame ne nous fit pas attendre longtemps. Un coup de sonnette libéra une sorte de corps de ballet qui, avec une lenteur étudiée, descendit, marche à marche, le large escalier. Sur les douze demoiselles qui composaient ce contingent de mercenaires, la moitié seulement fut présentée à notre choix. C'était, nous dit Madame, le *nec plus ultra*.

Sans cesser de papoter ou de poursuivre leurs travaux d'aiguilles, ces demoiselles s'assirent en face de nous, autour de la cheminée. Elles étaient toutes si appétissantes qu'il m'était difficile de faire mon choix, d'autant que je ne pouvais contenter l'une sans vexer les autres.

Mes goûts pour les filles fermement découplées sans être athlétiques, et bien en chair sans être grasses, me portèrent vers une nouvelle au visage large et plein coiffé d'une opulente chevelure blonde. J'en prévins l'Abbesse. Elle me dit à l'oreille :

— Vous avez fait un excellent choix, monseigneur. Olga est très demandée pour sa beauté, son charme et son expérience. Elle nous a été amenée de Pologne par un attaché d'ambassade. Le peu qu'elle parle de notre langue devrait suffire pour ce que vous attendez d'elle.

Le choix de Guillaume se porta sur une fille menue, rieuse, d'une carnation de métisse sous ses cheveux roux. Ils semblaient être de vieilles connaissances.

Lorsque leurs compagnes nous eurent laissés seuls, les deux filles servirent le champagne sans cesser de rire et d'échanger des propos à voix basse en nous regardant à la dérobée, comme pour nous jauger. Le souper nous attendait dans le boudoir éclairé d'un chandelier à trois branches et sommairement meublé d'une petite table et de sofas.

De ce souper, comme de nos entretiens avec ces demoiselles, je n'ai gardé qu'un souvenir confus. En nous servant elle-même une dernière bouteille, l'Abbesse nous dit :

— Mes amis, je vous laisse à vos plaisirs. Comme dit le poète : *Que la nuit soit propice à vos épanchements / Et que vous oubliiez en ces lieux vos tourments...*

Comme je me montrais surpris qu'une mère maquerelle eût des lettres, Guillaume éclata de rire.

— Elle sert ces deux vers à tous ses visiteurs, comme pour leur rappeler qu'elle a parmi ses clients des poètes de l'Académie !

Ma Polonaise, experte aux jeux de l'amour, était moins sotte qu'elle le paraissait. Entre deux étreintes, elle vidait une coupe de champagne, rallumait ma pipe et en tirait quelques bouffées. Avant de reprendre les armes, dans une langue incertaine, elle me racontait les péripéties qui lui avaient fait quitter Cracovie pour Paris, et la misère pour l'aisance. Un couplet qui sentait son apprêt, mais qu'elle débitait avec des soupirs de nostalgie à fendre le cœur.

Guillaume semblait apprécier les talents divers de sa moricaude. Elle riait en des circonstances qui, selon moi, requéraient de la gravité et, mimant la jouissance, cacabait comme une caille qui aurait du plomb dans l'aile.

Cette nuit-là, ni Guillaume ni moi ne dormîmes beaucoup. Malgré le brasero qui brûlotait, le froid du matin nous réveilla. Olga m'accompagna pour un ultime assaut.

Le déjeuner nous attendait sous la véranda inondée d'un soleil tiède. L'Abbesse vint elle-même nous servir le café, le lait et les confitures, auxquels nous fîmes honneur. Derrière le vitrage à demi embué s'épanouissait un parc aux pelouses envahies de pâquerettes, de pervenches et de myosotis, avec, sous des ifs, un petit temple d'amour précédé d'un bassin au bord flanqué d'une Léda de pierre.

— Il reste encore un peu de brume, nous dit Mlle Paris, mais l'après-midi sera des plus agréables. J'espère que votre nuit a été de même...

Elle présenta la note à Guillaume. Il fit la grimace : elle était salée.

À quelque temps de là, seul, je revins à l'hôtel du Roule et pus mesurer la valeur du présent que m'avait fait Guillaume. Les tarifs étaient somptuaires : un louis pour souper et coucher... douze francs pour un dîner et six pour déjeuner... Le tout en galante compagnie, cela va de soi. Il est vrai qu'on ne trouvait pas mieux dans Paris, que l'achalandage était de première qualité, le service de même, et qu'on avait la quasi-certitude de ne pas écoper d'une de ces maladies qui exposent à subir les vapeurs brûlantes du mercure.

Je revins une nouvelle fois au mois de juin et obtins d'Olga qu'elle déjeunât nue avec moi, dans le temple d'amour, comme le maréchal de Luxembourg, dit-on, aimait le faire avec ses maîtresses. Au lever, sans une once de poudre et d'onguent, après un bain dans le bassin et des jeux avec le cygne de Léda, elle était plus séduisante encore que sous la courtepointe.

Lorsque, pour la troisième fois, un mois plus tard, je rendis une nouvelle visite à l'Hôtel du Roule, Mlle Paris m'annonça, la mine contristée, que sa pensionnaire était absente : un gouverneur de province la lui avait enlevée...

Tandis que je me livrais aux jeux de l'amour, Philippe s'adonnait à ceux de la guerre.

Envoyé en Espagne par le roi, avec le titre de lieutenant général, il s'était porté au secours de l'ex-duc d'Anjou, le roi Philippe V, dont le trône vacillait sous les coups de boutoir des armées coalisées. Avec l'aide du maréchal Fitz-James, duc de Berwick, que Philippe appelait le « mulet gras », le souverain était parvenu, cette année 1707, à tenir en respect les Anglo-Autrichiens campés dans les provinces d'Aragon et de Valence, mais non à leur décrocher les mâchoires : ils tenaient les trois quarts de la péninsule et bloquaient le littoral.

Guillaume brûlait d'envie d'accompagner Philippe, mais le roi le lui interdit, prétextant son goût pour les intrigues. Il fulminait :

— C'est une mauvaise raison ! Le roi se méfie de moi, alors que, s'il m'avait écouté et suivi dans mes « intrigues », nous aurions l'Angleterre pour alliée et cette guerre aurait été évitée. Aujourd'hui, nous avons toute l'Europe contre nous ! Mais j'aurai ma revanche : elle est inscrite dans ma destinée...

Avant de l'envoyer chercher un trône au-delà des Pyrénées, le roi avait dit au duc d'Anjou : « Montrez-vous bon Espagnol ! » Philippe avait suivi ce conseil à la lettre et n'avait pas tardé à s'hispaniser, plus que de raison. Obsédé par le diable, dont il voyait les œuvres partout en lui et autour de lui, ce dévot avait trouvé à la Cour de Madrid un milieu propice à ses aspirations. Il y vivait, disait-on, « comme un moine aboulique », partagé entre sa passion pour la reine Marie-Louise, qui lui avait révélé les plaisirs de la chair, et la hantise de l'enfer. Âme sensible, il n'avait pas épousé l'intégralité des goûts de ses sujets, notamment pour les corridas : choqué par ces spectacles dégradants, il les aurait fait interdire si l'on ne lui avait démontré que cette mesure aurait occasionné une révolution.

Le courrier de Philippe donnait des sueurs froides. Il avait trouvé au débotté une situation désastreuse : armée mal équipée, intendance désorganisée, commandement anarchique et négligences. Il fallait tout reprendre de zéro, sermonner des généraux comme le duc de Vendôme, plus soucieux de son ventre que de son épée, et veiller sans cesse au grain.

Il racontait qu'au cours d'un repas entre officiers, où l'on avait fait des gorges chaudes des ordres reçus de la Maintenon et de la princesse des Ursins, ministre en jupon du roi Philippe, il avait levé son verre à « cette conne de capitaine » et à sa « conne de lieutenant ». Informées de cette insolence, la Maintenon (le capitaine) et la princesse (le lieutenant) s'en étaient plaintes à leurs souverains respectifs.

Le 11 juillet, dans les Flandres, à Audenarde sur l'Escaut, les Français avaient baissé les armes devant le prince Eugène.

En Espagne, en revanche, les armées de Philippe et celles du roi gagnaient du terrain. Cet élan glorieux pouvait faire oublier la situation déplorable dans les Flandres. Le jour où un hidalgo glissa à l'oreille de Philippe qu'avec un roi comme lui l'Espagne redeviendrait une grande nation, le duc fit mine de prendre ce compliment pour une boutade. Lorsque de grands personnages de la Cour de Madrid tentèrent de lui enfoncer cette idée dans la tête, il trouva un certain agrément à ce projet, en regrettant de n'avoir pas son cher Dubois pour le conseiller. Il avait conscience, comme tous autour de lui, que, s'il reprenait le chemin de la France, le pauvre roi serait incapable de faire face à la coalition, et que ses prières ne lui seraient d'aucun secours. En revanche, si le roi renonçait à son trône, rien n'interdirait à Philippe de le recueillir.

Perdu qu'il était dans ses brumes mystiques et ses passions, le roi d'Espagne n'avait pas l'intention d'abdiquer.

L'armée anglaise avait à sa tête, avec le titre de brigadier général, le comte Jacques Stanhope, personnage connu de Philippe à travers les rapports que l'abbé Dubois lui avait adressés de Londres. Il partageait avec l'abbé l'idée d'une réconciliation entre l'Angleterre et la France, seule mesure capable d'assurer la paix sur le continent. Quelques parties fines avaient cimenté leurs bons rapports.

Philippe se dit qu'il pouvait se faire un ami de cet ennemi. Ayant tâté le terrain, il le trouva capable de recevoir la bonne graine de l'amitié. La guerre qu'ils se livraient tourna en partie d'échecs. On se prenait des villes, on se livrait à des poursuites dans les sierras incandescentes, on échangeait des prisonniers, des cadeaux et des compliments. On se lançait des défis : « Vous avez pris ma tour, mais prenez garde à mon fou ! »

Le jour où un messager de Stanhope l'informa que la Cour d'Angleterre voyait en lui un interlocuteur digne de foi, Philippe ne se sentit plus de joie. En revanche, quand on souhaita qu'il eût la haute main sur des négociations en vue de la paix, il repoussa le cadeau empoisonné qu'était cette trahison envers son oncle le roi, et se remit en campagne avec une ardeur accrue.

Stanhope le défia de prendre Tortosa ; il prit Tortosa. Les Anglais l'attendaient de pied ferme à Almansa ; Berwick emporta la ville. On lui envoya dire qu'il tenterait en vain de prendre Lérida ; après quelques jours de siège, il y pénétra au son des violons. Restait Saragosse. Il risquait de perdre des mois à faire le siège de cette cité des bords de l'Èbre ; elle lui ouvrit ses portes, les notables ayant déclaré que rien ne pouvait résister aux tornades françaises.

Philippe faisait figure de Cid *Campeador*. Les trompettes de la gloire accompagnaient ses pas. Dans ses messages au Palais-Royal ou à Versailles il voilait à peine le mépris que lui inspirait le pauvre roi Philippe, souverain indigne et piètre soldat, qui ne rêvait rien tant que de s'abîmer pour le restant de ses jours dans le silence de son oratoire ou dans le lit de sa femme. Ses qualités de roi étaient rongées par des doutes et des obsessions. À la mort du roi Charles, l'Espagne attendait un aigle ; on lui avait envoyé un corbeau.

À peine nubile au temps de son mariage, son épouse, Marie-Louise, s'était très vite montrée habile courtisane. Elle tenait son époux par les sens et la princesse des Ursins, sa *camarera mayor*, le tenait par la politique.

De retour en France l'année 1708, Philippe y retrouva ses deux amours : Mme de Séry, devenue par son mariage Mme d'Argenton, et sa fille Élisabeth : Mademoiselle.

Depuis leur première rencontre, qui datait de six ans, Mme d'Argenton était devenue la demoiselle d'honneur de Madame, puis la favorite du duc d'Orléans et la mère d'un fils qui allait être titré chevalier d'Orléans. Depuis, elle faisait figure d'épouse en second : toutes proportions gardées, une sorte de Maintenon.

Philippe retrouvait en elle des qualités dont son épouse était dépourvue : la beauté marmoréenne, la grâce, les aimables caprices de l'esprit. Elle le divertissait et l'apaisait à la fois. Il l'aimait d'autant plus qu'elle lui avait longtemps tenu la dragée haute en veillant à ne pas l'importuner par son refus. Elle gagna à cette habile manœuvre un rang que beaucoup d'autres femmes lui jalousaient.

Le plus sincère témoignage d'attachement qu'elle lui eût donné avait été sa présence à Grenoble, lorsque Philippe, épuisé par une longue marche, avait serré contre lui cette créature tombée du ciel.

Avec sa fille, la petite Élisabeth, c'était une autre nature de sentiment qui l'animait, aussi intense mais jugée équivoque. À quatorze ans, femme déjà, élevée dans les serres chaudes du Palais-Royal, elle avait conscience d'une séduction tenant à sa beauté déjà mûre, à sa vivacité, à son caractère mutin et provocateur.

Tout semble laisser croire qu'elle était, depuis sa puberté, amoureuse de son père. Elle avait, marche après marche, escaladé le socle qui menait à cette idole, s'était accrochée à ses jambes, puis à sa ceinture, enfin à sa poitrine, avec des baisers d'amante et une prédilection pour la nuque qu'elle découvrait sous la perruque. La grand-mère Liselotte avait beau s'indigner de ces familiarités suspectes de « carlin excité », Philippe ne faisait qu'en sourire. Il répondait à ces reproches :

— Laissez, mère, laissez... Vous voyez bien que cette gamine a besoin d'une affection qu'elle ne trouve pas chez mon épouse.

Les enfants ne l'intéressaient guère, les siens pas plus que les autres. Il n'avait qu'indifférence pour ses deux filles cadettes : Louise-Adélaïde et Charlotte-Aglaé, de caractère terne et mûres pour le couvent. En revanche, il adorait Élisabeth au point de lui pardonner ses libertés et même de se montrer complaisant. Lorsque son épouse les surprenait à se faire des mignardises, à fumer la même pipe, à boire au même verre, à manger à la même assiette, elle s'indignait.

Le père et sa fille passèrent des jeux aux confidences. On les surprenait en tête à tête, main dans la main, engagés dans d'interminables conversations secrètes. Ils passèrent de la confidence à la complicité. Il semblait qu'ils fussent embarqués sur une même nacelle, voguant, seuls au monde, sur une eau paisible. Lorsque Mme d'Argenton s'offusquait de cette intimité, Philippe la rassurait : Élisabeth était comme son double ; il avait en sa présence, disait-il, l'impression de se regarder dans un miroir.

Friande de scandales, la Cour ne tarda pas à s'émouvoir à la fois de l'impudence de Mme d'Argenton, cette favorite au petit pied qui vivait sur un grand, et du comportement équivoque du duc d'Orléans avec Mademoiselle. Dans l'entourage du roi, on se dit qu'il faudrait marier Élisabeth. Saint-Simon prit part à la manœuvre prénuptiale, comme si rien d'important ne pût se passer à Versailles sans qu'il y mît la main. Le soir du Nouvel An, en buvant une tasse de café devant un brasero, il dit à son ami de jeunesse :

— Philippe, il est temps de vous reprendre. Vous négligez le devoir de présence que vous devez à Sa Majesté. Elle m'en a fait la confidence et s'en montre offensée. Il semble que votre fille soit devenue pour vous le nombril du monde. Vous risquez, en fâchant Sa Majesté, d'être de nouveau privé de commandement aux armées.

Philippe répondit qu'il avait trop à faire au Palais-Royal pour fréquenter assidûment les galeries de Versailles, mais qu'il gardait son affection au roi. Quant à ses rapports avec sa fille, il ne permettait pas qu'on en suspectât la nature.

— En confidence, ajouta le duc, Sa Majesté nourrit un projet pour Élisabeth : lui faire épouser le troisième fils du Grand Dauphin. Charles vient d'avoir vingt-trois ans, et le temps est venu de le marier. Qu'en dites-vous, mon ami ?

Philippe sentit le froid pénétrer son cœur et son esprit. Jeter sa fille chérie dans le lit de cet avorton, il ne pouvait l'imaginer. Il se garda de faire part de sa répulsion à ce grand bavard qu'était Saint-Simon et se contenta de bredouiller :

— Dieu merci, rien ne presse, mais, si telle est la volonté de Sa Majesté, je ne puis m'y soustraire...

Les temps n'étaient guère propices aux unions princières. Il semblait que l'hiver, le plus âpre que l'on ait connu de mémoire d'homme, eût tout figé.

Un lamento de misère montait de toutes parts. Les arbres fruitiers, les vignes et même les oliviers en Provence avaient gelé. Les animaux domestiques crevaient de faim et de froid dans les étables et le gibier dans les garennes. Les loups sortaient des forêts et assaillaient les hameaux ; on parlait de ce courrier qui avait été attaqué et dévoré, lui et son cheval, sur la route d'Alençon. Immobilisée par les glaces, la batellerie fluviale n'alimentait plus Paris. On ne hasardait plus les convois sur les routes hantées par des hordes affamées. La mortalité, chez les enfants notamment, que l'on nourrissait, à défaut de lait, de bouillie de glands moulus et d'herbes sauvages, était devenue pire que durant les années de peste. Les adultes se sustentaient de pain de fougères, de soupes d'orties, de racines et d'écorces.

Il fallut fermer et faire garder les portes de Paris assiégées par des bandes de fantômes. Dans la ville même, des hordes attaquaient et pillaient les boutiques ; il fallait faire garder par le guet et l'armée les boulangeries, qui ne distribuaient le pain qu'avec parcimonie. On fit venir du blé de Turquie, mais il arriva trop tard et en trop faible quantité.

Si l'on chantait encore sur les ponts et les places, c'était pour brocarder l'incapacité du roi à alimenter ses sujets. On trouvait des placards injurieux et menaçants sur les grilles de Versailles.

Une nuit, au début des frimas, je commis l'imprudence de laisser mon cruchon de lait sur le bord de ma fenêtre. Au matin, le récipient ayant éclaté, je ne retrouvai qu'un bloc de glace. Quand, ayant fait un maigre feu de quelques branches arrachées au jardin, je tentai de me remettre au travail, je trouvai mon encre transformée en mélasse.

La situation du pays confinait au désastre : les impôts ne rentraient plus et l'on se trouvait devant cette alternative : poursuivre la guerre ou demander une trêve. C'est cette dernière solution qui prévalut, mais les Coalisés se montrèrent implacables, exigeant que le roi d'Espagne renonçât à son trône. Le roi de France refusa, et la guerre, après un court répit, se réveilla.

Sensible aux reproches du roi relatifs à ses devoirs de présence, Philippe fit amende honorable et revint à la Cour. Lorsque Sa Majesté demanda à le voir, il se dit que le sort de sa fille était d'avance réglé et qu'il n'aurait qu'à s'incliner.

Il fut question de tout autre chose.

À moitié enfoui sous une couverture, le roi essuya avec sa manchette de dentelle la goutte qui lui perlait au nez et réclama un café brûlant. Mme de Maintenon, qui cantonnait à proximité, sous une guérite d'osier, agita sa sonnette pour demander que l'on préparât le breuvage de Sa Majesté.

— Mon neveu, dit le roi, ôtez-moi d'un doute. Il m'est venu des rumeurs de la Cour d'Espagne, selon lesquelles certains Grands envisageraient de détrôner le roi pour vous proposer sa couronne. En avez-vous été informé ?

— Si ces manœuvres ont quelque apparence de vérité, croyez bien, sire, que j'y suis étranger. Une telle ambition ne m'a jamais effleuré l'esprit.

— Ce n'est pas le cas de certains de vos proches. Je tiens de mon ambassadeur à la Cour d'Espagne qu'on complote dans cette intention.

— S'il en est ainsi, ils méritent d'être châtiés.

— C'est déjà fait ! Vous ne les retrouverez plus à votre retour à Madrid. Il va sans dire que vous n'aurez plus aucun commandement dans l'armée. On vous prête trop d'ambitions, qui n'ont rien à voir avec une campagne militaire.

— Ma seule ambition, sire, a été de répondre à vos ordres et de remporter des victoires. C'est ce que j'ai fait. Va-t-on me le reprocher ?

— Nullement, mon neveu, mais vous ne retournerez à Madrid que pour en ramener vos serviteurs.

— Mais, sire...

— Telle est ma volonté. Je n'y reviendrai pas. Prendrez-vous une tasse de café en ma compagnie ?

Informé de cet entretien et des soupçons du roi, Guillaume laissa échapper sa colère.

— Le sort s'acharne contre Philippe, me dit-il. On ne sait qu'inventer pour le discréditer dans l'esprit du roi. On est allé jusqu'à le suspecter de vouloir épouser la veuve du roi Charles et de jouer les prétendants au trône d'Espagne ! C'est d'une telle absurdité que mieux vaudrait taire ces insanités, mais elles trouvent tant d'oreilles complaisantes ! Je le presse de riposter, d'engager la bataille contre la calomnie. Autant entreprendre de déplacer une meule de foin ! La stupeur, l'humiliation en font une chiffe. À croire qu'il n'a de courage que sur les champs de bataille ! Quand je tente de secouer son inertie, il bougonne : « Fous-moi la paix, Dubois ! Le temps se chargera de balayer cette merde... »

Suprême déception : le roi d'Espagne avait écrit à Sa Majesté pour lui demander de renoncer à envoyer Philippe en Espagne...

Guillaume avait craint qu'en vertu de ses habitudes son maître ne cherchât à noyer ses déboires dans le vin et la luxure. Philippe semblait y avoir renoncé. Ses amours avec Mme d'Argenton et l'affection qu'il prodiguait à sa fille semblaient suffire à les lui faire oublier.

Le mariage d'Élisabeth avec le duc de Chartres jeté aux oubliettes, le choix de Sa Majesté s'était porté sur le duc de Berry. Informé de cette décision, Philippe s'enferma, en compagnie du chimiste Humbert, avec son athanor pour jouer les sorciers et jeter dans ce foyer rallumé ses déceptions et ses humiliations.

La duchesse était tombée malade après avoir accouché d'une quatrième fille. Dans l'officine du duc du Maine, à Meudon, réceptacle de complots en tous genres, le bruit se répandit qu'elle avait été victime de poisons élaborés par son époux dans le laboratoire souterrain du Palais-Royal, afin d'épouser sa favorite. On lui attribua la responsabilité de morts suspectes survenues dans la famille royale, qui pourraient lui ouvrir les avenues du trône. En février, à Versailles, lorsque naquit le petit-fils du Grand Dauphin, Mme de Ventadour, sa gouvernante, se hâta de le soustraire aux médecins et de le protéger de cet autre danger : les poisons du duc d'Orléans.

Informée de son mariage avec son cousin, le duc de Berry, Élisabeth se rebella. Il y eut au château de Rambouillet, entre elle et sa mère, une scène que Saint-Simon ne se fit pas faute de me rapporter.

— J'étais assis, un livre sur les genoux, derrière un bouquet de sureaux, d'où j'ai tout entendu. J'en suis encore retourné. Quand Madame annonça à sa fille la décision du roi, Mademoiselle répondit vertement qu'elle ne voulait pas de ce... « niquedouille » ! Madame répliqua qu'elle aurait le choix entre ce mariage et le couvent. Mademoiselle riposta que ce ne serait ni l'un ni l'autre, qu'il s'agissait d'une manœuvre pour l'arracher à son père, et qu'on lui « foute » la paix. Madame la renvoya avec un coup de pied au cul...

Cette même année, le mariage du duc de Vendôme suscita moins de drame mais une floraison de chansons gaillardes :

Il veut tâter du sacrement.
L'épouse sera bien baisée
S'il est sur elle aussi souvent
Qu'il est sur sa chaise percée...

Après une année passée à guerroyer, le soudard s'était rendu à Versailles pour vanter ses exploits et annoncer à Sa Majesté son intention de prendre femme, à cinquante ans bien sonnés. Il avait porté son choix sur Marie-Angélique d'Enghien, un laideron de vingt ans sa cadette, au visage ravagé par la petite vérole comme un choux criblé par la grêle. Pour lui, qui n'était pas plus favorisé par la nature, c'était la rentrée en grâce à la Cour et le rappel de ses origines : le sang du roi Henri IV et celui de la belle Gabrielle d'Estrées coulaient dans ses veines.

Le mariage eut lieu au château de Sceaux. Lorsqu'on prétendit lui faire enfiler une chemise neuve, en dentelle au point de France, pour aborder le lit nuptial, il tempêta et refusa. Le lendemain, laissant son épouse insatisfaite, il prenait la route d'Anet et n'en revenait qu'une semaine plus tard pour conduire Marie-Angélique au Temple et, en l'absence de son frère, le grand prieur, qui se trouvait toujours à Rome, l'installer dans son logement, de préférence à son hôtel, jugé indigne de la recevoir.

À quelque temps de là, il sollicita un nouveau commandement dans les Flandres, dont il avait gardé la nostalgie ; le roi l'envoya en Espagne. Parti sous les grosses chaleurs du mois d'août, il arriva au bon moment : le roi Philippe venait de subir une sanglante défaite dans les parages de Saragosse, contre les Autrichiens de Stahremberg. De nouveau, son trône vacillait.

Perclus de goutte, le duc fut accueilli partout comme un sauveur. Dans les villes qu'il traversait, on acclamait *el señor duque embiado del Cielo, liberador y restaurador del España*. On semait sur son passage des roses et des lauriers. Il trouva, comme Philippe avant lui, des débris de troupes dépourvues de chefs, d'armes et de vivres. Pour reconstituer l'armée, l'Église fit fondre les trésors des cathédrales, les dames de la Cour offrirent leurs bijoux, les bourgeois crachèrent jaune au bassinet. Ces sacrifices étaient loin de suffire pour arrêter l'élan des Coalisés : ils entrèrent dans Madrid, où ces protestants ne reçurent d'une population farouchement catholique que des insultes.

En raison d'une crise de goutte, c'est en chaise que le duc de Vendôme reprit les chemins de la guerre, avec la ferme intention d'en finir au plus vite. Il empêcha la jonction de l'armée portugaise avec celle de Stahremberg, marcha sur Madrid, où le roi entra triomphalement sous des bourrasques de neige et un déferlement de joie populaire.

Il ne resta dans la capitale que le temps d'honorer quelques dames et de se reposer à El Retiro, le palais d'été des monarques. Le 10 décembre, sous une pluie mêlée de neige, il affronta les troupes de Stahremberg devant un maigre village des Asturies, Villaviciosa de Tajuna. Au cours de la bataille, qui se déroula dans la nuit, sous des averses glacées, il fit tant de prodiges d'audace et de courage que les Autrichiens battirent en retraite en abandonnant des milliers de morts et de prisonniers.

El Liberador venait de sauver l'Espagne et son roi. En lui montrant un amoncellement de drapeaux pris à l'ennemi, il lança à Philippe :

— Je vous offre, sire, le lit le plus glorieux dans lequel un roi ait jamais dormi...

7

Cantate pour clavecin

Avant que l'occasion m'eût été donnée de m'entretenir avec Mme Élisabeth Jacquet de La Guerre, je l'avais croisée à diverses reprises sous les galeries du palais et dans les allées du jardin. J'avais été sensible à sa beauté comme à son talent qu'une belle carrière de musicienne avait porté au pinacle.

Au seuil de l'adolescence et poursuivant ses études, cette artiste précoce avait été appelée à la Cour par une favorite du roi, la Montespan. Sa Majesté l'avait encouragée et soutenue.

Le Mercure galant avait écrit à son propos : *C'est un jeune prodige. Elle chante à livre ouvert la musique la plus difficile et s'accompagne au clavecin de manière inimitable. Elle compose des pièces et les joue sur tous les tons qu'on lui propose...*

Élisabeth Jacquet avait de qui tenir. Elle venait d'une famille renommée de facteurs de clavecins et d'orgues. Son père, Claude, organiste à Saint-Louis-en-l'Île, l'avait initiée très tôt à son art. Elle avait épousé à dix-sept ans Marin de La Guerre, organiste à Saint-Séverin, et avait reçu le titre de Mademoiselle, d'ordinaire réservé à la noblesse. Elle avait quitté Versailles et Mme de Montespan pour vivre à Paris avec son mari et poursuivre à ses côtés une carrière qui s'annonçait prometteuse.

L'année 1694, l'Académie royale de musique lui

avait apporté la consécration après la renommée, en faisant jouer un de ses opéras avec chœurs : *Céphale et Procris*. Une femme à l'Académie, cela ne s'était jamais vu ! La musique semblait couler d'elle comme d'une source : elle enchaînait avec une surprenante aisance sonates, cantates, pastorales, musiques de ballet et pièces pour clavecin...

Lorsque je la vis pour la première fois au Palais-Royal, elle était veuve depuis peu. Le duc l'avait invitée à donner un concert nocturne dans les jardins. Elle jouissait d'une maturité éblouissante : une taille bien prise malgré son âge (elle avait écorné la quarantaine), une beauté un peu sévère tempérée par un tendre regard de myope d'un bleu d'améthyste, une voix un peu rude, qui sentait son professeur mais qui, dans un entretien détendu, pouvait prendre une tessiture de velours froissé.

Un matin de juin, peu avant de regagner mon cabinet de la bibliothèque, j'étais absorbé, sur un banc du jardin, dans la lecture du *Roman comique*, de Scarron, lorsque je vis déambuler, à quelques pas de moi, un groupe d'adolescents, garçons et filles, précédés d'un pas militaire par Élisabeth Jacquet. Ils prirent place en demi-cercle au bord du bassin, elle de l'autre côté, droite comme un roseau dans sa robe sombre.

Je renonçai à ma lecture pour écouter cette chorale. Elle interprétait un fragment d'une cantate pour symphonie intitulée *Séléné*, destinée à un prochain concert. Ces voix aux accents juvéniles faisaient couler en moi, comme dans le *Cantique des cantiques*, une onde de miel et de lait, malgré les rudes interruptions du professeur. J'en étais subjugué au point que mes yeux s'embuèrent et que je laissai passer l'heure où je devais recevoir mes premiers visiteurs.

En repassant près de moi, alors que je me levais pour partir, Mme Élisabeth s'arrêta et, après avoir demandé à une grande de raccompagner les choristes, elle s'avança vers moi.

— Vous êtes mon premier auditeur, monsieur de Maillard, me dit-elle, et vous semblez goûter cette musique. Voulez-vous me dire ce que vous pensez de cette interprétation ?

Je répondis, la gorge sèche d'émotion :

— Ma foi, madame, je dois convenir que cette musique m'a tiré des larmes.

Elle me confia qu'elle en était l'auteur, me révéla son titre et ajouta en s'asseyant et en me faisant signe de l'imiter :

— Vous me rassurez, monsieur, mais je ne suis pas tout à fait satisfaite. Dois-je vous rappeler que Séléné est le nom que les Anciens donnaient à la lune qui traversait le ciel sur un char d'argent ? Je crains d'avoir fait prendre le galop à son attelage, alors qu'elle vogue plus qu'elle ne court. On respire mal, dans cette interprétation, la sérénité de la nuit. Elle donne plutôt l'impression de se trouver aux courses de Chantilly...

Je répondis que telle n'avait pas été mon impression, mais que la coda aurait gagné à plus de souplesse.

— Vous avez vu juste ! me lança-t-elle en se levant. Venez donc assister à ma prochaine répétition, puisque vous aimez ma musique. Vous pourrez apprécier les changements que je compte y apporter.

Elle connaissait mon nom, m'invitait à assister à son travail, faisait confiance à mon goût qui, à vrai dire, n'était pas celui d'un mélomane averti... Ébahi, je la remerciai. Lorsque je fis part à Guillaume de cette rencontre inopinée et de cette promesse de rendez-vous, il me tapa sur l'épaule avec un gros rire :

— Eh bien, mon gars, voilà une porte ouverte ! N'hésite pas à franchir le pas. Fichtre ! une des artistes les plus célèbres de Paris... Je la trouve un peu rancie, encore qu'elle soit plus jeune que nous, mais encore séduisante malgré ses allures de sergent du guet.

Il me révéla que Philippe avait tenté de la séduire mais était tombé sur un bec, cette dame passant pour un modèle de vertu.

— Sans doute, ajouta-t-il, s'est-elle juré de rester fidèle au souvenir de son époux. Il faut croire qu'il existe encore des veuves inconsolables. À mon avis, elle s'est donnée à la musique comme on entre au couvent...

Durant cette année 1711, une nouvelle épreuve s'abattit sur le pays : une épidémie de petite vérole, qu'on appelle aussi la variole.

Une des premières victimes notables de cette maladie contagieuse fut le Grand Dauphin. Le premier médecin du roi, Fagon, eut tort de ne pas prendre au sérieux les premiers symptômes : fièvre, migraine frontale, douleurs de dos, nausées, qu'il attribua légèrement aux suites d'une partie de chasse. Il dut convenir de ses erreurs lorsque apparurent, sur le visage et les bras, des macules rosâtres qui, transformées en papules grosses comme des têtes de clou, libéraient une humeur fétide.

Au dixième jour de la maladie, monseigneur rendit son âme à Dieu en son château de Meudon. Paris pleura ce prince promis à la succession au trône et Sa Majesté en fut accablée. Saint-Simon, quant à lui, exulta : ce décès providentiel éliminait un obstacle sur la voie royale pour son ami Philippe, duc d'Orléans.

Il détestait le défunt et ne s'en cachait pas :

— Ce lourdaud, cette chiffe molle, n'a pas retenu les préceptes de son directeur de conscience, l'évêque Bossuet. On se demande qui va le pleurer le plus sincèrement, de son fils, de sa femme ou de sa maîtresse, la Choin... Dieu sait quel mauvais souverain il aurait fait à la mort de Louis...

Il se montrait moins sévère envers le nouveau dauphin, le duc de Bourgogne, avec lequel il entretenait des liens de courtoisie, sinon d'amitié, et dont il comptait tirer quelques faveurs.

— Il est d'une autre trempe que son père, que, d'ailleurs, il exécrait. Il conjugue les qualités d'un bon souverain : une vision réaliste de l'Histoire, la connaissance de ses contemporains, l'esprit, le caractère, la générosité... Il se montre en tous points digne de Fénelon, son précepteur.

Présent à Versailles lorsque éclata la nouvelle de ce décès, je garde l'image d'une fourmilière défoncée, des lamentations des pleureuses, d'une ducaille et d'une valetaille courant en tous sens. Le nouveau dauphin pleurotait dans le giron de sa mère. L'épouse de Philippe cachait sa jubilation sous son mouchoir. La Palatine s'engouffra dans la chambre mortuaire avec des larmes, bien qu'elle ne portât guère d'affection à cet homme qu'elle jugeait « indolent » et « dissolu ».

Cet événement ouvrait à la paix en Europe des perspectives radieuses entre de lourds nuages : la succession du roi de France était assurée sans que l'on eût à se rabattre sur un bâtard légitimé ; la couronne du roi Philippe V s'affermissait des victoires remportées par Philippe d'Orléans et le duc de Vendôme ; l'empereur d'Autriche, ennemi coriace de la France, venait de disparaître ; l'Angleterre se montrait conciliante... On pouvait voir clignoter les premières lumières d'une paix durable. De plus, les moissons avaient été généreuses...

L'Histoire ne faisait qu'observer une trêve. Le destin préparait déjà, en coulisses, des tentures funèbres destinées au vieux souverain, qui venait d'avoir soixante-treize ans. On commençait à le croire immortel comme le soleil, mais sa santé laissait prévoir une fin prochaine. Entouré de soins constants par son épouse et ses médecins, fardé, vêtu avec une élégance recherchée, promené en chaise roulante comme César sur son char, il faisait encore illusion, mais le propre des illusions n'est-il pas de s'évanouir sous l'assaut des évidences ?

Un matin de pluie du début de février, la dauphine Marie-Adélaïde de Savoie s'éveilla avec de mauvais frissons, des douleurs dans le dos, des taches sur le visage et les membres. Boudin, médecin du roi, lui tira quelques palettes de sang, lui fit prendre des pastilles d'émétique, de l'opium et du tabac machicatoire, sans parvenir à juguler le mal.

Madame lutta mais dut mettre bas les armes. Le 12 février, à l'âge de vingt-sept ans, elle passa de vie à trépas avec, dans un dernier soupir, ce mot de la fin, admirable dans sa lucidité : « Princesse aujourd'hui encore, demain rien, dans deux jours oubliée... »

Le moment venu d'une ultime confession, elle dut avoir beaucoup à se faire pardonner, ayant, comme on dit, brûlé la chandelle par les deux bouts : outre trois maternités et six fausses couches, sa santé avait été affectée par des excès en tous genres, qui en avaient fait une proie facile pour l'épidémie. L'autopsie révéla « un sang brûlé par des substances malignes », ce que certains se hâtèrent d'attribuer à un empoisonnement. Les regards se tournèrent, une fois de plus, vers le duc d'Orléans. On glissa ce soupçon à l'oreille du roi, qui, blasé par ces suspicions récurrentes, ordonna de faire litière de cette rumeur.

La tombe refermée, le nouveau dauphin, séchant ses dernières larmes, se retira à Marly. Quelques jours plus tard il s'alitait avec une forte fièvre, que l'on attribua à une promenade sous la pluie. Les médecins hésitaient entre variole et rougeole. La mort leur épargna un long dilemme. Nouvelle vague d'affliction à la Cour, nouvelle autopsie, nouveaux soupçons... C'est dans un même convoi funèbre que les deux corps prirent le chemin de Saint-Denis.

Et la calomnie reprit de la vigueur. Elle avait trouvé un terrain favorable dans la camarilla qui entourait le duc et la duchesse du Maine. On voyait bien où l'empoisonneur du Palais-Royal voulait en venir : en écartant un à un ces obstacles à ses ambitions qu'étaient les membres de la famille royale promis à la succession, il s'ouvrait la voie du trône !

Le dauphin laissait deux enfants en bas âge : le duc de Bretagne, âgé de cinq ans, et le duc d'Anjou, qui en avait quatre. Ils étaient de complexion si fragile que l'on craignait constamment pour leur vie. Le premier mourut d'ailleurs peu de temps après son père.

Restait cet orphelin, Louis, duc d'Anjou, arrière-petit-fils du souverain et seul espoir de succession pour la famille royale. On l'enferma comme dans un cocon, aux bons soins de Mme Charlotte de La Mothe-Haudancourt, duchesse de Ventadour, qui le couva comme une mère poule et le tint à bonne distance des charlatans de la Cour et de l'empoisonneur du Palais-Royal. Qu'il disparaisse et ce serait, autour du trône vacant, une lutte à mort entre le duc d'Orléans et les bâtards.

Le premier des « légitimés », le duc du Maine, favori de Sa Majesté et de la Maintenon, monta au créneau. Le roi en avait fait le personnage le plus fastueux du royaume. Sous des apparences de timidité et de courtoisie, ce diable boiteux s'était montré moins heureux aux armées que dans l'intrigue. Sans accréditer ouvertement la calomnie visant le duc Philippe, il en prenait acte :

— On dit que... J'ai entendu parler de... Des langues mal intentionnées osent prétendre que...

La vieille rancœur qu'il nourrissait contre Philippe lui restait en travers de la gorge. L'occasion, aussi éprouvante fût-elle, était propice à le venger des humiliations que le duc d'Orléans lui avait fait subir sur les champs de bataille. De Versailles, Meudon ou Sceaux s'envolaient ragots, cancans et toute la gamme des calomnies, qui, répandues à travers Paris sous forme de propos de cabaret, de libelles ou de chansons, agitaient le peuple contre Philippe. Il n'était pas de mort mystérieuse dont on n'accablât ce nouveau Borgia. On affichait aux grilles du Palais-Royal des placards vantant l'efficacité de ses poisons. D'autres le comparaient à Lot, le neveu d'Abraham, réputé avoir abusé de ses filles, en l'accusant d'avoir « décacheté » la sienne...

Philippe s'armait de précautions, quittait le Palais-Royal par la porte donnant sur la rue de Richelieu. Reconnu, il était couvert de boue et accablé d'allusions ordurières. Paris vomissait ce personnage qu'il avait adulé. Mme d'Argenton, qui régnait sur son cœur et son esprit, l'engageait à aller plaider sa cause auprès de son oncle le roi, pour exiger qu'il fît justice de ces calomnies. À ses amis qui l'y poussaient, il répliquait :

— Laissons faire ! Cette flambée de haine s'éteindra d'elle-même. En attendant, ma seule réponse se résume à deux mots : silence et mépris.

Pour dissiper ses idées noires, il chargeait l'abbé d'organiser des soupers roses entre amis, mais le cœur n'y était pas, et le reste non plus. Ces soirées s'achevaient, aux dires de Guillaume, dans une triste ambiance de licence convenue.

Philippe assista au concert donné par Élisabeth Jacquet, s'y endormit et ne fut réveillé que par les applaudissements. J'avais pris place derrière lui et, lorsque je voyais sa tête s'incliner sur sa poitrine, je tirais discrètement sur sa perruque. Il sursautait et se rendormait aussitôt.

Ce soir-là, dans la douceur d'une nuit de mai, face au bassin, Élisabeth Jacquet interpréta des sonates dans le style italien qu'elle aimait et dirigea sa chorale pour l'exécution de la cantate *Séléné*, avec accompagnement de violons. Elle termina sur une pastorale extraite de la pièce composée par le père de son défunt mari : *Le Triomphe de l'amour*.

Le lendemain, elle vint me trouver alors que je lisais en me promenant sous les marronniers la suite du *Roman comique*. Elle passa son bras sous le mien et me demanda si j'avais été satisfait de ma soirée. Je lui en fis compliment ; elle me secoua le bras.

— Vous êtes trop bon, monsieur de Maillard. Ce que j'attends de vous, c'est un jugement sincère. Je trouve que ce fut loin d'être parfait.

— La perfection, madame, n'est pas dans la nature humaine. Que vous dirai-je ? Qu'une ou deux voix détonnent dans la chorale ? Qu'il y avait dans votre pastorale une surcharge d'accords qui auraient mérité d'être joués plus... *sostenuto* ? Pour le reste, je n'ai ressenti que du plaisir.

Elle lâcha mon bras, me fit face et, soudain, posant ses mains sur mes épaules, m'embrassa. Je sentis le sol tanguer sous moi, une rougeur de surprise et d'émotion me monter au visage.

— Mon cher monsieur de Maillard, nous sommes à l'unisson ! ajouta-t-elle. Dieu merci, il y avait au moins une paire d'oreilles attentives dans l'assistance ! Dans ma *Séléné*, je crains d'avoir abusé des tierces coulées. Ce détail vous aurait-il échappé ?

— Non, madame, mais c'était si peu sensible qu'à part vous et moi personne n'y a prêté attention tant la mélodie était agréable.

Je me gardai de lui avouer que, les jours précédents, j'avais passé quelques heures à lire le *Traité de l'harmonie*, de Jean-Philippe Rameau, et que m'y étais endormi. Ma culture musicale se bornait à l'émotion.

Elle ajouta, en reprenant mon bras pour poursuivre notre promenade :

— Je viens de terminer une pièce pour clavecin, qui peut se jouer aussi au violon. Vous plairait-il de l'entendre ? J'aimerais avoir votre avis de « mélomane ».

— C'est un honneur, madame, auquel je suis sensible.

— Eh bien, mon ami, je vous attends demain soir, chez moi, à votre sortie de la bibliothèque...

Je n'avais pas à faire un long chemin pour me rendre chez cette dame : elle occupait, dans une aile du palais, un appartement donnant d'une part sur les jardins et de l'autre sur la rue des Bons-Enfants.

Par beau temps, lorsque j'ouvrais ma fenêtre, il m'arrivait d'entendre le murmure du clavecin et la voix du professeur.

Elle m'accueillit par une banalité :

— Heureuse de votre ponctualité, monsieur de Maillard ! Excusez le désordre de mon logis. Je vis seule et n'ai rien d'une femme d'intérieur, prise que je suis par mon travail.

« Plus que de désordre, me dis-je, c'est de capharnaüm qu'il faudrait parler... » Une odeur d'oignons frits, mêlée à celle de vieilles paperasses qui jonchaient le sol et s'entassaient dans tous les coins, régnait dans la vaste pièce jouxtant la chambre dont le lit bâillait, et contrastait avec la majesté de sanctuaire du boudoir où trônait Sa Majesté le Clavecin.

— C'est un Blanchet, me dit-elle d'une voix de messe basse. Il est en bois de tilleul, ce qui donne plus de rondeur au son.

J'admirai la caisse et la table d'harmonie décorées de bergeries dans un style flamand du meilleur goût. Elle me parla des sautereaux, du double clavier, des genouillères et d'autres détails auxquels je ne compris goutte. Je lui confiai que le violon m'était plus familier, pour en avoir tâté chez les Doctrinaires, dans mes jeunes années. Elle me montra quelques portraits à l'huile et au pastel de son grand-père, Laurent Jacquet, premier facteur de clavecins de Paris, de son père, Claude, et une charge à la mine de plomb de son défunt mari, qui me parut souffreteux.

Le sofa débarrassé des partitions qui le parsemaient, Élisabeth me proposa de m'asseoir près d'elle pour bavarder. Elle était vêtue d'une robe de chambre largement échancrée sur la poitrine à cause de la chaleur, d'où dépassait une malines jaunie et effrangée. Ses pieds nus, étonnamment menus compte tenu de sa taille et de sa forte poitrine, ne cessaient de pianoter sur la carpette râpée. Elle avait encore d'assez jolies dents et l'absence de fard donnait une rigueur marmoréenne à son visage à peine empâté.

Notre conversation ne porta sur rien d'autre que la musique : je veux dire la sienne, et je n'avais qu'à répondre « amen » à ses propos, tant elle était loquace. Lorsque, un peu las de ce monologue, je lui rappelai le motif de ce rendez-vous, elle sursauta :

— Ma foi, j'ai failli l'oublier. Voyez-vous, dès que je parle de mon art, je suis intarissable, si bien que je ne me vexe pas quand on me rappelle à l'ordre.

Elle m'annonça qu'« au risque de me décevoir », ce n'est pas sa dernière composition, encore inachevée, qu'elle allait me faire entendre, mais un morceau extrait d'une pastorale qui portait un titre alambiqué :

— *La Musette ou les Bergers de Suresnes* est une pièce écrite après la mort de mon mari, en souvenir d'une promenade sur les bords de la Seine. Peu de gens l'ont entendue. C'est trop « intime », comprenez-vous ?

Les yeux clos, j'écoutai cette musiquette fluide, qui évoquait une ambiance de fête populaire et me faisait me souvenir de ma journée à Belleville. Après le dernier accord, elle revint s'asseoir près de moi.

— Eh bien, qu'en dites-vous ?

— Je dis que c'est... divin. J'en ai encore des images de bonheur plein la tête.

Elle s'inclina vers moi, posa un baiser sur ma joue. Encouragé par ce geste, y décelant une avance, je tentai de lui rendre la politesse et de la prendre par la taille. Elle s'écarta et fit la moue en murmurant :

— Monsieur de Maillard... vous n'êtes pas sérieux.

— Vous êtes une pianiste, madame Jacquet, mais aussi une femme fort attirante, et je ne suis pas de bois.

Elle se leva, me proposa du café ou du thé. Je choisis le café, qu'elle alla préparer à l'office. Il était léger, amer et tiédasse. Je lui en fis la remarque sur un ton badin. Elle gémit :

— Je vous demande pardon, monsieur de Maillard. À votre prochaine visite, je vous laisserai le soin de le préparer.

Elle crut avoir plus de chance avec les massepains, qu'elle réservait, me dit-elle, à ses élèves méritants. Ils étaient si durs que j'aurais plutôt cru à une punition. Lorsque je décidai de me retirer, un peu ivre, non de café mais d'un déluge de paroles, elle me lança :

— Quand nous reverrons-nous, monsieur de Maillard ?

— Quand il vous plaira, madame.

Alors que j'attaquais les premières marches, elle me confia son prénom : Élisabeth. Je ne l'ignorais pas.

Dans les jours qui suivirent ce rendez-vous, je fus éberlué d'apprendre de la bouche de Guillaume que la fille chérie de Philippe, la petite duchesse de Berry, venait, peu de temps après son mariage, d'entrer au couvent.

— Rassure-toi, ajouta-t-il, ce n'est qu'un nouveau caprice de cette folle. La première fois, c'était pour s'opposer à son mariage. Cette fois-ci, c'est après une dispute avec sa mère. Elle fait retraite chez les carmélites du faubourg Saint-Germain. Pour expier, dit-elle...

— Expier quelle faute ?

— Ça, mon cher, je l'ignore, mais on n'a que l'embarras du choix. Je te rappelle que son mariage n'a pas interrompu sa vie de débauche et d'ivrognerie. Ai-je assez reproché à son père de lui en avoir donné le goût ? Il n'a pas tenu compte de mes critiques, comme s'il souhaitait qu'elle lui ressemblât jusque dans ses vices.

À un souper auquel ce père indigne l'avait entraînée, alors qu'elle n'avait que dix-sept ans, elle avait scandalisé les convives par ses propos et son comportement.

— Dieu sait que je ne suis pas pudibond, ajouta Guillaume, présent à cette soirée, mais j'en étais outré ! À l'entendre s'exprimer comme une harengère des Halles, à la voir se vautrer sur les genoux de son père et de ses compagnons, trousser ses jupes, boire comme un sonneur et fumer la pipe, aller vomir, revenir s'empiffrer, je me disais que la mesure était comble !

Avril 1712 : nouvelle alerte à Versailles.

Cette fois-ci, c'est Louis, arrière-petit-fils de Sa Majesté, que l'épidémie désigna du doigt. Les neuf médecins de la Cour se ruèrent comme un seul homme à son chevet, armés de lancettes, des médicaments plein leur sacoche. Ils se heurtèrent à Mme de Ventadour, qui les dispersa d'un mot. Elle veilla jour et nuit le petit malade, le soigna avec des tisanes et le sauva.

J'entendis Liselotte s'écrier d'un ton prophétique :

— Honte à la médecine et aux médecins ! Si on

leur avait livré notre jeune prince, il serait mort à l'heure qu'il est...

De nature délicate, le dauphin Louis donnait des inquiétudes. Né en 1710, il venait d'avoir deux ans quand ce grand artiste qu'est Largillière le peignit sur une grande toile. Tenu en lisières par sa gouvernante tout de noir vêtue, il joue avec un petit chien auquel il tend une balle ; derrière le roi assis dans un fauteuil, un mince sourire aux lèvres, figure le Grand Dauphin ; le jeune Louis, son fils, duc de Bourgogne, se tient debout à la gauche du souverain, élégant dans son habit de velours rouge ; derrière lui figure un gros carlin sombre et menaçant comme la mort qui allait l'emporter, de même que son père... Autant de personnages qui semblent porter des masques de tragédie.

À Utrecht, ville des Pays-Bas, on négociait pour parvenir à déceler, dans les décombres des alliances et des guerres, la moindre étincelle sur laquelle souffler pour faire éclater sur l'Europe les feux de la paix.

Les prétentions de la France vaincue paraissaient outrées. On allait de propositions en contre-propositions, de refus en relances. On communiquait par des messages secrets. On pataugeait dans des projets de compromis... Cette conférence internationale prenait l'apparence d'un jeu d'échecs, où chacun s'obstinait à tricher sans y paraître.

L'année passée, en octobre, par les préliminaires de Londres, le roi de France avait accepté de reconnaître la légitimité d'un souverain protestant en Angleterre, promis d'abattre les fortifications de Dunkerque, chef-d'œuvre de Vauban, de commercer avec Londres et, par un contrat, l'Asciento, avait cédé le privilège de la traite des Noirs, pour trente ans, à une compagnie de commerce anglaise.

La condition d'une entente entre ces deux nations résidait dans la séparation des couronnes de France et d'Espagne. Philippe V devrait renoncer à régner sur ces deux nations à la mort du roi Louis, son grand-père. Consolation à cette mesure draconienne, son peuple avait trouvé en lui un modèle de fidélité matrimoniale, de foi ardente et de patriotisme. De temps à autre il se mêlait aux processions et aux festivités populaires, allait voir danser le fandango et vomir de dégoût aux corridas. Entre son épouse, Marie-Louise, et son « Premier ministre », la princesse des Ursins, il vouait son âme à Dieu, son cœur à son peuple et ses sens à la reine.

Les conférences d'Utrecht se poursuivaient aux frontières du nord, sans interrompre pour autant le cours des hostilités.

Devant la menace permanente d'une invasion, Liselotte se lamentait : « Je n'ose penser que l'armée du prince Eugène poussera jusqu'à Paris. Ce serait manquer de courtoisie... » Le prince n'avait pas ce souci : il avançait à marches forcées vers la capitale, ambitionnant d'y entrer, musique en tête. À Denain sur l'Escaut, le maréchal de Villars brisa son élan. Avantage pour la France et excellent préliminaire à la reprise des pourparlers. L'année suivante, au mois d'avril, à Utrecht, l'Europe signait un traité de paix avec la France, malgré les grimaces des Hollandais.

L'empereur décida de poursuivre la guerre pour son propre compte, mais une nouvelle victoire de Villars, à Landau, dans le Palatinat, coupa les ailes de l'aigle et hâta la conclusion de cette interminable guerre dite de Succession d'Espagne qui, durant treize longues années, avait mis l'Europe à feu et à sang. La paix fut signée à Rastatt, en Bade-Wurtemberg.

Cette même année, le gendre de Philippe mourut à Marly d'une chute de cheval. À la mort du roi, qui semblait imminente, la régence allait revenir de droit au duc d'Orléans. Groupée autour du duc et de la duchesse du Maine, la camarilla ne l'entendait pas de cette oreille. Une lutte sourde allait s'engager entre légitime et légitimé.

Depuis quelques mois déjà, Élisabeth Jacquet était ma maîtresse.

8

Le roi est mort ce matin

Ce matin de septembre, le temps était maussade. Les premières odeurs de l'automne montaient des pelouses, et les marronniers commençaient à perdre leurs feuilles roussies par un été torride.

Élisabeth venait de quitter ma chambre pour regagner son appartement et recevoir son premier élève de la journée. J'allais arracher quelques ultimes minutes de sommeil à une nuit agitée, quand des cris me firent sursauter. Je poussai mes volets et constatai une animation anormale sous les galeries et dans les allées, mais j'en étais trop éloigné pour en comprendre les causes.

Négligeant de faire ma toilette, je me précipitai vers le cabinet de Guillaume. Il était absent. Son secrétaire, Saint-Albin, livide, me dit :

— Mon maître vient de partir pour Versailles.

— De si bonne heure ? Que s'est-il passé ?

— Le roi est mort ce matin. L'ignoriez-vous ?

Comment aurais-je pu le savoir ? Je chancelai et me laissai tomber sur un tabouret en répétant :

— Le roi... Le roi est mort...

J'éprouvai le même phénomène qui, dit-on, saisit les gens qui voient venir leur trépas : le passage en rafale d'une foule de souvenirs sans lien entre eux. Je parvins à articuler :

— Savez-vous de quoi il est mort ?

— De la gangrène, monsieur de Maillard, d'une affreuse gangrène.

Il avait lâché ce mot terrible d'une voix atone, alors qu'il aurait dû le hurler à mes oreilles. La gangrène... Le roi en souffrait depuis des semaines et se savait condamné. J'aurais dû m'en souvenir, mais, depuis qu'Élisabeth était entrée dans ma vie, je ne m'appartenais plus : j'écoutais distraitement les nouvelles de la Cour, apprenais sans m'en soucier la lente progression de Philippe vers les marches du pouvoir, écoutais avec indifférence gronder les menaces d'une reprise des hostilités.

Je soupirai en me levant :

— Je dois me rendre à Versailles. Il le faut...

Saint-Albin haussa les épaules.

— J'en reviens, monsieur, et je puis vous assurer que vous n'y parviendriez pas. Outre que les routes sont encombrées, vous ne pourriez franchir les grilles, fussiez-vous le roi de Siam en personne.

Je quittai d'une allure chancelante le cabinet de Guillaume pour me rendre chez Élisabeth, que, dans l'intimité, j'appelais Babette. Elle m'avoua n'être au courant de rien et se contenta de murmurer : « Mon Dieu... » en plaquant ses mains sur son visage.

Guillaume ne revint de Versailles qu'au soir tombant, épaules voûtées, visage ravagé par la fatigue et la peine. Malgré les griefs qu'il nourrissait contre le roi, sa mort l'affligeait. Il se réjouissait des nouveaux pouvoirs que cet événement confierait à son maître, mais s'alarmait des difficultés qu'il aurait à partager avec lui, face à une tâche surhumaine et aux intrigues du duc et de la duchesse du Maine.

Il se laissa tomber dans son fauteuil, souleva une liasse de courrier, la reposa en soupirant :

— Mon pauvre ami, si tu savais la pagaille qui s'est emparée de Versailles... Philippe et moi avons dû faire des pieds et des mains pour arriver aux appartements du roi. Toute la Cour était là : les gens à demeure et ceux qui logent en ville. Je regrettais d'être venu, mais Philippe exigeait ma présence. Nous avons eu accès, non sans peine, à la chambre où repose le roi. Il y régnait l'odeur pestilentielle de la gangrène. J'ai entendu un médecin, Danjean, je crois, déclarer que la jambe était pourrie comme s'il y avait des mois que le roi fût mort. Sans le mouchoir parfumé dont j'avais pris la précaution de me pourvoir, je serais tombé à la renverse.

— Sait-on ce que le roi a dit avant de mourir ?

— Si j'en crois le cardinal de Rohan, qui lui a fait dire ses dernières prières, il aurait gémi : « Ah ! mon Dieu, venez à mon aide, hâtez-vous de me secourir... » Ce ne sont pas des paroles dignes de passer à la postérité, mais on se chargera d'en inventer...

J'appris avec le même sentiment de tristesse la mort de celui qui m'avait naguère ouvert les portes de la bonne société : Louis-Joseph, duc de Vendôme.

Alors qu'il se trouvait en Espagne, dans les parages de Peñíscola, il s'était gavé de fruits de mer et de poisson, ce qui avait occasionné un dévoiement tel qu'il avait dû garder la chambre. Les médecins avaient diagnostiqué un ulcère d'estomac et une entérite, chacun s'accordant à penser qu'il s'était « suicidé à belles dents ». Il eut une fin pitoyable : ses valets l'avaient dépouillé de son argent, de ses bijoux, de ses vêtements, et même de ses couvertures et de ses draps. L'autopsie n'avait révélé que la présence d'un caillou dans un rein. Il n'avait que cinquante-huit ans. Son cœur embaumé fut transporté au château d'Anet et son corps inhumé à l'Escurial, dans la crypte des Infants. En suivant le convoi funèbre, le peuple espagnol, venu en foule, pleurait son *Libertador*.

De retour de Rome depuis peu, le grand prieur avait dilué l'eau bénite du Saint-Père dans le chinon et l'auvergne. Il pleura la mort de son frère, qui avait été, durant toute son existence, un compagnon de combat et de plaisirs, mais, revenu au Temple, il s'était hâté d'y retrouver ses habitudes de débauche.

Alors que ma propre fin approche et que je me penche sur le destin de celui qui, avant le règne de Louis, le Bien-Aimé, fut régent et « presque roi », je me dis que la légende tissée autour de lui pèche par omission autant que par sévérité.

Certains s'obstinent à ne voir en lui que l'athée impénitent, le viveur, le « roué », le père incestueux et le mari inconstant : une réplique en somme de l'Antéchrist. D'autres, dont je suis – et Guillaume *a fortiori* –, le tiennent pour un homme de cœur, un ami fidèle, généreux et compatissant, un érudit ouvert à toutes les formes de la pensée et de la sensibilité, mais encore un soldat valeureux et un brillant homme d'État, malgré des accès de désenchantement qui lui faisaient donner du mou aux rênes du pouvoir.

Mes relations avec Babette avaient pris une intensité dont ma vie se trouva bouleversée.

Nous avions fini par convenir d'une vie commune, sans sacrifier notre indépendance. Nous étions si proches l'un de l'autre que nous avions fini par constituer un couple. L'idée m'était même venue de lui proposer de concrétiser cette union, mais j'hésitais, tant il subsistait de disparités dans la façon de mener nos affaires et notre vie : elle trop brouillonne et moi trop tatillon, elle sujette à des accès d'humeur et moi peu disposé à les tolérer. J'appréciais les dons qu'elle déployait dans son art, mais il m'arrivait de bâiller lorsqu'elle m'expliquait la genèse d'une de ses partitions. Lorsque je tentais de l'intéresser à un ouvrage que j'avais lu, je ne trouvais pas en elle l'écho désiré.

Au demeurant, rien ne laissait supposer que ma proposition pût être agréée. Elle vivait dans un entourage de grandes familles, jouait dans les salons de Versailles, de Saint-Cloud, de Marly, et moi je n'avais de relations qu'avec les officiers du palais. Si j'assistais à ses concerts, elle s'intéressait peu à mon travail.

Malgré ces divergences de goût et de relations, notre vie commune n'était traversée d'aucune dissonance. Il est vrai que j'y mettais beaucoup du mien, soucieux d'éviter les heurts, indulgent envers ses caprices et son désordre, faisant montre de souplesse face à son autorité naturelle. La première nuit que je passai dans sa chambre, je redoutai qu'elle n'interrompît nos ébats pour me faire entendre la mélodie qui lui passait par la tête.

Hormis des aventures sans lendemain avec les conquêtes faciles du palais, quelques heures passées chaque semaine au bordel, ma vie sentimentale était une page blanche semée d'initiales accompagnées de pointillés. Guillaume me disait :

— Mon pauvre Étienne, si tu persistes à vivre en solitaire, tu finiras par sécher sur pied. Dans moins de dix ans, tu ressembleras à saint Antoine au désert. Bordel ! regarde-toi : tu as la mine d'un eunuque. Si tu ne prends pas une vraie maîtresse aujourd'hui, tu le regretteras demain...

Babette était venue, sans qu'il changeât d'avis.

— Cette femme ne te convient pas et j'ignore ce que tu peux lui trouver de séduisant ! Elle ressemble à un capitaine de mousquetaires noirs. Quand tu lui annonces ton intention de la baiser, elle doit te demander le « Présentez armes ! ». Est-ce que je me trompe ?

Il se trompait à demi. En l'occurrence, c'est Babette qui prenait toutes les initiatives, et je m'y pliais sans regimber, d'autant qu'elle donnait de l'intensité et de l'audace à nos ébats, et que nous y trouvions une harmonie sans hiatus.

Je n'avais qu'une crainte : qu'elle m'échappât. Parfois, en riant, elle me confiait les avances que lui témoignaient des gentilshommes, ou même des prélats de haut rang, soucieux de mettre à l'épreuve à la fois ses dons d'organiste et ses qualités de femme. Je soupirais sur le même ton badin :

— Un jour, ma chérie, tu trouveras chaussure à ton pied, et adieu Étienne...

Elle protestait qu'elle n'aimait que moi, que la « chaussure » que je lui proposais était de sa pointure et qu'elle n'en changerait pour rien au monde. Je la poussais alors dans ses derniers retranchements.

— Quelque chose me dit que tu pourrais être invitée à parcourir l'Europe, de Cour en Cour, jusqu'à celle du tsar, et que tu m'oublierais vite...

— Tu es stupide, mon petit Étienne ! J'aime trop ce palais, cette ville et ce pays pour courir le monde. À mon âge ! Qui, d'ailleurs, pourrait m'y inviter ?

Je n'ai pas la réputation d'un Rameau ou d'un Couperin. Dans moins d'un siècle, Étienne, qui se souviendra encore de moi ?

Guillaume assista à la messe funèbre du roi, en la Sainte-Chapelle, en présence du Régent, de la famille royale et de courtisans triés sur le volet.

— Le Régent, me dit-il au retour, me faisait pitié. Je ne l'avais pas revu d'une semaine et il me semblait avoir vieilli de dix ans, accablé qu'il est par les soucis qu'entraîne la mort de son oncle : les agissements de la camarilla de Meudon et de Sceaux, le mauvais état du royaume, la paix à préserver... Avec son visage empâté, son double menton, ses épaules lourdes, son allure pataude et son regard de myope, il ressemble de plus en plus à sa mère. À la pensée que ce personnage vieilli prématurément, cet Atlas décati, va devoir porter le poids du royaume et le destin de l'Europe, j'éprouve des frissons d'angoisse, d'autant, nom de Dieu ! que j'aurai ma part de cette charge écrasante.

Sans cesser d'arpenter la bibliothèque, en faisant voler son mantelet, il poursuivit :

— Philippe sera-t-il capable d'assumer sa mission ? Sans doute, pour peu qu'il le veuille, mais il est si imprévisible. Les menées de ce bancroche de duc du Maine l'inquiètent plus qu'il n'ose l'avouer. Il a les qualités requises pour mener sa mission à bien, mais voudra-t-il et pourra-t-il en user ? Il m'appartiendra de l'y contraindre. Qu'il s'endorme, et je me réserve le droit de lui botter le cul pour le réveiller !

Philippe ne tarda pas à nous démontrer qu'il n'allait pas s'en laisser conter et qu'il allait répondre aux vœux de la nation pour un changement radical du régime.

Il décréta que le pouvoir serait transféré de Versailles à Paris.

Le Palais-Royal allait devenir le cœur et la tête du royaume, le lieu des grandes décisions. Fini le despotisme du Soleil incarné et les éclats destinés à éblouir le monde ! Un vent de réformes allait balayer, dans les allées du pouvoir, des charpies de vieilles dentelles. La noblesse de robe du Parlement allait prendre sa revanche sur le tyran.

Avant même que le roi reposât à Saint-Denis, le Parlement cassait un testament qui limitait les moyens d'action de Philippe dans le cadre du conseil de Régence. Le duc du Maine vit dans cette mesure le naufrage de ses illusions : il devrait se contenter de commander la Maison militaire du jeune roi et de veiller sur son éducation. Les parlementaires avaient fait un marché avec le Régent : retrouver, contre leur soutien, le droit de remontrance qui leur avait été enlevé.

Autres mesures d'importance, mais que beaucoup contestèrent à juste titre : la mise à l'écart de la bourgeoisie au profit de la noblesse, dans le nouveau gouvernement, et la création de huit conseils tenus par des courtisans, avec deux risques majeurs : voir ces postes occupés par des incapables et faire renaître des querelles de préséance obsolètes.

Guillaume bougonnait :

— Ces grands bourgeois que l'on méprise aujourd'hui, les Colbert, les Louvois, ont fait de grandes choses ! Les remplacer par de vieilles perruques est une erreur. Quand je l'ai fait observer à Philippe, il m'a envoyé paître ! Comment ces courtisans ignares, préoccupés uniquement de leurs titres et de leur perruque, feront-ils rentrer de l'argent dans les caisses de l'État ? Étienne, nous sommes dans de beaux draps...

Pour ce qui est de la religion, le Régent avait créé un conseil de Conscience dirigé par le cardinal de Noailles. Son intention était d'assouplir les mesures coercitives contre les protestants et les jansénistes qui rongeaient la chair du Christ. Ce fut un beau concert de malédictions dans la hiérarchie romaine. La réprobation du pape se concrétisa dans un texte qui allait secouer les consciences : la bulle *Unigenitus*.

Un dimanche d'octobre, j'emmenai Babette dans mon cabriolet voir le nouveau visage de Versailles.

Spectacle de désolation ! Des charrettes, des fourgons, des fardiers, des amoncellements de meubles, d'objets d'art, de tableaux encombraient la place d'Armes, sous la surveillance de sergents. À voir la foule, qui se pressait pour admirer ces splendeurs, on eût dit qu'on attendait une vente aux enchères.

Le laissez-passer délivré par le Régent nous permit de pénétrer dans le château et de parcourir en toute liberté galeries, appartements, cabinets, dépouillés peu à peu des splendeurs qu'ils recélaient.

— Mon Dieu, gémit Babette, que va-t-on faire de cette immense bâtisse et de ces jardins ?

— Un squelette, ma chérie, un fantôme, un lieu voué au souvenir...

Je lui racontai le bal masqué auquel j'avais pris part au temps où je travaillais comme secrétaire du duc de Vendôme. Je m'y étais rendu en sa compagnie. Il m'avait fait confectionner un costume de gondolier, lui-même optant pour une tenue qui lui allait à la perfection : celle d'un bandit du Monténégro. J'étais passé inaperçu ; lui, en revanche, s'était fait remarquer en poursuivant, un couteau dans une main, un pistolet dans l'autre, les dames, qui se dispersaient avec des glapissements, jetant le désordre dans les quadrilles, buvant le champagne au goulot. À l'aube, je l'avais raccompagné ivre mort à son carrosse.

Ç'avait été le dernier bal masqué de Versailles, Mme de Maintenon ayant décrété que ces festivités portaient atteinte à la dignité de la Cour et à la religion.

Les jardins où Babette et moi nous sommes promenés n'étaient plus hantés que par des jardiniers occupés à rentrer les orangers et les citronniers dans les serres. Plus de dames se promenant sous leurs ombrelles dans les allées, d'enfants jouant sur les pelouses, de galants cachés sous les charmilles, et plus de ces concerts de violons qui accompagnaient les sorties de Sa Majesté.

9

Les belles Flamandes

Ni le Régent ni son « Premier ministre », l'abbé Guillaume Dubois, ce « bourgeois » détesté des messieurs des conseils, n'avaient perdu de vue, dans la tourmente qu'avait soulevée la mort du Grand Roi, la nécessité d'un rapprochement avec l'Angleterre, seul capable d'assurer la paix, alors que les hordes tartares campaient, l'arme au pied, sur les marches de l'Est, prêtes à fondre sur l'Europe.

Le premier à s'inquiéter de ce bruit de bottes était le roi d'Angleterre, George Ier, successeur de la reine Anne, disparue l'année qui avait précédé celle de la mort de notre souverain. Ce prince protestant avait hérité de la couronne tout en restant Électeur de Hanovre, province du Nord de l'Allemagne où il était né. Il considérait l'Angleterre, dont il ne parlait pas la langue, comme une vache à lait. Courageux sur les champs de bataille, il se conduisait à la Cour de Londres comme un soudard.

Persuadé qu'une alliance avec la France donnerait à réfléchir au tsar, il ouvrit une oreille complaisante aux avance du Régent et accepta d'entrer en pourparlers.

Un matin, en pénétrant dans mon cabinet, j'y trouvai Guillaume assis sur un coin de ma table et se caressant le menton avec une plume d'oie. Il me lança d'un air narquois :

— Eh bien, tu prends du bon temps, mon gars ! Voilà près d'une heure que je fais le pied de grue. Tu n'y couperas pas d'un blâme.

Je lui répondis d'un ton aigre-doux que j'arrivais à mon travail à l'heure habituelle et lui demandai ce qu'il attendait de moi, après avoir, durant plus d'une semaine, négligé de me donner de ses nouvelles.

— Tu vas préparer tes bagages et annoncer à ta petite amie que tu l'abandonnes pour quelques semaines.

Je sursautai et me laissai tomber sur un tabouret, la sueur aux tempes.

— Si c'est une plaisanterie...

— Ai-je l'air de plaisanter ? Mon cher, nous allons partir pour les Pays-Bas. Toi, moi et ce cher Saint-Albin. Il faut que nous ayons quitté Paris d'ici trois jours.

Plus inquiet que jamais du sort de son Électorat de Hanovre, le roi George avait décidé de s'y rendre, en confiant le soin de son royaume au prince de Galles. Le Régent avait appris de notre ambassadeur à Londres, M. de Châteauneuf, que, sur la route qui le conduirait au Hanovre, il ferait escale pour quelques jours à La Haye. L'abbé reçut l'ordre de s'y trouver en même temps que lui sous un faux nom et pour une mission factice, afin de sonder les projets du souverain concernant une entente.

Guillaume ajouta :

— À dater de ce jour, je suis M. de Saint-Albin, du nom emprunté à mon secrétaire, qui prendra celui de Moreau. Quant à toi, tu prendras le nom de jeune fille de ta mère : Joyet, il me semble. Surtout ne te plains pas, ce serait faire preuve de la plus noire ingratitude, alors que je t'offre un beau voyage.

Quand je lui rapportai cet entretien, Babette se crut abandonnée. J'allais faire des rencontres, je reviendrais, si j'en revenais, avec une fille des Flandres, je traînerais dans les bouges, lui ramènerais une vilaine maladie, et *tutti quanti* ! Je la rassurai de mon mieux, lui disant que je l'aimais trop pour renoncer à elle, que cette absence serait un crève-cœur pour moi, mais qu'après tout ce n'était l'affaire que d'un mois, deux tout au plus.

L'œil humide, muette, elle me regarda préparer mon bagage et trier les livres que je comptais emporter. Lorsque je la serrai dans mes bras avant de monter dans la voiture, elle me décocha la flèche du Parthe :

— Étienne, il est possible que tu ne me retrouves pas à ton retour.

Cette menace allait gâter mon voyage de bout en bout.

Chaud et clair, l'été rayonnait sur les collines de Picardie, au temps des moissons.

Sédentaire que j'avais été depuis mon installation dans la capitale, je savourais le spectacle d'une nature et d'une activité que j'avais un peu oubliées. La voiture était bien suspendue, la caisse assez vaste, les routes libres et bien entretenues depuis la fin des hostilités. Aux étapes du soir, nous descendions dans les meilleures auberges, où notre place était retenue par un courrier envoyé en reconnaissance. Guillaume avait renoncé à la robe pour un costume de cavalier.

Nous allions nous présenter à La Haye sous un prétexte fallacieux : M. de Saint-Albin (Guillaume), amateur d'art et collectionneur averti, comptait faire le tour des boutiques de marchands de tableaux pour ramener quelques toiles de maîtres à Paris.

Nous passerions pour ses secrétaires. Le jeu me plaisait et le voyage s'annonçait des plus agréables : « Aux frais de la princesse ! » nous lançait-il joyeusement en débouchant une bouteille.

Nous fîmes halte à Bruxelles, puis à Anvers, avant de poser notre bagage à La Haye, localité proche de la mer et située sur une branche du canal qui relie Leyde à Amsterdam. Elle était environnée d'immenses prairies et de champs de tulipes dominés par des moulins à vent.

Je retrouvais avec émotion les images que les peintres flamands m'avaient données de ce pays. Lorsque nous abordions un village, je m'attendais à tomber sur une de ces kermesses de « haulte graisse », comme disait Rabelais, et dont les Bruegel avaient nourri leurs œuvres.

Nous trouvâmes à nous loger à l'Auberge du Plain, où notre ambassadeur avait veillé à retenir les meilleures chambres. C'était une opulente bâtisse, en partie de pierre et en partie de brique, dont les murs disparaissaient à moitié sous la vigne vierge, et prolongée, au-delà d'un canal, par un jardin à charmilles et à saules pleureurs.

Je partageai avec Moreau une chambre de vastes dimensions, au mobilier massif, aux lits ornés de courtines d'une lourde étoffe à brocarts. Les fenêtres donnaient l'une sur la cour et l'autre sur le jardin avec, émergeant des façades opposées, la tour octogonale de Saint-Jacques et les fumées montant des fonderies de canons. À chaque heure, vague après vague, des carillons égrenaient des airs flamands.

Afin de ne pas susciter une dangereuse curiosité, nous étions vêtus sans recherche : M. de Saint-Albin de ce costume de cavalier qui lui allait comme le riding-coat des Anglais à une cigogne, et nous, ses commis, de vêtements à l'ancienne mode, sobres et boutonnés de haut en bas.

La Haye passait pour être une des plus belles cités d'Europe, et je constatai que cette réputation n'était pas surfaite. En parcourant les rues proprettes, parfois dallées de brique, aux façades peintes comme des jouets, aux fenêtres fleuries, aux petits jardins dont les verdures débordaient des murs, j'allais de surprise en ravissement. Assis sur un parapet, je passai des heures à contempler les canaux sillonnés d'embarcations chargées de tonneaux de bière, de charbon ou de passagers, qui glissaient par endroits sous des ponceaux ou des voûtes d'arbres dont les basses ramures plongeaient dans l'eau.

Dans les quartiers populaires, rien de l'agitation et du tumulte des Halles ou de la place Maubert. Je découvrais, autour des éventaires, une clientèle paisible et avenante, un peu solennelle à mon goût, au milieu de laquelle Moreau (Saint-Albin) et moi passions inaperçus.

En attendant la venue du roi George et de sa suite, nous étions convenus de faire bande à part dans la journée et de ne nous retrouver que le soir, pour souper à l'auberge.

À quelques jours de notre arrivée, je poussai jusqu'au rivage de la mer du Nord, distant de moins d'une lieue. Le chemin partageait des prairies grasses où paissaient des vaches à robe noire, aux mamelles lourdes comme des outres. Des maisonnettes peintes de différentes nuances de vert, propres et coquettes, s'alignaient jusqu'à la côte.

En luttant contre le vent âpre venu de la mer, je

parvins au village de pêcheurs de Scheveningen, qui somnolait sous des vols de mouettes, dans un décor de filets étalés sur le sol ou tendus sur des perches. Une estacade de planches, grinçant sous les coups de boutoir du noroît et des vagues, me conduisit face à la mer, que je voyais pour la première fois et qui me déçut. Je m'attendais à retrouver dans ma mémoire l'écho des poèmes de mon enfance, *cette haute mer sombre comme du vin*, que chantait Homère, des navires de haut bord aux châteaux arrière sculptés comme des porches de cathédrale. Ma désillusion fut grande lorsque je ne vis, en face de moi, qu'un espace grisâtre, brumeux, agité d'une forte houle qui crachait son écume sur mes escarpins.

Lors de nos soupers, M. de Saint-Albin ne tarissait pas d'éloges sur les monuments qu'il avait visités, les demeures bourgeoises cossues qui bordaient la large avenue du Prinzen-Gracht, la bibliothèque du palais royal où il m'invita à me rendre.

— J'y ai découvert, me dit-il, une édition rarissime de l'*Antibarbari*, de Desiderius Erasmus, plus connu sous le nom d'Érasme, que j'ai failli voler.

Il se fit moins pressant pour me recommander une visite nocturne au plus fameux bordel de la ville où il avait savouré des voluptés charnelles de premier choix avec « quelques Rubens ».

Les jours passaient sans que nous ayons des nouvelles du roi George. Malgré les assurances de M. de Châteauneuf, au cours du repas qu'il nous offrit dans sa demeure, nous commencions à douter que le souverain daignât s'arrêter à La Haye. Nous avions, en une semaine, épuisé tout ce que la ville compte de monuments et l'extérieur de sites agrestes, si bien que nous commencions à trouver le temps long, d'autant que les pluies fréquentes nous tenaient confinés, moi à lire et mes amis à entonner des chopes de bière au cabaret.

Fort heureusement, les nuits étaient moins monotones que les jours.

Les servantes de l'Auberge du Plain étaient accortes, dépourvues de toute timidité et de toute pudeur envers les voyageurs étrangers qui se montraient généreux.

Elles n'étaient pas toutes grasses, blondes et indolentes. Celle sur laquelle se porta mon choix, une fille prénommée Nele, comme dans *Till Eulenspiegl*, venait me rejoindre dans ma chambre, son service achevé. Mince, brune, mutine, elle avait glané quelques bribes de français auprès des voyageurs, ce qui facilita nos rapports. Je la trouvais complaisante, elle appréciait ma générosité, si bien que chacun y trouvait son compte. Pas un instant l'ombre d'une culpabilité vis-à-vis de Babette ne m'effleura. Le corps a ses exigences et la morale n'y a que faire.

Une vingtaine de jours après notre arrivée, à la mi-juillet, M. de Châteauneuf nous fit prévenir de la venue imminente du convoi royal.

Je passai le temps qui nous restait avant cet événement à accompagner mon maître chez des marchands de tableaux pour l'aider à choisir des toiles. Outre quelques œuvrettes de peintres flamands, il se rendit acquéreur d'une merveille : une série de toiles de Nicolas Poussin, *Les Sept Sacrements*.

Le 20 juillet, après avoir échappé à des espions lancés à ses trousses, le roi George avait débarqué dans un port proche de Rotterdam, au-delà de l'archipel de la Zélande, à l'embouchure de la Meuse.

Accompagné de son secrétaire d'État, le comte de Stanhope, et d'une suite de modeste importance, il avait pris la route de La Haye pour y rencontrer son ambassadeur, le baron Horace Walpole.

Réjoui de cette nouvelle que nous attendions depuis près d'un mois, M. de Saint-Albin s'empressa d'écrire à Stanhope pour lui donner rendez-vous dans une auberge discrète, proche du cloître dominicain, le Kloostepker. Il s'y rendit seul, en évitant le centre de la cité. Le soir, en nous retrouvant au souper, rayonnant, volubile, il nous confia le résultat de cette entrevue qui intéressait le sort de l'Europe.

— Mes amis, nous dit-il, nous venons de faire un grand pas. Stanhope m'a confié la volonté de son maître de se rapprocher de la France. Avec les Cosaques aux frontières du Hanovre, il est dans ses petits souliers et aspire à cette alliance, qui donnerait à réfléchir au tsar. Nous progressons, mes amis, nous progressons !

Il commanda du champagne et ajouta :

— Il reste des obstacles. George nous reproche de jouer un double jeu en hébergeant et en soutenant le prétendant Stuart.

Décédé au début du siècle au château de Saint-Germain, lieu de son exil, l'ex-roi Jacques II Stuart laissait à son fils, connu sous le nom de chevalier de Saint-Georges, une couronne de papier. Une obsession le harcelait : voir ce nouveau prétendant tenter un débarquement pour rejoindre ses partisans jacobites et fomenter une révolte.

— Il y a aussi, dit Moreau, cette affaire de Mardick et de Dunkerque, qui ne sera pas facile à résoudre.

Ces forteresses maritimes étaient considérées par George comme une menace pour son île. M. de Saint-Albin faisait confiance aux futurs négociateurs : avec un peu de bonne volonté de part et d'autre, on viendrait à bout de cet obstacle.

Dans les jours qui suivirent, ils eurent d'autres entretiens, entourés du même secret. L'un d'eux se déroula à l'Auberge du Plain. Je ne fus témoin que du début de leur conversation, qui prit d'emblée mauvaise tournure, au point que je redoutai une rupture. J'entendis M. de Saint-Albin lancer d'une voix aigre :

— Je me suis laissé dire, *monsieur*, que votre roi verrait d'un bon œil une alliance avec l'Autriche, dans notre dos. Cela reviendrait à mettre en péril le traité d'Utrecht, que nous avons eu tant de mal à élaborer. Quand cesserez-vous de jouer les incendiaires ? Chercheriez-vous un *casus belli* ?

À travers la porte entrebâillée, j'entendis Stanhope protester d'un air outragé :

— Je ne vous permets pas, *monsieur*, de mettre en doute la bonne foi de notre souverain et la mienne propre ! Le roi George m'a assuré qu'il donnerait jusqu'à son dernier sol et ferait tuer son dernier soldat pour défendre le Régent !

À trois jours de notre retour en France, alors que le roi George et tout son train avaient repris la route pour le Hanovre, M. de Saint-Albin nous dicta un mémoire à l'intention du Régent.

— Affûtez bien vos plumes et veillez à avoir une provision d'encre, nous dit-il. Nous allons y passer la nuit...

L'aube pointait lorsque, accablés de fatigue et de sommeil, nous suspendîmes nos plumes. Le rapport formait une liasse de deux cents pages. Il en ressortait que nous avions, comme nous dit notre maître, sauvé les meubles.

Alors que nous roulions d'un cœur léger vers la frontière, M. de Saint-Albin nous dit :

— Tout est bien qui finit bien, mes amis, mais nous ne pouvons écarter deux évidences : le peuple anglais et le Parlement de Londres détestent les Français. Le nôtre et la noblesse de Cour le leur rendent bien. C'est dire que le Régent aura du mal à faire passer ce projet d'alliance, et nous de même...

Son adversaire le plus coriace, au Palais-Royal, était Nicolas du Blé, marquis d'Huxelles. Cet ancien prêtre à petit collet s'était consacré aux armes et s'était illustré comme maréchal de camp dans les campagnes des Flandres et du Rhin. Élevé au rang de maréchal de France, régnant sur le conseil des Affaires étrangères, il vouait une haine coriace à tout ce qui était anglais, et une antipathie particulière à l'abbé Dubois. Cette vieille baderne, sur laquelle pesaient soixante hivers, s'était juré que, lui présent, jamais Français et Anglais ne danseraient le même quadrille.

Situation insupportable pour l'abbé : le Régent l'encourageait à mener à bien une négociation que le maréchal et sa cabale réprouvaient. Philippe disait à son éminence grise :

— Laisse pisser le mouton, mon vieux Dubois. Cette paix, toi et moi nous parviendrons bien à l'imposer...

Quant au roi George, les moments difficiles qu'il vivait au Hanovre le rapprochaient de nous : des hordes de Cosaques venant d'envahir le nord-est de l'Allemagne, les frontières de son Électorat étaient directement menacées.

Les négociations se poursuivirent durant des mois dans cette atmosphère incertaine, où la moindre maladresse risquait d'envoyer la voiture au fossé. J'admirais l'adresse de Guillaume à tenir les rênes et à veiller aux fondrières. Il était passé maître en matière de diplomatie.

Lorsque le Régent, après l'avoir complimenté pour le succès de sa mission, lui proposa une récompense, il hasarda une requête audacieuse : une crosse d'évêque serait la bienvenue pour assurer la sécurité de ses vieux jours. Il dut se contenter d'une abbaye.

— Encore une abbaye ! me dit-il. Comme si je les collectionnais... C'est autre chose que je vise et que j'obtiendrai, nom de Dieu ! même si je dois, en plus de mes mérites, faire des courbettes. Toi qui me connais mieux que quiconque, tu sais ce dont je suis capable quand j'ai une ambition dans la tête et un sentiment de justice dans le cœur.

Je savais, pour en avoir reçu des confidences à peine voilées, que son ambition suprême était la pourpre cardinalice. Je tenais cette obsession pour les conséquences d'une sénilité précoce, alors qu'il se gouvernait parfaitement en toutes circonstances. Le cardinalat ? il en était loin. Ce pauvre Guillaume rêvait. Dans les brefs sommeils qu'il s'accordait, il devait égrener comme un chapelet cette litanie propitiatoire : « Abbé... Évêque... Archevêque... Cardinal... » Et pourquoi pas le trône de saint Pierre ? Je suis persuadé qu'il entrait, lointain mais accessible, dans ses visées...

Cette stratégie diplomatique fertile en éclats, en pièges, en embuscades tirait à sa fin. À bout de force et de patience, Guillaume écrivit au Régent une lettre aux termes imagés, bien dans sa manière, qu'il me montra et dont j'appréciai la vivacité : *Monseigneur*, écrivait-il, *la chandelle brûle et les pieds me grillent. Ces lenteurs m'ont coûté plus de larmes qu'il n'en tiendrait dans un seau !* J'appréciai le style mais non la vérité du propos. Les larmes dont il parlait, à supposer qu'il lui en fût venu, auraient à peine humecté un mouchoir. En revanche, l'allégorie de la chandelle était judicieuse : il brûlait d'un feu que les courants d'air des Conseils et les bourrasques de l'Histoire ne pouvaient éteindre. Il « grillait », certes, mais cette combustion semblait lui être nécessaire.

Une pénible surprise m'attendait à mon retour des Pays-Bas.

À peine avais-je mis pied à terre, dans la cour du palais, je montai faire un brin de toilette avant de me rendre chez Babette avec le cadeau que je lui ramenais : une scène d'intérieur de Van Ostade, avec un délicat clair-obscur à la Rembrandt, qui m'avait coûté la moitié de mes économies.

Comme elle n'avait pas répondu aux coups que je frappais à sa porte, je réclamai au concierge, M. d'Ibagnet, la clé de l'appartement.

— Vous allez être surpris, me dit-il. Il a été vidé de tous ses meubles. J'ai même aidé au déménagement.

— Mademoiselle a donc quitté le palais ?

— Elle y a été contrainte, monsieur de Maillard. Il fallait trouver un logement pour les gens de Versailles qui se sont repliés sur Paris. Vous ne trouveriez pas une mansarde à louer entre l'Hôtel de Ville et les Tuileries.

Lorsque je lui demandai s'il connaissait son nouveau domicile, il parut gêné. Il « croyait savoir » qu'elle avait trouvé à se loger dans un immeuble de la rue Saint-Honoré, à l'angle de la rue des Échelles.

— C'est un îlot de trois ou quatre maisons. Vous

pourrez demander à la boulangère qui tient boutique à proximité. Elle vous renseignera...

Surpris que Babette n'eût pas laissé un mot pour m'informer de son déménagement, je me rendis le lendemain à l'endroit indiqué par le concierge et découvris sans peine la bâtisse de quatre étages précédée d'une cour dans laquelle on pénétrait par un porche sculpté et armorié.

Je montai au premier étage et tirai la sonnette. On m'ouvrit. Non pas Babette mais un homme en négligé, qui n'avait pas encore coiffé sa perruque et dont la chemise bâillait sur une toison grisâtre. Je lui demandai si j'avais frappé à la bonne porte ; il me le confirma et me demanda si je souhaitais parler à Mlle Jacquet ; je lui dis que telle était mon intention et le priai de lui communiquer mon nom. Il se gratta le menton.

— Je crains, dit-il, qu'elle ne souhaite pas vous recevoir.

— Et moi, monsieur, je crains de devoir insister jusqu'à ce qu'elle accepte ma visite. J'attendrai sur ce palier, le temps qu'il faudra. Mais, au fait, à qui ai-je l'honneur ?

— Comte Robert de Frémont pour vous servir, le propriétaire de cet immeuble. Je vous saurai gré de ne pas importuner ma compagne.

Il me ferma la porte au nez d'une manière fort incivile. Avec une sérénité qui me surprit, j'attendis quelques minutes qu'elle se rouvrît.

Mademoiselle avait eu le temps de faire toilette. Elle avait revêtu une tenue d'intérieur à mantelet de soie mauve, que je ne lui avais jamais vue, avec, sur la poitrine, un collier à trois rangées de perles noires. C'était bien elle, mais c'était une autre.

— Entre, me dit-elle. Je crois que nous avons des

choses à nous dire. Le comte ne nous dérangera pas : il s'est enfermé dans son cabinet.

Elle me précéda dans son nouveau décor, qui ne rappelait en rien celui qu'elle avait quitté. On y respirait une aisance qui confinait au luxe : murs ornés de tapisseries de la Savonnerie, vitrines d'acajou abritant des ivoires et des porcelaines, lustres de cristal, vases de Chine et tapis de Perse... Je cherchai des yeux le clavecin : il trônait dans un renfoncement, entre des rayons où l'artiste avait rangé ses partitions ; sans les paperasses qui s'amoncelaient naguère autour de lui, sans le désordre qui peut passer pour un signe de l'art, cet instrument paraissait en exil.

Notre entretien fut bref. Il pourrait se résumer en peu de mots mais avec, entre eux, de larges plages de silence.

Babette me révéla qu'elle avait attendu de mes nouvelles durant un mois, alors que je l'avais prévenue, lors de mon départ, que toute correspondance nous serait interdite. Elle n'en avait pas tenu compte ou ne s'en était pas souvenue, et s'était sans doute imaginé que je l'avais abandonnée.

Le père d'une de ses élèves, le comte de Frémont, l'avait invitée à un souper entre amis. Veuf de fraîche date, il souhaitait combler sa solitude sitôt que possible pour élever ses enfants dans de bonnes conditions. Il s'était ouvert de ce projet à Babette, en la priant de considérer que cette requête la concernait.

— J'ai longtemps hésité à accepter, soupira-t-elle, parce que je t'aimais, que j'appréhendais de quitter le palais, où j'avais ma clientèle et mes habitudes. Le comte est revenu à la charge et s'est montré pressant. J'ai fini par accepter.

Elle ajouta :

— Tout ça est ta faute, Étienne ! Rester plus d'un mois sans nouvelles m'a été insupportable. Tu aurais pu t'affranchir de la consigne, m'écrire en secret...

— J'avais donné ma parole et j'ai tenu à la respecter, lui dis-je, ajoutant d'un ton ironique : Quant à toi, tu as fait le bon choix, à ce qu'il semble. Tu vis comme une dame de la meilleure société. J'en suis heureux, en regrettant que tes sentiments pour moi n'aient pas résisté à quelques semaines d'absence. J'en viens à douter de leur sincérité...

— Je te le défends, Étienne ! Je t'ai sincèrement aimé.

— Alors, s'il en est encore temps, quitte ce barbon et reviens-moi ! Je jure de t'épouser dans la semaine qui suivra. Mais tu t'en garderas bien !

Nous avions graduellement élevé la voix, quand M. de Frémont, ouvrant la porte de son cabinet, me lança :

— Monsieur Maillard, rompez là et retirez-vous ! Cessez de torturer inutilement cette pauvre femme.

Babette se leva, son mouchoir en boule sous le nez, et courut s'enfermer dans sa chambre.

— Monsieur, dis-je d'un ton glacial, je vous souhaite bien du bonheur !

Partagé entre la colère et la peine, je redescendis en heurtant du poing la rampe et les murs. J'entrai dans un cabaret de la rue des Frondeurs, demandai une bouteille de ratafia et en vidai d'un trait, « en sable », un premier verre. Le remède eut un effet immédiat : les ailes de la liberté se déployèrent et m'emportèrent. Libéré de chaînes que j'avais adorées, j'achevai ma bouteille et, ivre comme un sonneur, ne retournai au palais que deux heures plus tard.

Le secrétaire qu'on venait de m'affecter : Georges Hyvert, héritage de la migration des Versaillais, était aux quatre cents coups, l'abbé Dubois étant en quête d'un document que j'étais seul en mesure de lui procurer. Cet aimable garçon d'une vingtaine d'années, aux gros yeux de chien, aux épaules serviles, me craignait sans raison car je n'avais pas fait preuve envers lui de la moindre sévérité.

Il m'informa que l'abbé m'attendait dans son cabinet depuis plus d'une heure et paraissait de mauvaise humeur. Je m'y rendis sur-le-champ, et, poussant la porte du cabinet, j'entonnai, avec un salut militaire, la *Chanson d'Arlequin* que nous chantions sur les routes des Flandres, pour chasser l'ennui :

Arlequin tient sa boutique
Sur les marches du palais.
Il a des pralines grosses
Bien plus grosses que le poing...

Guillaume s'avança vers moi avec son air des mauvais jours et me lança d'un air sinistre :

— Ferme ta gueule, ivrogne, et assieds-toi, tu as du mal à tenir debout. Qu'est-ce qui t'a pris de t'enivrer de si bon matin, nom de Dieu ? Réponds-moi au lieu de faire ces yeux de chat qui chie dans la braise !

Je bredouillai, au bord des larmes :

— Élisabeth... Elle m'a quitté...

— Eh bien, quoi ? tu ne vas pas en faire un drame ? Vous n'étiez pas mariés, que je sache ?

— Elle avait promis de m'attendre...

— Les femmes ! s'écria-t-il. Si tu crois à leurs

promesses, ah là là là ! Toutes des catins, à commencer par ton Élisabeth. Si tu l'ignorais, je t'apprends qu'elle a été la maîtresse de Philippe et qu'ils ont joué durant des semaines du clavecin à quatre mains !

— Je ne te crois pas ! lui lançai-je en me levant. Retire cette accusation, petit abbé de merde, sinon je vais t'étriller le poil !

Il m'attrapa par la cravate et, avec une force que je ne lui soupçonnais pas, me secoua en criant, les dents serrées :

— Un mot de plus, petit sagouin, et ce sera la Bastille !

— Avec une lettre de cachet ? Tu te prends pour le roi ? Moi, je t'emmerde à pied, à cheval et en carrosse !

Il relâcha sa prise, soupira et demanda à Hyvert, pétrifié de stupeur, de me raccompagner à mon logis.

— Fais-lui boire une décoction d'ipécacuanha et laisse-le dormir jusqu'à 6 heures. Après, tu me le ramèneras.

La colère de Guillaume me rappelait celles de notre enfance. Il s'était arrogé le droit de préséance dans notre bande et en était devenu le chef après quelques éliminations brutales. Nul ne contestait son pouvoir, basé sur une autorité et des qualités dont nous étions dépourvus. Émettre des objections nous exposait à des colères fulgurantes. Il avait déjà ce visage mince, ce sourire à la ficelle, un peu cruel, ce regard perçant, mais aussi ces tics et l'élocution embrouillée dont il a longtemps souffert.

Lorsque, les yeux encore lourds de sommeil, je retrouvai son cabinet, Guillaume donnait audience à Lord Stairs, ambassadeur du roi George, avec lequel il entretenait des rapports difficiles. J'attendis dans l'antichambre la fin de l'entretien. En poussant la porte, j'entendis l'abbé bougonner :

— Ce Stairs... quel foutu con ! Il refuse de croire à notre sincérité. Il est vrai qu'il a l'appui des whigs...

Protestants et libéraux, les whigs constituaient un puissant parti composé pour une grande part de gros propriétaires terriens et de riches bourgeois, avec Horace Walpole comme leader. Successeurs des tories, plus modérés, ils s'opposaient à l'alliance avec la France.

Guillaume se mit à tourner autour de moi, comme un bourreau qui chercherait le point sensible de sa victime. Il déversa sur moi la colère qu'il avait contenue face à cette borne de Stairs.

— Étienne, tu t'es conduit envers moi avec une rare insolence ! Il me sera difficile de pardonner tes excès de langage. Si tu me refais cette scène, tu pourras faire ton balluchon et aller chercher fortune chez les bourgeois de Brive. À bon entendeur...

Je balbutiai des excuses, prétextant mes déboires amoureux et l'abus du vin pour justifier, sinon me la faire pardonner, cette algarade.

— Je t'avais mis en garde contre cette garce, mais tu t'es laissé bêtement enfermer dans le piège. Tu aurais dû comprendre qu'à notre âge on ne joue plus les grandes scènes d'amour sans risquer le ridicule d'un Sganarelle ou d'un Georges Dandin. Avec cette... cette « musicâtre », il fallait t'attendre au pire !

Je pouffai de rire.

— Eh bien, quoi ? Qu'ai-je dit de si drôle ?

— « Musicâtre »... Drôle de néologisme...

Il leva les yeux au plafond avant de reprendre :

— Conduis-toi comme un adulte, bordel ! et

chasse cette femme de ta mémoire. Je vais t'y aider. Ce soir, je t'offre une nuit de rêve. Nous irons où tu voudras, pourvu qu'il y ait de belles créatures à nous « mettre sur le ventre », comme dit Philippe.

Je regagnai mon cabinet, à la fois secoué et réconforté par cette foucade, et prêt à passer au bordel une nuit capable de me faire oublier dans la satisfaction de la chair les aléas du cœur.

10

Petits soupers et grandes trahisons

L'hiver qui suivit notre voyage en Hollande fut, comme la plupart des précédents, accompagné d'un froid sibérien. La Seine gela de nouveau et des émeutes de la faim agitèrent les quartiers pauvres. Il fallut rouvrir les guichets où l'on distribuait de la soupe aux affamés.

En coulisse de ce théâtre de la misère, Paris se donnait des spectacles.

Appelée à Paris par le roi Henri III, une quarantaine d'années auparavant la Comédie-Italienne s'était produite au Palais-Royal sous le règne du cardinal de Mazarin, puis avait été renvoyée par la Maintenon après qu'elle eut fait asperger la scène d'eau bénite. Le Régent la fit revenir en France.

Le Roi-Soleil ayant lancé à Versailles la mode des bals masqués, Philippe voulut avoir les siens à Paris. Il choisit l'Opéra, établissement distant du palais d'un jet de flèche. Outre distraire sa Cour, il souhaitait moraliser ces divertissements qui, aux barrières, à la Courtille et autres lieux malfamés, tournaient à la débauche et à la violence.

Un soir de janvier, l'année 1717, j'assistai à l'un de ces spectacles où se retrouvaient les gentilshommes de la Cour, les fonctionnaires du palais et quelques magistrats pas trop collet monté. Chacun, tenu de porter un déguisement et un masque, jouissait ainsi d'une liberté de propos et de comportement qui, le champagne et la danse aidant, tournait rapidement au dévergondage plutôt que de servir d'exemple aux réjouissances populaires.

Travesti en diable rouge, l'abbé Dubois donnait le ton, soulevant les robes des femmes avec sa fourche pour leur piquer les fesses. Monseigneur le Régent, costumé en prince de Tartarie, évitait prudemment de danser ; avachi dans un fauteuil, il lutinait sans retenue une grosse dame assise sur un de ses genoux, l'autre étant occupé par sa fille, la duchesse de Berry qui, déjà ivre lorsque le premier violon donna le signal de la danse, lui mordillait les oreilles et la nuque.

Si l'on était d'une nature pudibonde, mieux valait ne pas pousser les portes donnant accès aux loges : on s'y livrait à d'autres genres de divertissements.

Sur le coup de minuit, alors que la vieille ducaille avait pris ses quartiers, une grande femme costumée en reine d'Orient, le visage voilé d'un masque fait de pierres de couleur, s'avança sur la piste après une « gaillarde » endiablée. Jouant les Salomé, elle dévoila voile après voile, pétale après pétale, la rose ardente de son corps. On l'applaudit, on la lutina, puis un Indien à moitié nu l'entraîna dans la fosse de l'orchestre où chacun, en s'accoudant à la balustrade, put jouir de leurs ébats.

J'aurais aimé savoir si Élisabeth Jacquet, devenue, peut-être, Mme la comtesse de Frémont, assistait à ce spectacle de lupanar. Je tentai de la reconnaître à sa démarche et à la façon particulière qu'elle avait d'agiter son éventail, mais dus y renoncer.

Dans les jours qui suivirent, alors que je revenais

d'une visite au quai des Orfèvres, où une partie de la berge avait sombré dans la Seine à la suite de pluies diluviennes, j'entendis un colporteur débiter une chanson qui parlait de l'abbé Dubois :

Je ne trouve pas étonnant
Que l'on fasse un ministre
Et même un prélat important
D'un maquereau et d'un cuistre...

Sur le Pont-Neuf, c'est le Régent que l'on brocardait allègrement :

Si tu veux de ton Parlement
Changer l'humeur hautaine,
De Pontoise, sire Régent,
Fais-le passer à Fresnes :
C'est un lieu de correction...

L'auteur de ces couplets faisait allusion à l'« exil » que Philippe avait décrété à l'encontre des parlementaires qui, selon lui, abusaient de leur droit de remontrance. Ces victimes de son autorité trompaient leur ennui à composer des chansons, des poèmes et des libelles, qu'on retrouvait dans l'éventaire des colporteurs. J'ai acheté sur le Pont-au-Change un texte ordurier qui aurait pu valoir la corde à son auteur si la victime avait fait preuve de vindicte : *Les Amours du duc d'Orléans*.

Philippe se consacrait à sa tâche avec une ardeur et une conviction propres à démentir nos inquiétudes. Madame en était éberluée. Un jour où je lui apportai le livre qu'elle m'avait demandé, elle me dit :

— Je vois de moins en moins mon fils depuis qu'il tient les rênes du pouvoir. On me rapporte qu'il travaille jour et nuit, ce que, le sachant paresseux de nature, j'ai peine à croire. Il semble qu'il donne plus d'importance aux affaires de la nation qu'à sa propre vie. Voilà qui est nouveau et réjouissant. Il n'empêche : je crains qu'il n'abuse de ses forces.

Je la rassurai :

— Il semble, Madame, sauf votre respect, que monseigneur ait repris du poil de la bête, et qu'il se porte comme le Pont-Neuf.

J'étais bien placé pour savoir qu'il donnait en fait trop de lui-même à ses nouvelles fonctions, engageant sa santé dans ses fonctions quasi royales, sans se ménager, avec la même fougue dont il avait témoigné sur les champs de bataille. C'était plus qu'un revirement : une résurrection !

Levé à 6 heures, souvent après une nuit de débauche, il se jetait au travail comme on donne l'assaut à une forteresse. Le sourire aux lèvres, vêtu d'un habit de velours rouge, cravaté de malines, coiffé d'une imposante perruque – lui qui détestait la porter ! –, le cordon bleu en travers de la poitrine, élégant malgré son obésité précoce, il donnait une image de majesté qui faisait illusion sur sa nature de « roué ».

Ses audiences s'interrompaient à 2 heures de relevée. Il avalait un bol de chocolat et grignotait un massepain, avant d'aller présider le conseil de Régence : le moment le plus pénible de la journée. À 4 heures, il regardait sa montre et allait rendre visite à Sa Majesté, qu'il trouvait inévitablement flanquée de Mme de Ventadour et du vieux Villeroy. Il détestait et méprisait ce dernier personnage, le trouvait ridicule lorsqu'il tentait d'apprendre à son élève à marcher d'un « pas de perdrix ».

Ce qui lui restait de temps avant le souper, il le passait en famille.

Son épouse, Françoise-Marie, venait de lui donner une autre fille, la cinquième, et jurait ses grands dieux que ce serait la dernière. Louise-Adélaïde et Charlotte-Aglaé, âgées respectivement de dix-neuf et de dix-sept ans, venaient de quitter le couvent pour entrer dans le monde, avec chacune un nouveau titre : Mlles d'Orléans et de Valois.

Louise-Adélaïde surprenait son père par l'intérêt qu'elle portait aux sciences ; elle se vouait à sa lubie avec la même passion que sa sœur aînée, la duchesse de Berry, à ses plaisirs. Importunée par l'affluence, le bruit, autant que par le désordre régnant dans sa famille, elle ne s'attarda guère au palais et prit le voile pour devenir bientôt abbesse de Chelles et se distinguer par ses caprices : entre deux crises de mysticisme, elle donnait des concerts profanes, faisait tirer des feux d'artifice dans ses jardins et disséquait les cadavres des vieilles nonnes.

Quant à sa sœur cadette, Mlle de Valois, Charlotte-Aglaé, sa nature apathique était traversée de violents accès d'humeur qui la préparaient mal au mariage. On disait d'elle que c'était une « eau dormante ». On allait pourtant lui donner comme époux un prince fastueux : le duc d'Este.

Le fils unique de la famille, Louis, duc de Chartres, entrait dans une adolescence qui ne laissait pas augurer une brillante destinée. Laid, arrogant, méprisant envers l'abbé Dubois, adversaire déclaré de l'Angleterre, il passait ses humeurs sur les bâtards et les bâtardes de son père.

En quittant le palais, ses devoirs assumés, Philippe se rendait plusieurs fois par semaine au Luxembourg, domaine de sa fille chérie, Élisabeth, duchesse de Berry.

En quelques années, elle était devenue méconnaissable. La gamine que j'avais vue jouer dans les jardins, svelte, vibrante de jeunesse et d'entrain, avait pris l'apparence d'une maquerelle, énorme au point, disait-on, que les médecins tâtonnaient pour lui tirer du sang. Elle traînait son obésité de lit en fauteuil et de fauteuil en sofa, se gavant au passage de pâtisseries et de chocolat. L'ivrognerie était devenue son vice majeur. Pour ses sorties à travers Paris, elle faisait précéder son carrosse d'un coureur en livrée, de tambours et de timbales, comme une princesse d'Orient. Elle avait imposé aux acteurs du Théâtre-Français d'ouvrir leur spectacle par un préambule à sa gloire. Les articles satiriques du *Mercure galant*, les chansons et les poèmes où elle était traitée de putain finirent par mettre un frein à son exubérance.

L'indulgence de son père envers elle frisait la servilité. Elle se plaisait au château de la Muette ? Il le lui offrit. Avait-elle remarqué un gros diamant chez un joaillier ? Il le faisait acheter illico. Comme elle se plaignait d'être victime d'agressions verbales, il lui confia un corps de soixante gardes commandés par M. de La Rochefoucauld, qui devint, dans tous les sens du terme, son garde du corps.

Passant place Vendôme, je frémissais d'indignation en écoutant des histrions brocarder la « Messaline du Berry, première putain du royaume ». Quand je protestais de cette ignominie auprès de Guillaume, il haussait les épaules et me répondait :

— Que veux-tu ? Philippe n'a pas une nature de

tyran. Il se refuse à sanctionner ce genre de débordements, quitte à en être, lui et sa famille, éclaboussé. Il prétend que cette liberté d'expression sert d'exutoire au peuple et qu'elle est préférable à une révolution.

Un nouveau scandale allait compromettre le Régent.

Mme de Mouchy, dame d'atour de sa fille, avait, à défaut d'intelligence, le goût de l'intrigue. Elle avait pour amant M. de Rioms, aventurier au visage pustuleux (« une tête de crapaud ! » disait Madame) et à carrure de fort des Halles. Alléchée, Élisabeth proposa de le lui acheter. Marché conclu. Au placard M. de La Rochefoucauld et les officiers de sa garde auxquels elle avait jeté son mouchoir ! Il lui fallait ce rufian ; elle l'obtint, en fit son amant et son esclave, organisa pour lui soupers et fêtes licencieuses.

Lorsque le Régent lui intima l'ordre de jeter ce nouveau galant aux oubliettes, elle fondit en larmes et le supplia de lui laisser celui qu'elle appelait son Riri. Il baissa pavillon une nouvelle fois.

Au sortir du carmel, au cours d'une brève retraite où elle avait dégorgé ses turpitudes, elle décida d'épouser celui qui était devenu l'amour de sa vie. Le mariage eut lieu en secret, en l'absence de Mme de Mouchy, restée au Luxembourg pour veiller sur l'enfant qu'elle venait d'avoir avec l'amant de sa maîtresse...

Le 4 janvier de cette même année 1717, branle-bas de fête au palais ! La France, l'Angleterre, la Hollande venaient de signer à La Haye le traité dit de la Triple-Alliance.

Guillaume jubilait : ce document, fruit d'interminables manœuvres diplomatiques, était en grande partie son œuvre. Je crus qu'il était ivre lorsque, me serrant dans ses bras, il m'apprit la nouvelle.

— Nous avons gagné, Étienne ! Finies les guerres ! Finie la misère !

Il ajouta à voix basse, en s'essuyant les yeux :

— Pour en arriver là, que d'espoirs, de désillusions, de lutte pied à pied, de fatigue, de nuits blanches, durant des mois et des mois... Les hommes mettent plus d'empressement à se faire la guerre qu'à décider de la paix. Celle-ci, il a fallu la leur imposer. Combien de temps va-t-elle durer ? Six mois, six ans, un siècle ? Qui pourrait le dire ?

Il ajouta en se grattant la nuque avec frénésie :

— Si cette réussite ne me vaut pas une crosse d'évêque, c'est à désespérer du genre humain.

Il s'assit sur le bord de ma table de travail, comme il le faisait souvent, avant de poursuivre :

— Sais-tu ce dont on m'accuse ? D'avoir été soudoyé dans ces tractations par le roi George ! Je sais de qui viennent ces calomnies : des vipères du Conseil... Elles ne savent qu'inventer pour me discréditer, mais je leur ai tenu tête et je continuerai, quoi qu'il m'en coûte. Je mets quiconque au défi de donner corps à cette infamie.

Il ajouta en riant :

— Je dois avouer que le roi George s'est proposé de récompenser mes services, mais j'ai refusé. J'ai même envoyé, avec mes compliments, une caisse de champagne à mon vieux complice, Stanhope. Et sur ma cassette qui plus est...

Il me reprocha ce qu'il appela mon « indifférence » à l'annonce de cette nouvelle.

— Que vas-tu penser ? lui répondis-je. Je m'en réjouis plus que tu le supposes, mais je songe à la situation intérieure. Saura-t-on profiter de la paix pour améliorer les conditions de vie du peuple et des paysans ?

— Crois-tu que nous n'y ayons pas songé ? Ce sera même, à dater de ce jour, notre préoccupation première. Nous allons ramener la prospérité dans ce pays.

— Par un coup de baguette magique ?

— Tu ne crois pas si bien dire...

— Et qui sera le magicien ?

— Tu ne le connais pas, bien qu'il vive à deux pas d'ici. C'est un jeune financier d'origine écossaise, qui s'y entend mieux que personne en matière de finances et professe des idées révolutionnaires. Il se nomme John Law de Lauriston. Il paraît que son nom se prononce Lass...

À quelques jours de là, Guillaume me parla d'un détail des négociations de paix qui avait son importance, en dépit de son aspect frivole.

Le beau-père de Stanhope, Thomas Pitt, qui avait de graves ennuis financiers, souhaitait se défaire d'un diamant de cent trente-sept carats, l'un des plus beaux du monde. Découvert au début du siècle aux Indes, dans la région de Golconde, on l'en avait fait sortir en contrebande. Par l'intermédiaire de l'abbé, Stanhope proposa au Régent de le lui vendre contre deux millions et demi de livres. Guillaume n'avait pas été long à comprendre que cette opération mettrait du liant dans les négociations en vue de la paix. Marché conclu ! Ce diamant, le Grand Pitt, prit la place d'honneur dans le trésor de la couronne, sous le nom de *Régent*.

Cette démarche diplomatique souleva des huées.

On accusa l'abbé d'avoir bénéficié d'une commission.

— Une calomnie de plus, Étienne, mais je m'en moque et je la méprise, comme toutes les autres. Je suis arrivé à mes fins : rétablir la paix en Europe. M'en sera-t-on reconnaissant ? L'avenir le dira...

Une visite insolite, sinon inattendue, vint ajouter à l'euphorie qui embrasait le royaume, et Paris en premier lieu : celle de Pierre le Grand, tsar de toutes les Russies.

Sur la route qui le menait de Dunkerque à Paris, ce despote oriental se conduisit comme un soudard, prenant d'assaut les auberges et les cabarets, faisant bombance aux frais du trésor royal, culbutant les servantes, lâchant Cosaques et Tartares dans les campagnes...

Le 7 mai, à Paris, l'arrivée de cette horde fit sensation. Le tsar Pierre y entra précédé de trois cents gendarmes à cheval, d'une cohorte de domestiques et de voitures occupées par des chanteurs, des musiciens et des femmes blondes, au teint de lait, couronnées de roses.

On avait bien fait les choses pour le recevoir. Les façades bordant les artères qu'il devait emprunter pour se rendre au Palais-Royal avaient été tapissées de draperies de fête et de guirlandes. On arrêtait le cortège pour lui donner la sérénade et diriger vers son carrosse des filles porteuses de bouquets. On avait préparé pour lui et ses proches les meilleurs appartements du palais ; il les méprisa pour s'installer, Dieu sait pourquoi ! à l'hôtel de M. de Lesdiguières.

Lorsque, le lendemain, le Régent lui rendit visite, Pierre lui tourna le dos et, sans daigner répondre à son salut, pénétra le premier dans la salle réservée à l'audience. Comme il ne parlait pas un mot de français, c'est le prince Kouraguine qui servit de truchement. On n'échangea que des banalités, les affaires sérieuses pouvant attendre.

Lorsque je vis ce colosse pénétrer dans les appartements de Philippe, j'eus l'impression qu'on avait costumé un moujik en chef tartare. D'une carrure herculéenne, visage rubescent, lèvres épaisses couleur de sang couronnées d'une moustache négligée, il avançait à grands pas, comme on arpente la steppe, sans se soucier le moins du monde du protocole.

Le tsar n'avait qu'une idée en tête : rencontrer le jeune roi. On le lui présenta dans l'après-midi à l'hôtel de Lesdiguières. Il accueillit fort courtoisement, à sa descente du carrosse, ce Petit Poucet de sept ans qui devait se demander si cet ogre moscovite n'avait pas prévu d'en faire son repas. Le tsar le prit dans ses bras, le souleva de terre, l'embrassa avec un rire homérique en s'écriant :

— Sire, n'ayez aucune crainte, ce n'est pas le baiser de Judas.

Il ajouta, en le reposant à terre, ces propos que traduisit le prince :

— Vous commencez votre règne, sire, et le mien va bientôt s'achever, sans que je puisse espérer venir à bout de mon ouvrage. Soyez l'ami de celui qui me succédera. Vous surpasserez votre aïeul en puissance, m'a-t-on dit, et vous deviendrez le plus grand roi du monde, si vous n'imitez pas son goût pour la guerre...

Le soir, spectacle à l'Opéra. Le tsar se tint éveillé et attentif durant tout le premier acte. Au deuxième, il s'endormit en ronflant comme un grenadier. Lorsqu'il s'éveilla, au début du troisième, il réclama à haute voix de la bière. On la lui apporta illico. Il en avala trois bouteilles, rota puissamment et se retira sans attendre la fin.

Le Régent me confia, le jour suivant, le soin de chaperonner Sa Majesté impériale pour la promenade nocturne dans Paris, qu'il avait sollicitée. Je me fis répéter cet ordre sans rapport avec mes fonctions ordinaires. Il me fut confirmé par Guillaume. J'en eus des sueurs froides.

Avec un souverain mépris de l'étiquette, Pierre avait revêtu, malgré la chaleur, une sorte de tunique en laine brute aux boutons ornés de diamants, sans cravate ni dentelles. Il s'était coiffé d'une toque informe et avait chaussé ses pieds énormes de savates brodées.

Mon chemin de croix allait durer toute la nuit.

Il fallait passer de taverne en tripot, de tripot en bordel, boire ici du champagne, là de l'eau-de-vie. J'avais la charge de régler ces folles dépenses rubis sur l'ongle. La capacité d'absorption de Sa Majesté tenait du prodige. À chaque escale, il asséchait une ou deux bouteilles, réclamait des filles, prenait son plaisir et me faisait signe de lever l'ancre vers d'autres ports.

Il n'était pas le seul à abuser du vin et des filles. Son aumônier, qui ne le quittait pas d'une semelle, éclusa à lui seul, au cours d'un rapide médianoche, deux bouteilles de champagne et quatre de vin. Face à de tels exploits, les galimafrées de Gargantua ne sont que dînettes de vieilles demoiselles.

Sa Majesté impériale manifesta son intention de rendre visite à Mme de Maintenon : une faveur difficile à refuser.

Prétextant une indisposition, la veuve royale, qui venait d'entrer dans sa quatre-vingt-deuxième année, s'enferma dans sa chambre et confia à sa dame de compagnie le soin de recevoir ce visiteur de marque et de lui faire les honneurs des lieux. Il ne l'entendait pas de cette oreille et fit un esclandre.

Il demanda où se trouvait la dame, s'y rendit d'un pas décidé, ouvrit la porte de la chambre et s'assit sans cérémonie sur le bord du lit. Il s'informa de ce dont elle souffrait ; elle répondit qu'il s'agissait d'un mal inguérissable : la vieillesse. Déçu par la réserve de la vieille dame, incapable d'engager une conversation suivie avec elle, il leva le siège, s'inclina, demanda à passer la revue des effectifs, et se comporta si grossièrement que les filles se débandèrent à travers le jardin avec des cris d'oiseaux apeurés.

Cette visite avait en vérité un objectif diplomatique : Pierre souhaitait nous faire rompre les liens de sympathie qui nous unissaient à son ennemie, la Suède, et proposait une nouvelle alliance avec la Prusse et la Pologne. L'idée était à considérer, mais il fallait compter avec le roi George. Les menaces que les hordes de Cosaques faisaient peser sur son Électorat de Hanovre risquaient de lui faire prendre ombrage de ce projet.

Philippe berça son hôte de vagues promesses et soupira d'aise lorsque Pierre et tout son train reprirent la route de Dunkerque.

Lorsque Philippe lui annonça le départ de l'ogre, le petit roi lui avoua que ce géant lui avait fait très peur et qu'il puait.

— Il ne reviendra pas, je l'espère ? dit-il.

— Ne craignez rien, sire, lui répondit Philippe. Tout danger est écarté. Pierre nous a bien invités à lui rendre la politesse à Moscou, mais il y fait trop froid...

Philippe s'était attaché à l'enfant roi mieux qu'à sa propre progéniture, comme s'il voyait s'esquisser, derrière cette frêle silhouette blonde, une image propre à le consoler des aléas de sa propre famille. À défaut de charme Louis avait la beauté délicate d'une poupée de porcelaine. S'il ne manquait pas d'intelligence, il n'en montrait guère et répondait souvent aux compliments par des bouderies. Il ne paraissait avoir d'affection que pour sa gouvernante et de respect que pour son précepteur, André-Hercule de Fleury, évêque de Fréjus, ancien aumônier du Grand Roi, qui, en dressant autour de lui les remparts de la foi, en avait fait une créature timorée, hantée par la crainte de l'enfer.

Lorsque le Régent vint annoncer à Louis que le moment était venu pour lui de s'intéresser aux affaires du pays, la gouvernante lui répondit :

— Monseigneur, voici le dépôt que le défunt roi m'a confié. J'en ai pris tout le soin possible et vous le rends en parfaite santé.

Le Régent s'inclina devant le souverain et lui dit :

— Sire, il convient de ne pas oublier les devoirs que vous devez à Mme de Ventadour, qui vous a sauvé la vie. Le moment est venu de vous séparer d'elle.

Louis éclata en sanglots, et, s'agrippant à la robe de sa gouvernante, s'écria :

— Maman ! gardez-moi, je vous en conjure. Loin de vous, je tomberai malade et je mourrai.

— Sire, il faut écouter monseigneur Philippe. C'est la raison qui s'exprime par sa voix.

— La raison... je la déteste ! Pourquoi doit-elle me séparer de vous ?

Confié pour son éducation à Villeroy, que l'on disait tout juste bon à garder les oies, Louis apprit peu de chose sur la guerre. Le maréchal était d'ailleurs sujet à des ennuis, son fils ayant été surpris, avec quelques garnements, à se livrer à la sodomie. Ce vieil étourneau était en outre poursuivi par une obsession : l'empoisonnement de son protégé par le Régent.

Je riais sous cape en voyant, dans les jardins du palais, ce vieil homme, le chapeau de travers, tourner autour du roi, sautillant et hennissant comme un poney, se servant de sa canne comme d'une selle, entonnant des airs militaires et lui apprenant à tirer des salves d'un canon miniature qui n'eût pas tué un pigeon à dix pas.

J'en apprenais beaucoup, grâce à des témoignages venus de divers personnages, sur la nature et le comportement de notre jeune souverain.

Les uns le dépeignaient comme maussade, paresseux, acariâtre, violent avec ses petits compagnons de jeu ; d'autres le montraient aimable et affectueux. On s'accordait sur un point : il avait la grâce d'un Éliacin et la santé d'un Hercule enfant, ce qui me semblait exagéré, mais ce bourgeon qui avait pris naissance et s'était développé sur le tronc d'une vieille dynastie pouvait passer pour un miracle.

Au cours des réunions auxquelles il l'obligeait à se rendre, Philippe disait à l'enfant roi :

— Sire, voici les projets que votre Conseil a jugé judicieux d'envisager. Il reste que la décision finale vous appartiendra...

Mme de Ventadour prit sans regret congé de cette Cour qu'elle détestait, et de son vieil amant, ce pauvre Villeroy qui, au contact de son élève, retournait en enfance. En revanche, sa séparation d'avec le jeune roi, qu'elle avait longtemps considéré comme la chair de sa chair, dut être pour elle un déchirement. Retirée dans sa province limousine, confinée dans sa citadelle de montagne dont on disait que toute la paille du royaume ne pourrait en combler les fossés, elle ne fit plus parler d'elle et personne, si ce n'est le roi, ne la regretta.

La mort de la reine Marie-Louise de Savoie, épouse de Philippe V d'Espagne, qu'on appelait familièrement la Savoyana, avait plongé le roi dans la détresse et répandu l'émotion dans le royaume.

Les deux conseillers du souverain : la princesse des Ursins et l'abbé parmesan Julio Alberoni, s'étaient concertés et avaient décrété qu'ils ne pouvaient laisser Sa Majesté passer le restant de ses jours à se lamenter dans son oratoire. Ils lui trouvèrent une nouvelle épouse en la personne d'Isabella Farnèse, nièce de princes fastueux de la péninsule italienne. Informée de ce projet, elle ne marqua aucune réticence à quitter le château d'Orvieto pour le palais de Madrid.

Mme des Ursins écartée malgré ses bons offices, Alberoni et la jeune reine allaient régner sur le royaume et sur le roi.

L'union des couronnes de France et d'Espagne n'était pas pour eux chimérique. Restait cet embryon de roi de France, dont on disait que la vie ne tenait qu'à un fil. La fable avait si bien pris corps que, lors de la mort du Grand Roi, Philippe avait fait avancer ses armées jusqu'aux Pyrénées, et qu'Alberoni préparait une invasion de l'Angleterre pour rendre son trône au prétendant catholique, Jacques Stuart III, réfugié en France, que l'échec d'une précédente tentative n'avait pas découragé. Pour cette double opération de grande envergure, Alberoni avait ses complices en Angleterre : les jacobites. Il fallait trouver le même appui en France.

On le découvrit dans l'entourage du duc et de la duchesse du Maine qui, de leurs domaines de Sceaux, complotaient contre le Régent. Ils trouvèrent pour mener à bien cette opération un homme de main actif et discret : l'ambassadeur de Madrid à Paris, Antoine del Giudice, prince de Cellamare.

Premier acte de cet agent : lier des relations circonspectes avec la turbulente camarilla de Sceaux, qui avait pris le nom étrange de Confrérie de la Mouche à miel. On accueillit à bras ouverts ce complice efficace qui contribuerait à saper les bases du gouvernement, à obtenir des subsides de la Cour d'Espagne et à renvoyer le Régent à ses petits soupers.

À malin, malin et demi ! C'était compter sans ce vieux renard d'abbé Dubois. Il attendait, un œil sur le poulailler, que cette ducaille caquetante décrétât la prise d'armes.

L'élément le plus remuant de la ruche était cette naine hystérique, la duchesse du Maine, reine des Mouches à miel, qui avait supplanté son époux dans la conspiration. Elle chercha des complices dans l'armée et mena une campagne de libelles.

Pour donner le coup de pouce nécessaire à la réussite du complot, on comptait sur l'intervention de l'armée espagnole et sur une révolte des jacobites qui, émigrés à travers l'Europe, se retrouveraient au premier signal pour la revanche. On voyait se dessiner en filigrane un appui à considérer : les hordes du tsar...

L'abbé Dubois n'avait pas tardé à découvrir les

défauts de la cuirasse. Une indiscrétion l'informa que les conjurés avaient à la Bibliothèque royale de Paris un complice nommé Buvat, affecté à la correspondance entre M. de Cellamare et les gens de Sceaux. Une enquête lui apporta des preuves de cette collusion. Il fit saisir les documents, enfermer le secrétaire à la Bastille et raccompagner l'ambassadeur à la frontière. Les chefs du complot furent appréhendés et jetés en prison. On se contenta de bannir le duc et la duchesse. Ils s'en tiraient à bon compte...

L'action de l'abbé n'allait pas s'arrêter là. Il fallait faire prendre conscience au conseil de Régence de la gravité de la situation, alors qu'il se contentait de parader sur le devant de la scène en laissant les problèmes s'accumuler en coulisses.

Conscient de l'erreur qu'il avait commise en plaçant à la tête du conseil de Régence des « gens de qualité » au lieu de grands bourgeois, Philippe, inspiré par l'abbé, décida une refonte du Conseil. Il remplaça les conseillers par des secrétaires d'État, dont l'autorité ne pourrait être soumise à des problèmes de préséance. L'abbé, à juste titre, héritait des Affaires étrangères et tenait, après le Régent, la première place dans la nouvelle assemblée. Il accédait ainsi à une nouvelle étape dans l'ambition dévorante qui le guidait.

Les Finances furent confiées à l'Écossais John Law. Il n'allait pas tarder à faire parler de lui...

Le marquis de La Fare restera dans ma mémoire moins au titre de médiocre poète, compagnon de débauche des frères de Vendôme, qu'à titre d'inventeur, disait-il, d'un divertissement qui faisait fureur dans les petits soupers du Régent : une lanterne magique qui, en faisant défiler des images licencieuses, allumait un feu de lubricité parmi les convives.

Un après-midi d'été, alors que, toutes fenêtres ouvertes sur le jardin, j'étiquetais, répertoriais et classais des exemplaires du *Journal des savants* annotés en marge par Philippe, Guillaume vint m'inviter à un souper du Régent. Interloqué, je lui demandai les raisons de cette faveur.

— Notre maître, me dit-il, a tenu à me témoigner sa gratitude, je cite ses paroles, « pour services rendus à la nation dans le complot de Cellamare ». Il m'a laissé libre d'inviter qui je voulais. Je t'ai proposé comme commensal ; il s'en est montré satisfait, car il apprécie ton travail. Pourras-tu te rendre libre ?

Triste liberté... Des mois après ma rupture d'avec Babette, son souvenir hantait mes jours et mes nuits. La mélodie de certaines de ses œuvres, dont les soirées au bordel n'avaient pu débarrasser ma mémoire, tournait encore dans ma tête.

— Tu assisteras, ajouta Guillaume, à un spectacle *very exciting*, comme disent nos amis anglais : la lanterne magique. Il nous sera présenté par ce vieux « roué » de La Fare.

— J'aimerais être à votre place, me dit Hyvert, mon secrétaire. Vous me raconterez en quoi consiste cette projection d'images.

Ce benêt ignorait dans quel milieu et dans quelle ambiance il eût mis les pieds. Sa bigoterie, sur laquelle je le brocardais, n'avait d'égal que mon athéisme. Le jour où, par manière de provocation, je lui proposai de me suivre au bordel, il rougit, pâlit et se signa comme si cette invitation venait du diable. Ce puceau blafard, à défaut de rechercher la compagnie des femmes, « branlait la pique » comme disait plaisamment Guillaume.

L'abbé m'avait prévenu que nous serions dans la meilleure compagnie : le duc de Richelieu, considéré comme le plus galant homme de Paris, M. de Nocé, Pierre Guérin, abbé de Tencin, athée comme l'était Guillaume, et, parmi les femmes : Mme de Tencin, sœur de l'abbé, qui possédait un théâtre intime où les acteurs jouaient des scènes antiques dans le plus simple appareil, Mmes de Parabère, de Prie et de Sabran, Mlle Aïssé, jeune esclave turque achetée sur un marché pour être offerte à Philippe...

Les préliminaires au repas se déroulaient à la cuisine, où chacun mettait la main à la pâte selon ses goûts.

Philippe, manches de chemise retroussées, s'occupait à composer une recette ramenée d'Espagne : la paella. Mme de Sabran battait les œufs pour des omelettes. Un tablier sur le ventre, le duc de Richelieu épluchait les légumes dont Mme de

Parabère confectionnerait des potages. On avait chargé Mlle Aïssé de la pâtisserie et Mme de Tencin des fromages. Le choix des vins était confié à Guillaume. On me délégua à la découpe des charcutailles et à l'allumage des chandelles.

Ce souper, dont Guillaume était l'invité d'honneur, fut des plus joyeux. J'avais à ma droite Mme de Tencin, grande hétaïre pour laquelle Guillaume avait eu naguère quelque faiblesse, et, à ma gauche, Mlle Aïssé, timide, guindée, surprise de se trouver dans ce milieu.

Une partie du repas fut occupée par des récits ramenés par Guillaume, très en verve, de Hollande et de Londres, où il avait séjourné peu avant cette date. À l'en croire, il avait passé plus de temps dans les bordels et le lit des Flamandes et des *ladies* que dans le cabinet de Stanhope. Il souleva une vague de rires en racontant comment il avait ramené une colonie de morpions du lit d'une duchesse et une vérole de celui d'une marquise.

J'éprouvai de la gêne lorsque Philippe me demanda comment Guillaume et moi avions vécu notre jeunesse dans ce coin du Limousin qu'était notre ville natale, aussi lointaine et mystérieuse pour lui que le Monomotapa dont parle La Fontaine. Pour rester dans le ton de la soirée, je choisis de parler de nos petites amies.

Mlle Aïssé resta quasiment muette tout le long de la soirée et ne me manifesta pas la moindre attention. En revanche, un courant d'affinité et de sympathie passait entre Mme de Tencin et moi. Nous n'avions pas tardé à nous faire comprendre, par un jeu de regards coulés, de coudes et de jambes, que nous n'étions pas indifférents l'un à l'autre.

J'avais remarqué naguère, dans l'entourage des Vendôme, cette dame chanoinesse d'une maturité séduisante. On m'apprit qu'elle avait été, outre la maîtresse de Guillaume, celle d'un griot de la tribu, Destouches, qui lui avait fait un enfant, abandonné sur les marches de Saint-Roch. Elle était passée des bras de ce poète à ceux du duc de Richelieu et de Philippe, avec la légèreté d'un oiseau sautant de branche en branche.

Elle me parla des romans qu'elle écrivait. J'avais lu l'un d'eux, *Phaéton*, et l'avais trouvé plat et d'un style relâché. J'usai d'hypocrisie pour lui en parler, lui disant qu'il m'avait passionné et qu'elle aurait sa place à l'Académie, à supposer qu'on y acceptât la présence d'une femme. Sa main se posa sur la mienne. Elle m'embrassa furtivement en me glissant à l'oreille :

— Êtes-vous sincère, monsieur de Maillard ? Si vous saviez le plaisir que vous me faites...

Tandis que les domestiques apportaient les desserts et les fruits, j'observai Philippe, qui se trouvait de l'autre côté de la table, entre Mmes de Prie et de Sabran. Il semblait déjà ivre, mais je savais qu'il lui en fallait peu. Son visage flasque et apoplectique s'inclinait en avant comme s'il allait s'effondrer. Entre deux voisines resplendissantes de vénusté, il rappelait les charges impitoyables que l'on faisait de lui dans les gazettes.

Il bredouilla en se levant, un verre à la main :

— Mes amis, je vous demande de porter une santé à celui... à celui que je considère comme l'émissaire de la paix, l'abbé Guillaume Dubois... J'aime le comparer à Hercule... à un Hercule qui aurait à combattre non contre l'hydre de Lerne mais contre celle de la guerre... Longue vie à toi, mon vieil ami !

— Monseigneur, balbutia Guillaume, vous m'honorez et me flattez, mais j'ai conscience que, sans vos lumières, je n'aurais pu faire aboutir notre mission. Je ne suis que l'instrument de votre volonté et de votre génie.

Debout, nous levâmes notre verre à la santé du héros olympien. Philippe se rassit lourdement, puis se releva pour annoncer le spectacle qui allait mettre fin à la soirée :

— Nous avons hérité, bredouilla-t-il, du défunt marquis de La Fare – paix à son âme ! – de cet appareil... de cet appareil qu'on appelle une lanterne magique et qui va vous procurer... des sensations nouvelles.

Il donna l'ordre aux valets d'éteindre les chandelles et de n'en laisser que quelques-unes allumées, si bien que la vaste salle fut plongée dans une pénombre qui faisait ressortir la blancheur du drap tendu sur le mur du fond. Coche, valet du prince, fut chargé de l'opération. Il posa au bout de la table un coffret dont il sortit un objet insolite qui avait la forme d'une lanterne ordinaire en cuivre rouge, prolongée par un tube.

Il nous expliqua que nous allions voir défiler, dessinées sur des plaques de verre, des images inspirées d'une œuvre licencieuse de Pietro Bacci, plus connu sous le nom de l'Arétin : *Ragionamenti*.

La première image m'arracha un hoquet de surprise et déclencha des rires et des exclamations : elle représentait un satyre doté d'un énorme phallus qu'une femme en tunique à la grecque tenait à pleines mains, avec un sourire d'extase.

— Eh bien, me souffla à l'oreille Mme de Tencin,

voilà qui promet ! Si la suite est à l'avenant, la nuit sera chaude...

Les projections qui suivirent, au nombre d'une trentaine, donnaient dans la surenchère. Elles représentaient, avec des détails salaces, différentes positions dont certaines ne semblaient accessibles qu'à des primates. Il ne manquait que le mouvement, mais l'imagination suppléait cette carence. Le décor d'arbres, de bassins, de rochers n'exonérait pas ces œuvrettes de leur obscénité.

J'observai autour de moi des mouvements révélateurs d'une agitation des esprits et des corps qui ne devait rien aux qualités artistiques des images. Je ne fus pas choqué, mais agréablement surpris, de sentir la main de Mme de Tencin fleureter avec une partie de ma personne stimulée par ce spectacle. J'y répondis par une exploration détaillée d'un petit univers secret que se partageaient la soie, la dentelle et une chair à la fois fraîche et moite.

La voix de Mme de Tencin fit couler du miel dans mon oreille lorsqu'elle me dit :

— Mon ami, ne soyez pas cruel avec moi. Suivez-moi, je vous prie. Je n'en puis plus. Tout à l'heure, vous avez bu dans mon verre et vous connaissez ainsi mes pensées les plus intimes. Il en est de même pour moi, à ce qu'il semble...

Je protestai mollement :

— Mais, madame, notre départ ferait scandale.

— Taisez-vous, innocent, et suivez-moi.

Elle m'arracha à mon siège et, trottinant devant moi comme si le feu avait pris sous ses jupes – ce qui semblait être le cas – m'entraîna dans un labyrinthe de corridors et de pièces éclairés par des flaques de lune qui le rendaient plus mystérieux encore. Un homme vomissait avec des spasmes par une fenêtre ; une femme, jupes retroussées, pissait sous un buste de Corneille ; un couple enlacé s'ébattait à même le tapis.

Ma compagne me jeta plus qu'elle ne me poussa dans un réduit qui puait la serpillière mal essorée et le savon de lessive, puis, arrachant ma culotte, elle abusa de moi – c'est le mot qui convient – sans, je dois le confesser, que je lui oppose la moindre résistance. Tandis qu'elle s'agitait convulsivement au-dessus de moi, avec des gémissements et des cris, dans la position du « cheval d'Hector », je percevais, dans la clarté blafarde de la lune, un décor de balais, de seaux et de torchons qui n'encourageait guère aux ébats.

Entre deux cris de souris, je l'entendis murmurer :

— Oui... oui... mon amour... mon Armand... Encore... encore...

Je n'eus pas de mal à comprendre que j'étais l'objet d'une substitution intempestive, et que le personnage dont elle prononçait le prénom avec une telle fougue n'était autre que celui du duc de Richelieu. Il avait été son amant et l'était sans doute encore, épisodiquement. Me revint en mémoire le duel à l'épée qu'elle avait livré, dit-on, à une dame qui lui disputait cette conquête.

J'étais trop ivre et trop pris de désir pour me formaliser de cette manœuvre dont j'étais l'heureux bénéficiaire. Je laissai la dame prendre son plaisir en pointillé, et pris le mien sans scrupule.

La jugeant satisfaite, je lui demandai de quitter au plus vite ce lieu sordide. Elle répondit par un grognement. Comme elle m'étouffait en pesant sur moi de tout son poids, je tentai de la remettre sur pied, et constatai qu'elle s'était endormie et ronflottait. Je me dégageai le plus délicatement que je pus, la laissai sur notre couche de linge sale et m'en fus en titubant rejoindre nos commensaux.

La fête se poursuivait dans une pénombre complice. Pour stimuler les ardeurs de ses invités et satisfaire les dames, Philippe avait fait appel à trois athlétiques « mirebalais », ces valets vêtus de rouge qui nous avaient accueillis dans l'entrée, debout et bras croisés, comme des cariatides.

L'orgie battait son plein. Dans la mêlée mouvante et confuse, il était difficile de déceler l'identité des partenaires, d'autant que les dames portaient toutes des loups. Coche, en replaçant sa lanterne magique dans son coffret, m'apprit que le maître des lieux s'était retiré à la suite d'un malaise.

— Il n'y a pas lieu de s'affoler, me dit-il. Monseigneur est coutumier de ce genre de faiblesse et s'en remet aisément. Il va dormir six heures, et, sauf votre respect, se lèvera frais comme un gardon pour réclamer son chocolat. Vous-même, monsieur de Maillard, qu'allez-vous faire ?

— Me coucher, lui répondis-je.

— Avant que vous ne partiez, je vais vous faire servir une tisane de ma composition. Elle vous aidera à dormir et vous lâchera le ventre. Je vous souhaite une bonne nuit, monsieur.

Cette fin de nuit, je ne dormis guère plus de deux heures. Après avoir vomi et m'être soulagé dans mon pot, je me disais que, pas plus que Philippe ou Guillaume, compte tenu de notre âge, je n'étais fait pour ce genre de réjouissances et qu'il était temps de rendre les armes.

Au petit matin, après une ablution d'eau froide, je me rendis dans les appartements du Régent pour prendre de ses nouvelles. Son médecin me rassura en sortant de sa chambre : la crise d'apoplexie n'était pas pour aujourd'hui.

— Si vous avez quelque influence sur son comportement, me dit-il, tâchez de le mettre en garde contre ses excès. Moi, il ne m'écoute pas ! Il n'est plus de la première jeunesse, vous le savez, et tout peut arriver. Je viens de lui tirer une palette de sang. Il a retrouvé sa vigueur et sa gaieté, mais je crains que ces abus, à la longue, ne lui soient fatals...

Sur le chemin du retour à mon cabinet, je traversai les lieux du festin.

On eût dit qu'une troupe de Cosaques les avait ravagés. Une odeur de vin, de chair moite, de sueur et de vomi s'exhalait de ce désordre : une table jonchée d'assiettes débordant des reliefs du dessert ; des bouteilles et des verres à demi pleins, des chaises renversées, des tapis retournés... Des convives, hommes et femmes, dormaient encore, accoudés à la table ou vautrés dans les fauteuils et les sofas. Les jambes d'une femme dépassaient de sous la nappe. Des laquais changeaient les chandelles et des servantes somnolentes commençaient à mettre de l'ordre dans ce capharnaüm. Des bruits de vaisselle et de casseroles montaient de l'office.

Le cœur soulevé d'une nausée, je m'accoudai à la fenêtre donnant sur la rue de Richelieu. Dans la lumière blême du matin, la ville, secouant l'inertie de la nuit, me rappelait la rumeur de la mer sur l'estacade de Scheveningen. Une traîne d'averse traversa la rue, faisant fuir les chiens errants qui fouillaient des tas d'ordures et des femmes chargées de paniers. L'aube avait percé comme un abcès. Les fumées montant des masures du quartier de Saint-Roch avaient la couleur jaunâtre du pus.

En entrant dans mon cabinet, je complimentai Hyvert d'être déjà au travail, en me promettant de l'envoyer paître s'il me demandait des détails sur ma nuit. Il aurait pu en lire les séquelles sur mon visage et dans mon humeur, qui n'avait rien d'accorte.

Il avait ouvert en grand la fenêtre donnant sur le jardin. Je m'y accoudai, face à un ciel où traînaient encore les traces du petit jour. Si, du côté de la rue de Richelieu, la ville ressemblait à un paysage de misère traité à l'eau-forte par un artiste hypocondriaque, les jardins rappelaient une toile lumineuse de Nicolas Poussin. Le concierge, M. d'Ibagnet, s'entretenait, au bord du bassin, avec la gouvernante des enfants de Madame. Des jardiniers poussaient dans les allées des brouettes chargées d'herbe. D'une fenêtre où elle achevait de se peigner, une femme me fit un signe de la main...

Je me serais volontiers laissé reprendre par le sommeil si mon secrétaire ne m'avait lancé du dernier rayon :

— Monsieur, on a porté hier au soir une lettre pour vous.

Persuadé qu'il s'agissait d'un courrier sans importance, je remis à plus tard de la décacheter. J'avais rendez-vous avec un marchand de livres qui nous avait proposé une édition rarissime des *Chansons de gueux*, de Marnix de Sainte-Aldegonde, un poète qui avait prêché jadis une croisade contre les occupants espagnols des Flandres. Je m'y rendis sur-le-champ, heureux de me laver à l'air du matin des miasmes de la nuit.

La lettre qui m'attendait n'était qu'un billet, mais la signature me fit bondir le cœur : *Mademoiselle Élisabeth Jacquet de La Guerre*. Il commençait par ces mots :

Mon cher amour, je ne puis résister plus longtemps au besoin de me confier à vous...

Ma vue se brouilla, si bien que je dus m'y reprendre à deux fois pour me persuader que je n'étais pas le jouet d'une illusion ou d'une mauvaise facétie.

Babette me confiait qu'elle venait de rompre avec le comte de Frémont. Émaillée de scènes violentes, la vie commune était devenue pour elle un calvaire quotidien : il était autoritaire et voulait tout régenter, à commencer par son art, lui imposant, afin d'en tirer profit, des concerts privés auxquels elle répugnait, et, suprême affront, prétendant lui imposer la présence d'une ancienne maîtresse !

À travers cette pitoyable confidence, je percevais un espoir de retour. Je me dis que j'allais, en jouant les indifférents, lui faire payer sa trahison, mais il s'était réveillé en moi une petite lumière que je n'eus garde d'occulter.

Le pays avait mis bas les armes. Il fallut les reprendre et remonter en selle.

L'Espagne était devenue l'enfant terrible de l'Europe. La reine Elisabetta Farnèse et le ministre Alberoni entretenaient dans l'esprit du roi Philippe des ambitions chimériques : prendre leur revanche contre la France et l'Angleterre, arracher le roi Louis à la tutelle de cet athée, le duc d'Orléans, redonner son trône au prétendant catholique d'Écosse, Jacques Stuart.

Ils visaient en premier lieu l'Angleterre et préparaient son invasion, en construisant à Cadix une flotte digne de l'Armada. Pour créer des troubles en France, ils susciteraient un soulèvement en Bretagne.

Ces préoccupations s'ajoutaient à une campagne de dénigrement du Régent, en s'en prenant à son point le plus vulnérable : sa vie privée.

Je me trouvais dans son cabinet lorsque le duc de Saint-Simon y entra, brandissant un libelle et s'écriant :

— Monseigneur, on vous traîne dans la boue ! Lisez donc cette ordure que j'ai trouvée ce matin sous ma porte...

Il s'agissait d'un pamphlet en vers portant un titre à l'antique : *Les Philippiques*. Si le nom de l'auteur n'était pas mentionné, on ne pouvait douter de celui du destinataire.

Philippe prit l'ouvrage, ajusta ses besicles et, adossé au chambranle de la fenêtre, en commença la lecture, le duc ayant refusé de lui en donner connaissance. Je le vis sourire, blêmir, laisser retomber ces feuillets contre sa cuisse en soupirant, les reprendre d'une main tremblante, en murmurant :

— C'est ignoble... C'est odieux... qui a osé écrire ces insanités ?

Tout y était : le détail de ses orgies, les accusations d'inceste, les soupçons d'empoisonnement des membres de la famille royale, les menaces qu'il faisait peser sur le jeune souverain, son athéisme...

— A-t-on idée de qui cela peut venir ? demanda-t-il.

— Du fait que c'est l'œuvre d'un poète de talent, on a songé à ce jeune Arouet, qui se fait appeler Voltaire. Il a pris la fuite ce matin en apprenant qu'on le recherchait, mais cela ne prouve en rien qu'il soit coupable. Si j'étais vous, monseigneur, je ferais plutôt chercher dans l'entourage des chevaliers de la Mouche à miel.

On retrouva le coupable peu de temps après.

François de Lagrange-Chancel se terrait dans son repaire du Périgord, en attendant que l'émotion suscitée par ses écrits fût retombée. Il ne s'agissait pas d'un de ces poètereaux de Cour qui, à défaut de talent, ont le sens de la flatterie et de la médisance. La chevalerie de la Mouche à miel en avait fait son barde.

Philippe demanda à le rencontrer. On le sortit du Châtelet pour le lui présenter.

— Monsieur le poète, dit le Régent, étiez-vous sincère lorsque vous avez écrit ces *Philippiques* ?

— Je l'étais, monseigneur. En toute conscience, je ne puis renier ce que j'ai écrit.

— Eh bien, je m'en réjouis pour vous. Si ce n'avait pas été le cas, je vous aurais fait pendre.

Philippe se contenta de le faire interner à l'île Sainte-Marguerite, au large de la Provence. Il s'en évada pour gagner la Hollande et rédiger une suite aux *Philippiques*.

C'est en janvier de l'année 1719 que le roi d'Angleterre, excédé par les menaces que l'Espagne faisait peser sur son pays et sa couronne, lui déclara la guerre. Nous lui emboîtâmes le pas peu après. Le corps expéditionnaire français envoyé au-delà des Pyrénées fut confié au maréchal Berwick, le « mulet gras ».

On a pu parler à propos de cette campagne de promenade militaire, du fait qu'il n'y eut pas de véritable engagement. Berwick triompha partout, et sans peine, la population en étant venue à détester un roi qui menait son pays à l'abîme. Le roi d'Espagne prit la tête de son armée, sans parvenir à arrêter l'invasion. À défaut de pouvoir triompher, il eut recours à des mesures sordides, soudoyant les déserteurs et promettant la lune à des officiers ennemis.

Contraint de baisser pavillon, il adressa au Régent un plan absurde, destiné selon lui à consolider la paix en Europe. Quand le Régent en prit connaissance, il crut à une plaisanterie. Philippe V envisageait ni plus ni moins que le démembrement de la France : il plaçait sur le trône son fils, l'infant Philippe, offrait au Régent un royaume composé de la Bourgogne et d'une partie des Pays-Bas, abandonnait l'Alsace à l'empereur et partageait le Royaume-Uni, laissant l'Angleterre à George, l'Écosse et l'Irlande à Jacques III... Ni le Régent ni le roi George ne daignèrent répondre à cette fumeuse utopie.

Sur mer, une déception bien plus grave attendait le roi Philippe. Son armada n'eut qu'une bataille à livrer, mais ce fut contre un océan déchaîné. Sa flotte venait à peine de quitter Cadix pour attaquer l'Angleterre quand une tempête l'avait rejetée à la côte et envoyée par le fond.

En Bretagne, l'insurrection ne fut qu'un feu de paille. Arrêtés, les meneurs, des illuminés ayant à leur tête M. de Pontalec, furent emprisonnés, en attendant que l'on décidât de leur châtiment.

La mort de Mme de Maintenon, au milieu des demoiselles de Saint-Cyr, passa comme une ombre, sans soulever de lamentations à la Cour ou dans le peuple. Âgée de quatre-vingt-quatre ans, celle que Madame appelait la « vieille ordure » était déjà absente au siècle depuis la mort du roi.

Le 28 mars de cette même année 1719, après une nuit de débauche où elle s'était enivrée plus que de raison, on ramena au Luxembourg la duchesse de Berry à l'agonie, enceinte et à quelques jours de son terme. Les médecins se hâtèrent de lui tirer une pinte de sang.

Devinant sa fin prochaine, elle demanda un prêtre. C'est le curé de Saint-Sulpice qui vint l'assister. Il ne consentit à lui administrer les derniers sacrements qu'à condition qu'elle acceptât de se séparer de son mari, M. de Rioms, et de son âme damnée, Mme de Mouchy. Devant le refus de la mourante, le cardinal de Noailles se déroba pour ne pas avoir à donner sa bénédiction à ce diable en jupon.

— Ma fille, lui dit Philippe, voyez où vos abus

vous mènent ! Non seulement vous avez ruiné votre santé, mais l'Église vous ferme ses portes.

— Père, protesta la mourante, comment osez-vous me reprocher des abus auxquels vous m'avez initiée et que vous continuez à pratiquer ! Plutôt que de me faire ces reproches, vous devriez me plaindre et prier pour le salut de mon âme.

Quelques jours plus tard, la duchesse accoucha d'une fille qu'il fallut lui arracher du ventre par morceaux. De qui était cet enfant ? Personne, à commencer par elle, n'aurait pu le dire. Toujours est-il qu'elle se rétablit, reprit le chemin de l'Église et fit des dons aux bonnes œuvres. Elle ne sortait du Luxembourg que vêtue de blanc. Elle renonça à la débauche, mais regimba lorsque son père envoya son époux, M. de Rioms, dépenser son énergie à la guerre d'Espagne.

Un soir de mai, au retour de Meudon sous la pluie, la duchesse s'effondra, victime d'un coup de froid, et resta quelques jours alitée. Guérie, elle me fit demander des livres, que je lui apportai dans l'heure qui suivit. Je blêmis en la voyant me tendre à baiser une main sèche et diaphane où cliquetaient des bagues trop larges. Je me trouvais en présence d'une créature méconnaissable, vieillotte, au visage parcheminé marbré de taches jaunâtres.

Elle me remercia d'avoir fait diligence et me demanda des nouvelles de cette « vieille crapule de Dubois », que, jalouse de l'ascendant qu'il avait pris sur son père, elle ne portait pas dans son cœur. Elle me dit d'une voix aigre :

— Je n'ai jamais compris comment ce « rat » a pu séduire cette beauté : Alexandra de Tencin ! Qu'est-ce qu'elle peut bien lui trouver ? Il est maigre, laid, bourré de tics et avale la moitié de ses mots...

— L'esprit, madame, lui répondis-je, l'esprit qui séduit les femmes aussi bien, parfois mieux, que les agréments physiques.

— Sans doute, sans doute, mais vous ne m'ôterez pas de l'esprit qu'elle tire de cette relation des avantages plus substantiels.

Je devais bien convenir, en reprenant le chemin du palais, que la duchesse avait vu juste. Il fallait bien que cette hétaïre, que j'avais laissée à son sommeil d'ivrognesse sur un monceau de linge sale, eût quelque ambition autre que spirituelle pour accepter les caresses de ce vibrion.

Après cinq ans de couvent infligés par sa famille pour couper court à une nature extravertie, elle s'était imposée dans l'entourage du Régent par sa beauté, son intelligence et son goût de l'intrigue. Guillaume s'était épris d'elle sans pouvoir prétendre à l'exclusivité : elle comptait parmi ses amants Philippe, le duc de Richelieu, l'académicien Fontenelle, le jeune Montesquieu et quelques autres intérimaires... Je n'avais pas dû lui laisser un souvenir inoubliable, car elle faisait mine de ne pas me reconnaître. Elle mêlait ses ambitions à celles de son frère l'abbé, qui, chargé des relations avec le Saint-Siège, aspirait au cardinalat.

Guillaume me confia un jour, me parlant d'elle :

— Alexandra est le repos de mes jours et le charme de mes nuits. Elle est pour moi à la fois une amie, une confidente, une conseillère, car elle a davantage de bon sens que beaucoup de nos ministres.

« Le charme de mes nuits... » Je ne parvenais pas à imaginer les ébats, sous la couette, entre cette Junon et ce satyre maigrichon. Il devait faire piètre figure, comparé à Philippe et au duc de Richelieu, qui, disait-on, avaient toujours « la lance en avant ».

Un des médecins du Régent, l'illustre Chirac, apportait au père de la duchesse des nouvelles de sa fille.

Sa santé était sur le déclin, au point que l'on attendait chaque jour l'annonce de sa mort. Chirac, qui avait du mal à lui imposer ses soins, s'en plaignait amèrement :

— La duchesse, monseigneur, se conduit comme une enfant capricieuse. En dépit de mes remontrances, elle a repris ses habitudes de gloutonnerie, se gave de viande, de fruits et de bière et fait jusqu'à six repas par jour. Dans ces conditions, je ne puis répondre de rien.

La duchesse se trouvait au château de la Muette quand une nouvelle crise, plus sévère que les précédentes, la terrassa, avec des convulsions qui lui arrachaient des cris et des larmes. Les pastilles d'émétique de Chirac ne la soulageaient que durant quelques heures. Des clystères en vinrent à bout. Assistée par le cardinal de Noailles, revenu de ses préventions, elle exigea de lui une absolution qu'il ne pouvait refuser à cette grande pécheresse revenue dans le sein du troupeau. Elle avait vingt-quatre ans.

En apprenant la nouvelle, le Régent fondit en larmes. De toute sa famille, Élisabeth était la seule à laquelle il manifestât un véritable attachement. Il lui avait pardonné caprices, folies, relations équivoques, sans jamais envisager une rupture. Ces relations hors du commun, sur laquelle on a brodé tant de fables, confinaient à la passion. Pour trouver des rapports aussi intenses, il eût fallu remonter au mythe d'Œdipe, sinon à celui de Lot, avec lequel je me refuse à faire une assimilation.

Lorsque les morticoles ouvrirent le corps, ils

découvrirent des organes gâtés : ulcères à l'estomac, rate réduite en bouillie et, ce qui ne laissa pas de les intriguer, un nouveau fœtus. Le cerveau était à l'avenant : gorgé de sérosités et réduit de moitié.

Plutôt que de se lamenter, le Régent se remit à la tâche avec une sorte de frénésie conjuratoire.

En Espagne, comme il l'avait fait de la princesse des Ursins, le roi s'était enfin débarrassé d'Alberoni, éminence grise et mauvais génie responsable de tous ses déboires. Il avait fini par convenir que seule une adhésion à l'alliance des grandes puissances pouvait le mettre à l'abri d'un conflit qui eût signifié la fin de son règne.

Notre pays allait vivre une période de fièvre si intense que la société, de bas en haut, en fut bouleversée.

Devenu contrôleur général des Finances, le banquier John Law exerçait sur le Régent et son entourage une fascination qui tenait à son entregent et à d'audacieuses théories propres, selon lui, à combler le gouffre du trésor. Le gouvernement de la Régence n'arrivait pas à se libérer d'une dette colossale qui le poussait au bord de la banqueroute.

John prétendait posséder une recette miracle. Personne ne voulait ou n'osait le croire. Personne, sauf le Régent. Il lui fit confiance et engagea le pays dans une aventure aux perspectives radieuses.

11

Deuxième cantate pour clavecin

J'ai relu plus de dix fois la lettre d'Élisabeth Jacquet et attendu une semaine avant de lui répondre.

En renonçant à moi, elle avait laissé sous la cendre l'étincelle de passion qui aurait pu m'accompagner jusqu'à la fin de ma vie. Elle venait, en soufflant sur elle, de lui donner un regain de clarté et de chaleur. Dire que je délirais à l'idée de reprendre notre vie commune eût été exagéré, mais, à tout prendre, cette perspective m'agréait. J'avais atteint la soixantaine, elle frôlait la quarantaine. Ma santé, malgré quelques maux relatifs à mon âge et à quelques excès, ne me donnait guère de souci. Malgré la calvitie qui m'incitait à porter une perruque courte nouée d'un ruban sur la nuque, et une myopie qui m'était venue sur le tard, chacun devait convenir que j'étais encore, au plan physique, un parti acceptable.

Désireux de prendre le temps de la réflexion et de lui faire expier sa trahison, je laissai passer une semaine avant de me décider à répondre.

Comme cette étourdie avait négligé de me communiquer l'adresse de son nouveau domicile, j'allai m'en informer au concierge du précédent. Il fit la bête ; une pièce lui rendit la mémoire.

— Aux dernières nouvelles, me dit-il, elle a

trouvé à se loger rue Dauphine, à deux pas des Grands-Augustins, au-dessus des galeries et du cabinet de lecture.

Je m'enquis de ce qu'était devenu M. de Frémont. Il était toujours sur les lieux.

— Ah ! monsieur, combien je regrette le départ de mademoiselle Jacquet. Je me plaisais tant à entendre son clavecin...

Plutôt que de glisser une lettre sous sa porte, je choisis une confrontation, qui aurait l'avantage de dissiper sur-le-champ les nuages qui subsistaient entre nous.

Je gagnai la Seine par la rue Saint-Nicaise puis, longeant les quais, passai sur l'autre rive par le Pont-Neuf et m'engageai dans la rue Dauphine, qui le prolonge en direction des quartiers de Saint-Germain et du Luxembourg. Les galeries, le cabinet de lecture du *Librius*, une maison à trois étages... La musique du clavecin me guida jusqu'à sa porte.

Elle ouvrit, changea de mine et soupira :

— Toi... enfin...

Elle me pressa contre elle avec une telle fougue que j'en restai sans voix, me prit par la main, comme elle le faisait naguère pour m'entraîner vers son lit, et me dit :

— Attends-moi dans ma chambre. J'en aurai bientôt fini avec mon élève.

Assis au bord du lit encore défait malgré l'heure tardive de la matinée, je patientai et me pris à sourire en entendant une voix de caporal lancer :

— La... si... la... pas d'altération... reprenez... La quatrième mesure est trop appuyée...

Un bruit de pas dans le couloir, et la même voix disant :

— Votre fille a fait des progrès, madame, mais

elle doit étudier encore chez elle, si vous désirez que je la présente au concours.

La porte d'entrée se referma. Celle de la chambre se rouvrit. Babette s'abattit sur moi sans un mot, comme un arbre sur un bûcheron maladroit. Les quelques arguments préparés pour ces retrouvailles conditionnelles me restèrent dans la gorge. Nous n'avions pas de mots pour traduire notre bonheur.

Sur la cloison d'en face, le portrait de son père nous adressait un sourire complice.

Au retour de chez Babette, le corps et l'esprit allégés, je suivis comme un mouton la foule qui se dirigeait vers la place de Grève. Il me revint que c'était le jour assigné à l'exécution publique du comte de Horn, que Guillaume, en dépit des réticences de son maître, avait fait condamner à mort, au même titre, mais pour des raisons différentes, que les insurgés bretons furent décapités.

Au mois de mars, ce personnage important, originaire des Pays-Bas, était venu chercher fortune en France, attiré par le miroir aux alouettes mis en place par John Law. Il avait donné rendez-vous dans une taverne de la rue aux Ours, proche de la rue Saint-Martin, au courtier Lacroix, dans l'intention d'acquérir un paquet d'actions pour le Mississippi. Il s'était fait accompagner d'un capitaine réformé, M. de Mile. Ils avaient dîné puis effectué la transaction à l'étage. C'était un ignoble traquenard. Horn avait étranglé le courtier avec sa cravate, volé son portefeuille, et le capitaine l'avait achevé d'un coup de poignard. Leur coup fait, ils avaient disparu en sautant par une fenêtre. Grâce aux détails fournis par le cabaretier, on les avait retrouvés dans la journée et conduits au Châtelet.

La famille du comte avait fait chorus afin que l'on

épargnât au coupable la honte d'un supplice public. Le comte ayant des liens de parenté avec le Régent, on avait hésité sur la nature du châtiment. Philippe, comme le héros de Corneille, aurait admis que *le crime fait la honte et non pas l'échafaud* et que l'assassin fût libéré et banni après une rude semonce. Guillaume ne l'entendait pas de cette oreille : quel que soit son titre, fût-il prince du sang, un coupable devait, disait-il, subir la loi du Talion. Il avait obtenu gain de cause.

C'est ainsi que le comte de Horn et son complice allaient être livrés au bourreau pour subir le supplice de la roue. Par un dernier sursaut de dignité, ils avaient refusé le poison destiné à abréger leur souffrance.

La foule affluant de toutes parts, j'obtins la permission de pénétrer à l'Hôtel de Ville pour être mieux à même d'assister au supplice de ces scélérats, sans risquer d'être étouffé par une bousculade.

La roue est réservée aux actes odieux : crime prémédité, viol d'une fillette pas encore nubile... En cas de vol, le supplice peut s'accompagner de l'amputation du poignet. Pour les empoisonneurs, le feu succède à la roue, que, par décence, on évite aux femmes.

Le secrétaire de Guillaume, Saint-Albin, m'avait révélé que ce tourment nous vient d'Allemagne, où l'on jetait les condamnés sous les roues d'une charrette lourdement chargée.

L'échafaud avait été dressé au milieu de la place, non loin du pilori, où grimaçait encore la tête d'un condamné. On y avait installé deux supports en forme de croix de Saint-André, avec des encoches pour les membres. Le commis du bourreau vérifiait leur solidité et la disposition des cordes destinées à lier les membres des condamnés.

La charrette déboucha sur la place dans un roulement de tambours. Comme je manifestais ma surprise devant une telle affluence, un officier de la voirie, qui se tenait à la même fenêtre, me donna la réponse :

— Plusieurs raisons à cela, monsieur. D'abord la qualité des condamnés. Le comte de Horn, fichtre, ça n'est pas de la « petite bière », si vous me permettez cette expression vulgaire, mais un descendant de l'illustre famille des princes de Ligne. Quant au capitaine de Mile, il a été réformé pour blessure de guerre dans le régiment de Bretonne. Deuxième raison, la durée du spectacle. Il ne faut que quelques minutes pour une pendaison ou une décapitation, tandis qu'avec la roue le peuple en a, si je puis dire, pour son argent.

Avant de les mener en place de Grève, on avait dégradé le capitaine et dévêtu les deux hommes, qui se présentèrent en pantalon et chemise. On les poussa sur l'échafaud dans un concert de vociférations, puis le silence retomba, lourd comme les voûtes de Notre-Dame.

L'officier de la voirie avait sorti de sa poche une lunette de marine qu'il pointa vers le lieu du supplice.

— Tout semble se passer pour le mieux, dit-il. Ce n'est pas toujours le cas, monsieur. J'ai vu des condamnés se débattre et hurler, d'autres se lamenter et demander grâce. Cela donne parfois lieu à des scènes cocasses, surtout lorsqu'il s'agit d'une femme. J'ai vu l'une d'elles soulever sa chemise et montrer ses fesses au peuple en insultant le roi, le prêtre et le bourreau. Ces deux-là semblent se montrer plus discrets, voire dévots. Le comte a pris la croix que lui présentait le prêtre et la presse contre sa poitrine.

Je lui demandai s'il assistait souvent à ce genre de réjouissances. Il m'avoua qu'il n'en manquait aucune, et que la roue avait sa préférence.

— J'y apprends sur l'homme, monsieur, plus qu'on ne pourrait l'imaginer. Les condamnés ont des réactions particulières, parfois des mots étonnants pour provoquer le public ou protester de leur innocence. Il y a ceux qui se laissent tuer comme des moutons et ceux qui tiennent tribune au bord de l'échafaud pour un discours à la population. Chacun a sa façon de mourir. Imaginez ce qui peut leur passer par la tête !

Il me prêta sa lunette et ajouta :

— Nous avons de la chance aujourd'hui. Parfois les juges montent sur l'échafaud pour refaire le procès. Ça peut durer des heures, surtout en cas d'ultimes révélations. Cette fois-ci, Dieu merci, nous y couperons. L'huissier va donner lecture de l'acte d'accusation, et en place pour le quadrille ! Que voyez-vous, monsieur ?

— Je vois le comte de Horn se signer. C'est un bel homme...

— Je vous crois ! Savez-vous qu'il est de la jaquette ? La sodomie est monnaie courante dans les grandes familles des Pays-Bas, à ce qu'on dit...

Il se fit restituer sa lunette et me raconta la suite de la cérémonie. On offrait du tabac aux condamnés. Ils en prirent une pincée puis se laissèrent basculer sur la croix, la tête reposant sur un pavé, et lier les membres, sans quitter de l'œil le crucifix que leur présentait le prêtre.

— Voilà qui est étrange... ajouta mon voisin. Il semble que M. le comte veuille prononcer quelques mots. On a appelé l'huissier. Il écrit sur un calepin. Une ultime confession ? Une dernière lettre pour la famille ?

Nous n'eûmes pas à attendre longtemps.

Armé d'une barre de fer carrée, large d'un pouce et demi – des détails que je tiens de mon cicérone –, le bourreau commença par frapper la poitrine des condamnés, qui se cambrèrent sans émettre la moindre plainte. Méticuleusement, avec des gestes précis et violents, il rompit chacun des membres.

— D'où nous sommes, me dit l'officier, nous ne pouvons rien entendre de ce qui se passe sur l'estrade, mais il paraît qu'à quelques pas on peut entendre craquer les os. Ce bruit sourd qui parvient jusqu'à nous, c'est celui des coups amplifiés par les planches, comme si l'on tapait sur un tambour...

Je gardais les yeux fermés en me disant que j'aurais préféré me trouver dans mon cabinet. Attentif aux moindres détails, le bonhomme me tenait au courant, avec de petits rires dans la gorge, comme si une main le chatouillait.

— Ils sont courageux, les bougres, mais ils en tiennent ! Reprenez un instant ma lunette et observez leur visage. La souffrance les rend méconnaissables, l'écume sort de leur bouche, et leurs yeux, monsieur, leurs yeux...

Je refusai. Le bourreau venait de donner à toute volée, au niveau de l'abdomen, un dernier coup aux suppliciés. Je perçus leur hurlement, les rires et les cris montant des premiers rangs des spectateurs. L'officier m'informa que l'on déliait les corps encore vivants pour les exposer sur deux roues de carrosse posées à l'horizontale, les « guéridons », membres pendants comme des marionnettes, pour qu'ils achèvent leur agonie.

— Ce bourreau est à citer à exemple, reprit l'officier. Il avait à donner onze coups. Il n'en a pas donné un de plus ni un de moins. Recta !

— Pourquoi onze ?

— Ça, monsieur, je l'ignore, mais ce que j'affirme, c'est que ce « chevalier de la barre », comme on l'appelle, est un maître. Nous allons voir s'il en sera de même pour la suite.

J'en avais assez vu et entendu. La suite, je la connaissais : on allait trancher la tête à ces pauvres diables de Bretons qui, autour de M. de Pontalec, avaient tenté de soulever leur province au profit du roi d'Espagne. D'avance écœuré, je préférai me retirer, au grand dam de mon voisin, que je laissai jouir seul du spectacle. En traversant la foule pour regagner le palais, je me disais qu'un jour l'humanité prendrait conscience de la monstruosité de ces pratiques, de leur inefficacité, et qu'elle préférerait retrancher de la société un homme dangereux, plutôt que de lui ôter cruellement la vie. Nous en étions loin. J'en eus la confirmation quelque temps après, avec l'exécution du bandit Cartouche.

Une tempête, qui allait durer des mois, secouait Paris et la France entière.

Au milieu des nuées, coiffé d'une haute perruque rousse, trônait la divinité des temps nouveaux : M. John Law. Il allait, balayant de ses foudres les anciennes pratiques financières et économiques, changer le cours de l'Histoire.

Lorsque Babette, intriguée par cette agitation, me demanda de quoi il retournait et ce qu'il convenait de penser et de faire, je récitai comme un perroquet ce que j'avais, bribe à bribe, appris dans le cabinet de Guillaume.

— Tout ce système, ma chérie, est basé sur un postulat : la prospérité d'une nation dépend de la circulation de la monnaie. Si elle est rapide et abondante, l'avenir est assuré. Comprends-tu ?

Elle haussa les épaules et me demanda de poursuivre.

— Le système dont il est question repose sur la création d'une banque d'État qui amassera le métal précieux et lancera un nombre important de monnaie de papier, des « billets », afin de se libérer des contingences du métal, à proportion des besoins de l'économie. Est-ce clair ?

Elle me l'affirma, mais j'en doutais. Elle maîtrisait mieux les cordes de son clavecin que les ficelles de l'économie ou les cordons de sa bourse.

— Il convient de créer une compagnie appuyée sur le crédit de la banque et possédant le monopole du commerce, notamment avec nos colonies d'Amérique, du Canada et du Mississippi. Cette compagnie lèvera des impôts afin de mettre un terme aux abus des offices financiers et du personnel des fermes...

Elle répéta rêveusement :

— « Le personnel des fermes... les offices des finances... » Autant te l'avouer, je n'y comprends goutte. Qu'en pensent le Régent et ton ami, l'abbé Dubois ?

— Ils marchent avec la fanfare et font confiance à John Law. Il est vrai que, depuis quatre ans, il a donné des preuves de l'efficacité de son système avec sa propre banque, en émettant des billets payables au porteur et acceptés par les caisses royales. Il ne lui manquait qu'une compagnie de commerce pour prendre véritablement son essor. Eh bien, c'est fait ! On vient de créer la Compagnie du Mississippi pour l'exploitation de la Louisiane, avec un monopole de cinq ans. Transformer des créanciers en actionnaires... Il fallait y penser !

Je comprenais que je lui parlais la langue hébraïque. J'avoue d'ailleurs avoir moi-même du mal à pénétrer les arcanes du système.

— Je te fais confiance, me dit-elle, mais quels avantages pourrons-nous tirer de ce système miraculeux ?

— Nous serons plus riches qu'auparavant. Tu pourras t'acheter trois clavecins, donner congé à tes élèves, t'offrir un carrosse avec un cocher et un valet. Tu pourras avoir une ou deux servantes, tu...

— Trop beau pour être vrai ! D'ailleurs, que ferais-je de tous ces clavecins et de ces domestiques ? Le peu que j'ai me suffit. Ton système n'est rien de plus qu'une supercherie. Je n'y crois guère.

C'était, énoncé en quelques mots tout simples, un avertissement prophétique que le Régent, l'abbé et le gouvernement auraient pu prendre en compte.

La divinité qui incarnait la résurrection étant de confession protestante, ce qui lui interdisait son entrée dans les sphères de l'État, le problème de sa conversion se posa. Il l'accepta sans rechigner, sa véritable religion étant la banque. Nommé surintendant des Finances, cet Écossais, ignoré de tous quelques mois auparavant, était devenu l'un des personnages les plus importants du royaume.

Lorsque je lui manifestai mon scepticisme, Guillaume, piqué au vif, répliqua :

— Cesse de m'importuner à jouer les Cassandre ! Nous savons ce que nous faisons et où nous allons. Comment ne pas faire confiance à un homme habité par le génie ?

— Le génie, dis-tu ?

— Parfaitement ! Je te rappelle que nous étions au bord de la banqueroute et qu'en moins d'un an il a redressé la situation, fondé une banque, créé une compagnie de commerce, relancé les affaires, ramené la confiance et honoré nos dettes les plus criantes. Si ce n'est pas du génie, ça y ressemble fort...

Je dois convenir que le système fonctionnait à merveille.

L'emprunt de John Law avait été couvert en un rien de temps, signe d'une confiance aveugle de la société. Des gens de toutes conditions se pressaient rue Quincampoix, bourse en plein air animée par un agiotage effréné. De maigres avoirs se muaient en pactole, comme la citrouille de Cendrillon en carrosse. On vit de simples valets d'écurie se pavaner en habit et dîner aux meilleures tables, des femmes des Halles dans les loges de l'Opéra ou du Théâtre-Français.

Pris par la frénésie ambiante, je hasardai une forte mise dans cette loterie et en tirai un profit juteux. Cette chance me permit de rendre à Guillaume ses générosités en l'invitant à un repas au Procope et à une nuit à l'hôtel du Roule. Pris par les affaires et par ses amours avec la belle Alexandra, il ne me consacrait que peu de son temps.

Le système avançait comme sur des roulettes lorsque se forma un complot destiné à le faire échouer et, par là même, à ébranler le gouvernement.

Des gentilshommes de la « vieille Cour », largement bénéficiaires du système, s'avisèrent qu'ils tenaient le sort du Régent entre leurs mains. Ils se concertèrent pour venir en masse réclamer le remboursement en or de leurs billets, et repartirent avec des voitures chargées de caisses de métal précieux.

La chute des valeurs s'amorça, prit l'ampleur d'une marée et suscita une tempête de même intensité que celle des débuts, mais à rebours.

Réaction de John Law : il abaissa le cours de l'or. La confiance revint, mais ne fut qu'un feu de paille. Quelques nouveaux coups de boutoir l'achevèrent. En quelques jours, les cours s'effondrèrent de nouveau, on ne remboursa plus que des sommes dérisoires, puis rien, les billets n'ayant plus cours et le Trésor se trouvant de nouveau à sec. Je laissai dans ce désastre quelques centaines de livres avec mes illusions.

Son tour de cartes éventé, il ne restait au magicien qu'à disparaître en coulisses et à quitter le théâtre.

Il était temps. Dans ses courses à travers Paris, il était lapidé et couvert d'injures. Des menaces de mort figuraient chaque jour sur les grilles et les murs de son hôtel. On dut faire appel à une compagnie de gardes du Régent pour protéger sa vie et celle de sa famille. On l'accusait d'avoir été le premier à profiter du système et d'avoir acheté des biens en Hollande et en Allemagne, ce qui se révéla faux. Adoré comme un dieu, il fut, le vent ayant tourné, honni comme un diable.

Sur les conseils du Régent, Law et sa famille se retirèrent dans leur domaine de Guermantes, proche de Lagny. Son carrosse mis en pièces et sa fille agressée, Philippe lui prêta une de ses voitures. Lorsqu'il vint prendre congé du Régent et de l'abbé, Philippe l'embrassa et lui dit :

— Ce n'est qu'un orage, mon ami, et vous n'êtes en rien responsable des dégâts qu'il a occasionnés. Quand il aura passé, peut-être daignera-t-on vous rappeler, mais alors je ne serai plus là pour vous accueillir. Je ne suis point le roi. Un seul pilier ne peut arrêter le torrent.

Après un séjour à Bruxelles, ce sauveur malheureux se réfugia à Venise avec sa famille. Il y mourut quelques années plus tard, « presque pauvre » à ce qu'on dit...

Je surpris une conversation entre Liselotte et Guillaume venu prendre des nouvelles de sa mère. Elle le reçut par une bordée de propos ironiques :

— Eh bien, mon garçon, vous en faites de belles avec votre foutu système ! Je voudrais que votre Écossais, ce gredin, n'eût jamais mis les pieds en France.

— Je vous demande bien pardon, Madame, répliqua Guillaume, mais il semble que vous l'eussiez encouragé, et que vous ne fussiez pas la dernière à spéculer...

— D'où tenez-vous ces sornettes ? Votre système, je n'y ai rien compris, mais il n'empêche : si l'on avait suivi mes conseils nous n'en serions pas à ce point. Hors de ma vue !

John Law demeure un mystère et le restera longtemps. Qui était-il ? Un habile aventurier ? Jugement un peu hâtif. Un génie ? C'est beaucoup dire. Un financier novateur ? À coup sûr. Il peut sembler évident, même pour ses adversaires, que, si la ducaille n'avait pas soufflé la tempête et si le navire y avait résisté, la France et l'Europe, qui avait suivi l'expérience avec un intérêt soutenu, auraient abordé une ère de prospérité inconnue à ce jour.

12

Passage de la comète

Mon secrétaire, Georges Hyvert, baignait dans un bonheur qui avait pris naissance sur une charrette.

Un jour, au retour de la Croix-du-Trahoir, où il avait assisté à un supplice, il avait croisé, rue Saint-Nicaise, un convoi de filles raflées dans les quartiers bas par les bandouliers du Mississippi, pour être envoyées en Louisiane peupler la colonie.

Son attention avait été attirée par une fille qui se tenait à l'arrière, contre une ridelle, et qui pleurait. Il en fut bouleversé au point de suivre le convoi jusqu'au port Saint-Nicolas, où devait avoir lieu une distribution de pain pour ces malheureuses. Il s'approcha d'un capitaine en uniforme rouge, s'entretint avec lui et lui demanda s'il connaissait cette femme.

— Pas plus que les autres, lui fut-il répondu, et d'ailleurs je m'en fous !

— Alors je vous l'achète.

— Vous vous moquez, monsieur ? Si j'étais pris, c'est pas vous qui iriez ramer à ma place sur les galères !

— Je vous donne tout ce que contient ma bourse. J'y ajoute cette montre, cette croix et cette bague. Une fille de plus ou de moins, personne n'y prêtera attention.

— Et comment voulez-vous que je m'y prenne sans attirer l'attention ?

— Tout simple ! dit Hyvert. Vous lui dites de faire semblant de perdre connaissance. Vous la faites descendre et allonger sur le talus en attendant qu'un médecin s'en occupe, et vous repartez. Ce médecin, ce sera votre serviteur. Pour le reste, je le prends sur moi.

Le capitaine s'approcha de la charrette et dit à la fille :

— Tu ne tiens pas à ce voyage, je suppose ? Alors, tu vas faire semblant d'avoir une défaillance. Je te fais descendre, je te confie à ce jeune homme, qui n'est pas plus médecin que je suis évêque. Il prendra soin de toi. Mais, si tu préfères la Louisiane, libre à toi de refuser.

La fille mima un bel évanouissement et, encore éberluée, se trouva sur le talus, face à ce garçon qu'elle n'avait jamais vu mais qui avait bonne apparence. Il n'était pas très beau de visage ; elle était gracieuse, malgré le chagrin qui avait ravagé sa mine, mais elle avait fait son choix.

— Merci, monsieur, dit-elle. Je m'appelle Adeline Marceau.

Un mois plus tard, Georges Hyvert épousait sa conquête et nous fûmes, Babette et moi, de la noce. Adeline nous raconta qu'elle se trouvait sur le carreau des Halles en train de ramasser pour sa famille des légumes jetés quand les bandouliers, l'ayant prise pour une voleuse, l'avaient arrêtée, malgré ses protestations, et sans qu'elle pût prévenir sa famille.

À l'heure où j'écris ces lignes, ils constituent un couple harmonieux, tissé d'un de ces bonheurs auxquels j'avais aspiré avant de rencontrer Élisabeth Jacquet de La Guerre.

Au début de l'été 1740 éclata à Marseille une épidémie de peste d'une intensité jamais connue à ce jour, aussi profond que l'on plonge dans les chroniques du temps passé.

À la fin du mois de mai, un navire venu du Levant, le *Grand Saint-Antoine*, mouilla dans le port et libéra, dans les heures qui suivirent, une légion de rats qui se répandirent dans la ville.

La moindre précaution, étant donné les morts suspectes enregistrées au cours de la traversée, eût été de mettre l'équipage en quarantaine ; on ne le garda en observation qu'une dizaine de jours. Ce n'est qu'après la mort de quelques autres matelots que les autorités décidèrent d'envoyer le bateau dans une île voisine.

Il était trop tard.

L'alerte éclata dans la ville avec les premières chaleurs de l'été, un médecin ayant reconnu chez certains de ses malades les symptômes de la peste, ce fléau que, pour citer La Fontaine, même les barrières du Louvre ne peuvent arrêter.

Cette alarme, aussi sûrement que le tocsin, provoqua une migration en masse de la population aisée, avec le risque de propager la maladie à l'extérieur de la ville. Prises au dépourvu, les autorités ne surent que faire. Isoler les immeubles contaminés ? Y enfermer les habitants ? Ces mesures risquaient de provoquer une inertie économique et de déclencher des émeutes, en privant les gens de leur travail et de leurs ressources vitales.

Quelques semaines après le début de l'épidémie, j'eus l'occasion de m'entretenir avec un négociant marseillais, Jérôme Blasini. Il avait pu quitter la ville alors que l'épidémie battait son plein, pour trouver refuge chez son frère, commis à l'intendance du palais.

Je l'invitai à notre table, après avoir assuré à Babette qu'il ne portait pas les germes de la peste.

— J'ai vécu l'enfer, nous dit-il. Durant des jours, les morts s'amoncelèrent dans les rues. Je me disais que mon tour allait venir, si mes cierges et mes prières ne pouvaient suffire à me protéger. Lorsque je quittais mon logis pour l'hôtel de ville, où j'avais mon cabinet, je trouvais à chaque pas des cadavres en décomposition, sur lesquels s'acharnaient des chiens, des corbeaux et des rats. On faisait parfois appel à moi pour secourir ceux qui avaient encore un souffle de vie, mais je ne suis pas médecin, monsieur Maillard, peu courageux de surcroît, et j'avouai mon impuissance. Les rues étaient jonchées de meubles, de matelas, de linges souillés dont on faisait des bûchers qui ne rappelaient en rien les feux de joie de la Saint-Jean d'été. Et l'odeur, mes amis, l'odeur de tous ces cadavres que l'on tardait à évacuer... Elle imprégnait mes vêtements et je la respirais le jour et la nuit...

— Par quel miracle avez-vous été épargné ? lui demandai-je.

— Je l'ignore. Par la Providence ? J'aimerais le croire, mais cela me semble un peu simpliste. Peut-être par le tabac. Certains disent que sa fumée protège des miasmes. Peut-être aussi par le vinaigre, dont je me badigeonnais le corps à chaque sortie.

Babette s'étant levée pour aller vomir, il interrompit son récit et ajouta d'une voix sinistre :

— La moitié de la population a succombé à ce fléau. Avec les autres lieux où il a sévi, on approchera de cent mille morts...

Les horreurs que Jérôme Blasini nous raconta abrégèrent notre souper, ce dont il s'excusa : nous avions à peine touché aux aliments. En revanche, nous avions fait honneur au beaujolais et au ratafia.

Je racontai à notre hôte les réactions soulevées, l'année précédente, par le passage d'une comète. On y avait vu un signe annonciateur de catastrophes.

Aux dires de certains, qui l'avaient observée à la lunette, elle se présentait sous l'apparence d'un monstre doté de griffes et d'une chevelure flamboyante. Des chevaux en furent effrayés au point de se cabrer et de prendre le galop. On m'assura que ce phénomène céleste avait incendié une dizaine de maisons en Picardie, l'abbaye de Saint-Riquier et un village entier en Angleterre. D'autres incendies, de même nature mystérieuse, avaient détruit la ville de Sainte-Menehould et la moitié de Rennes, mais je doute que la comète, qui avait alors disparu, en fût la cause.

Un autre événement fit grand bruit à Paris à la même époque.

Une vieille lavandière, qui avait perdu son fils, un batelier mort noyé dans le fleuve, avait eu l'étrange idée, pour honorer sa mémoire, de lancer au fil de l'eau une chandelle allumée plantée dans un sabot. Le frêle esquif avait heurté une embarcation chargée de foin, qui, s'étant embrasé, avait communiqué le sinistre aux piliers de bois supportant le pont et aux maisons et boutiques qui flanquaient les deux bords. En quelques heures, tout était parti en fumée.

— Petite cause, grands effets... soupira Jérôme Blasini. Il en va de même de la peste. Il suffit d'un homme contaminé ou de quelques rats débarquant dans un port pour que la moitié d'une ville disparaisse. Si vous croyez en Dieu, souhaitez qu'il ne jette pas sur votre chemin le caillou qui vous fera trébucher ou la guêpe qui vous piquera...

13

L'Ange de la Paix

L'abbé Guillaume Dubois, mon ami, mon frère, archevêque de Cambrai ! Je n'aurais jamais osé y croire. Lui n'en avait pas douté et considérait que cette faveur lui était due. Il me parlait de ses espoirs sur le mode de la plaisanterie, mais y croyait ferme. Lorsque je lui reprochais, sur le même ton, son ambition dévorante, nous nous querellions. Il bougonnait :

— À chacun selon son mérite, mon gars ! Depuis que je me décarcasse pour le roi, le Régent et le pays, j'estime que cet honneur n'est pas usurpé. Putain de sort, cette mitre est à ma taille ! En attendant mieux, bien sûr...

Ce qu'il attendait de « mieux » il n'en faisait pas mystère : après la crosse épiscopale, le chapeau de cardinal, à large bord et à cordon de soie, que lui remettrait le pape. Cette distinction serait le couronnement de sa carrière et ferait oublier ses origines roturières. Le fils d'un apothicaire de Brive, devenu cardinal, comme Richelieu, comme Mazarin... Il y aurait de quoi étonner le monde !

Cet archevêché de Cambrai n'était pas une maigre récompense : régnant sur les terres de Belgique et de l'Empire, il faisait de son titulaire un des plus grands prélats de France, un prince d'Empire, un arbitre des nations : un souverain spirituel.

Conscient que l'abbé Guillaume Dubois méritait l'appellation d'« Ange de la Paix », le roi George était intervenu auprès du Régent pour que cette distinction lui fût attribuée. Ses lettres en font foi.

Restait la question du sacre.

Une difficulté apparut : abbé par la tonsure, Guillaume devait recevoir les ordres mineurs et majeurs. Il les obtint de l'évêque de Nantes, aumônier du Régent, qui ne pouvait refuser ce service à son bienfaiteur.

Cette nomination, comme il fallait s'y attendre, provoqua un déferlement de haine. On accusa le récipiendaire d'avoir juré le saint nom de Dieu en apprenant les versets en latin, ce qui ne pouvait me surprendre. Je fus convié à assister à la cérémonie, au Val-de-Grâce, après une brève retraite. Le cardinal de Rohan, grand aumônier de France, la présida, en présence de la Cour et d'une foule d'ambassadeurs.

L'émotion me serrait le cœur en imaginant tout ce qui pouvait passer par la tête de mon ami au moment où Son Éminence y avait posé la mitre brodée de fils d'or et ornée de soieries polychromes représentant la crucifixion. Sa pensée le ramenait-elle à son enfance ? Revivait-il les grandes heures de sa carrière au sortir du cocon familial, les déboires et les humiliations qu'il avait dû subir ? Il rêvait déjà, sans doute, d'une autre étape.

Ces supputations étaient loin de la réalité. À quelques jours du sacre, il me dit en me prenant aux épaules :

— Nom de Dieu, quel calvaire ! Je crevais de

chaleur, avec des douleurs dans le genou droit et une terrible envie de pisser. Il me tardait que ça finisse. Il faudra que je me décide à parler de ma vessie à Chirac.

Un banquet au palais succédait à la cérémonie. N'y ayant pas été convié, je me garderai d'en parler, sinon pour dire que, de l'avis de Guillaume, ce fut « princier ».

Dans les coulisses, les commentaires allaient bon train. J'entendis un juriste et écrivain renommé, Mathieu Marais, déclarer :

— Je comprends la surprise et l'indignation de la hiérarchie. Voir un homme de si basse naissance recevoir un tel honneur... Ce pédant de collège n'a pas fini de nous surprendre !

Saint-Simon, indigné que les chemins de la débauche et du sacrilège eussent conduit ce Scapin à la mitre épiscopale, cuvait une rage froide. Cette promotion, me disais-je, allait condamner Mme de Tencin à la retraite. Il n'en fut rien. La belle Alexandra continua à servir ce prince de l'Église, avec une constance qui mérite le respect, car il n'était pas toujours d'humeur accorte. Il n'y avait en cela rien d'exceptionnel : je connais nombre de grands prélats qui vivent en concubinage avec des créatures loin de l'âge canonique et qui ne s'en cachent pas. Guillaume se montrait plus discret. Il évitait de s'afficher avec elle.

Cette ascension fulgurante ne m'éloignait pas de lui. Il ne se départit jamais à mon égard de l'amitié et de l'attention qu'il m'avait témoignées dans le passé. Il ne me laissait pas sur le bord du chemin, d'autant qu'il passait moins de temps dans son siège qu'au palais, où le retenaient des affaires que lui seul pouvait mener à bien.

Je n'eus en aucune occasion l'impression d'être pour lui un impedimenta dont il souhaitât se délester. Nous avions de fréquentes rencontres au palais et, si nos tournées des bordels avaient pris fin, nous nous retrouvions souvent à la même table, pour des repas rapidement expédiés du fait de ses charges. Il trouvait en moi la même sagesse qu'en lui et se plaisait à me dire que nous étions pétris de la même pâte. Il me demandait rarement conseil, mais il semblait tenir à mes avis. Je me disais qu'il m'avait choisi pour témoigner d'une gloire capable de faire oublier ses origines, comme s'il leur avait lancé un défi et décidé d'un enjeu.

Dans les semaines et les mois qui suivirent son sacre, il eut, comme on dit, du pain sur la planche.

Des rumeurs de mariage entre la famille royale d'Espagne et celle du Régent couraient les coulisses du palais. Les ambassadeurs voyaient dans ces unions princières un gage pour la paix, l'Espagne étant devenue l'une des puissances de la Quadruple-Alliance.

Deux mariages furent annoncés coup sur coup : celui du prince des Asturies, fils du roi Philippe et de la reine Elisabetta, avec Mlle de Montpensier, fille du Régent, qui venait d'avoir douze ans. Philippe envisageait une union entre notre jeune souverain, Louis, et l'infante Marie-Anne-Victoire, âgée de quatre ans. C'était tirer un peu hâtivement des plans sur la comète...

À la fin de juillet, alors que nous dînions, Babette et moi, devant notre fenêtre ouverte sur les jardins,

Hyvert vint me prévenir d'un remue-ménage qu'il avait observé dans les parages des appartements réservés au roi. J'interrompis mon repas pour le suivre. Des gens affolés couraient en tous sens avec des lamentations. Des médecins passaient, la mine grave.

Un secrétaire du Régent, Sourdeval, qui se trouvait dans l'antichambre, nous apprit que Sa Majesté était malade. Il assistait à la messe à Saint-Germain-l'Auxerrois, quand, incommodé sans doute par la chaleur, il avait eu une syncope. Chirac le trouva fiévreux et souffrant de maux de tête. Les signes de la petite vérole, à n'en pas douter...

Des cris de femme l'interrompirent. Cette folle de duchesse de La Ferté traversa la pièce en criant que le roi était perdu, qu'on l'avait empoisonné et qu'elle savait bien d'où cela venait.

— C'est absurde ! s'écria Sourdeval. Si le roi mourait, la carrière du Régent prendrait fin : il aurait contre lui trop d'ennemis acharnés à sa perte pour espérer monter sur le trône.

Philippe éloigna les médecins ordinaires pour faire appel à Helvétius, ancien médecin de la reine de Pologne. Il épargna au jeune malade les remèdes de cheval que Chirac et sa clique lui auraient infligés, lui fit prendre un grain d'émétique et lui fit une légère saignée au pied. Le malade vomit, s'endormit et, en quelques jours, retrouva la santé.

On pouvait mesurer la popularité du jeune roi à voir la foule qui stagnait, silencieuse et recueillie, aux portes du palais, réclamant des nouvelles et faisant brûler des cierges sur les grilles. Lorsque courut le bruit de sa guérison, des gens de toutes corporations et de toutes conditions lui portèrent des fleurs, des fruits et divers présents. Les gens des Halles lui envoyèrent un esturgeon pêché dans la Seine. On dansa sur la place du Palais, on tira des feux d'artifice, on jeta des pétales de rose sur la châsse de Sainte-Geneviève que le cardinal de Noailles avait livrée à la ferveur publique.

On put, dans les mêmes circonstances, constater l'impopularité du Régent, depuis que le système de Law avait échoué. Lors d'une messe d'action de grâces à Notre-Dame pour la guérison du roi, les vivats qui avaient éclaté sur le passage du carrosse royal se turent lorsque apparut celui du Régent et de sa famille. Philippe, affligé de cet accueil, s'enferma dans ses appartements et n'en sortit pas de trois jours.

À moins de cinquante ans, il avait l'allure du Grand Roi lorsqu'il en avait soixante : un visage vultueux posé sur un cou énorme, des bajoues flasques, une démarche pataude... Ses épaules s'étaient voûtées comme s'il portait le poids du monde. Ses favorites ne se privaient pas de le brocarder entre elles, disant qu'il prenait moins d'intérêt à la « chosette » et « sentait son bois », pour dire que le cercueil n'était pas éloigné de son lit.

Après que la favorite des favorites, la belle Mlle Aïssé, eut levé le pied avec le chevalier d'Aydie, la solitude l'oppressait. Ses maîtresses se succédaient dans sa chambre davantage pour lui tenir compagnie que pour réveiller ses ardeurs.

Marie-Madeleine de Parabère était la plus discrète. La vacuité de son esprit, que l'on disait « fait de rien », la rendait disponible pour tout. Ce « petit corbeau noir », comme l'avait surnommée Liselotte, était le type accompli de la sainte-nitouche, ce qui la rendait reposante.

Les rapports de Philippe avec Marie-Thérèse de Phallaris étaient de nature différente. Sortie du couvent à quatorze ans, elle avait épousé le comte d'Entragues qui, après leur mariage, avait été contraint de s'exiler à la suite d'une affaire de concussion. Philippe l'avait remarquée, présentée à Versailles et en avait fait une maîtresse intérimaire. De temps à autre, par caprice, elle levait le pied, et l'on n'en avait plus de nouvelles durant des mois, ce qui, loin de l'écarter de son prince, l'en rapprochait. Elle jouissait d'une faveur insigne : tutoyer son amant. Elle avait conquis Philippe par son esprit acéré et une perversion dont il se délectait.

Sous une apparence d'ingénue, Agnès de Prie était la pire des rouées. On racontait qu'il s'en passait de belles dans son hôtel de la rue Saint-Germain et dans son domaine de Courbevoie, transformés en lieux de plaisir.

Mariée à un ambassadeur, elle avait fait les quatre cents coups. Revenue en France, devenue le fleuron des petits soupers du Régent, elle avait collectionné les aventures galantes. Elle en avait dressé une liste et sollicitait, pour ceux qui émergeaient, le cordon du Saint-Esprit. Ses frasques laissaient indifférent son père, parrain du jeune souverain ; on lui avait donné un surnom : Monsieur Ravideça. Le Régent appréciait cette mémoire vivante de ses dépravations.

Mme de Sabran aurait pu inscrire sur le fronton de sa demeure de Sèvres l'inscription « Temple de la Galanterie ». Elle y donnait de folles soirées, partageait son lit avec Mme de Parabère et le duc d'Orléans, mais, leur partenaire masculin absent, ces deux femmes se détestaient. Lorsque l'une entrait dans le cabinet du Régent alors que l'autre en sortait, elles se fusillaient du regard par-dessus leur éventail. Philippe goûtait la perversité charnelle de cette créature, mais beaucoup moins ses prétentions à lui dicter ses actes politiques. Il lui savait gré d'avoir introduit dans ses soupers des partenaires de choix, mais sa gratitude avait des limites, si bien que le règne de cette courtisane ne tarda pas à péricliter.

Philippe passait avec nonchalance de l'une à l'autre, s'attachant à ne pas présumer de ses forces et veillant à ce que ce harem ne devînt pas une cage à perruches.

Ces amourettes et ces passions laissaient la duchesse indifférente. Mère de huit enfants, dont six avaient survécu, Jouflotte estimait normal, ayant rempli son rôle de génitrice, de laisser son époux butiner ailleurs. Orgueilleuse et irritable au début de leur mariage, elle avait à la longue rabattu de sa superbe. Elle ne quittait sa chambre du palais que pour une retraite à l'abbaye de Montmartre ou un séjour à Saint-Cloud. Lorsque Philippe tentait de se rapprocher d'elle, elle lui montrait les crocs. Dans tous les sens du terme, elle était devenue si discrète que beaucoup ignoraient qu'elle fût encore de ce monde.

J'avais fini, malgré mes préventions contre le mariage, par épouser Babette, ce qu'elle souhaitait ardemment.

Notre ménage passait pour exemplaire. De nos fenêtres donnant sur les jardins ne sortaient qu'une musique de clavecin et des roucoulements. Nous étions convenus d'un concordat affectif, qui ne laissait place qu'à des propos relevant de nos préoccupations quotidiennes : elle sa musique et ses leçons ; moi mon travail à la bibliothèque, qui avait pris de l'ampleur et, j'ose le dire, de la qualité.

Philippe convoquait souvent Babette pour lui demander son avis ou son aide pour les pièces qu'il composait. Si les affaires et les amours n'avaient pas envahi son temps, il aurait pu, disait-elle, devenir un excellent musicien. Il faisait parfois jouer ses œuvres au palais, devant un aréopage complaisant. Seule Babette était apte à le conseiller. Il l'en remerciait par des présents : un bijou, un éventail, des fleurs...

Lorsque, saisi d'un élan de jeunesse, je sollicitais ses bonnes grâces, elle me les accordait volontiers. Nous avions trouvé l'un et l'autre, dans toutes les parties de notre vie commune, un terrain solide. Notre seul regret – celui, surtout, de Babette – fut d'être un ménage stérile, mais il était tempéré par une entente sans faille.

Souvent, les soirs d'été, la Cour s'assemblait autour du bassin, sous les girandoles, pour écouter Élisabeth Jacquet de La Guerre, devenue Mme *de* Maillard, jouer au clavecin des œuvres de Bach, de Rameau ou celles de sa composition. Je me mêlais parfois à l'assistance, mais, le plus souvent, je préférais l'écouter de ma fenêtre, en fumant ma pipe, avec l'impression qu'une part d'elle se trouvait sur la pelouse et l'autre près de moi.

À l'heure où j'écris ces mots, peu de choses ont changé dans ma vie. Hyvert nous a quittés pour prendre du service chez le roi où il rencontre le frère de Guillaume, Jérôme Dubois, qui assume, aujourd'hui encore, les fonctions de secrétaire de Sa Majesté.

Parfois, la nuit, une voix aiguë et un rire strident

me font sursauter : la voix et le rire de Guillaume. Il me parle des événements du jour, de ses amours avec la belle Alexandra de Tencin, de ses aspirations au trône de saint Pierre, de ses ennuis de vessie, mais cette voix semble venir d'un autre monde.

Pour la cérémonie marquant le sacre du jeune roi, en octobre de l'année 1722, cloches et carillons sonnèrent dans tout le pays.

Louis venait d'avoir douze ans. Ce bel enfant aux boucles blondes, mais maussade et bougon, semblait ne porter d'intérêt qu'aux soldats de plomb que Villeroy lui rapportait. Il avait, depuis quelques mois, pris possession de Versailles, et s'y plaisait plus qu'au palais. Il y avait retrouvé quelques souvenirs de sa jeunesse, alors que son aïeul, le Grand Roi, le faisait sauter sur ses genoux.

C'est là qu'un matin d'octobre un carrosse le prit pour le conduire à Reims recevoir l'onction sacrée. Il fut accompagné, durant tout son voyage, par l'allégresse de son peuple. La cérémonie eut lieu dans la cathédrale des rois. Vêtu d'un habit de soie cramoisie à galons d'or, ses cheveux bouclés tombant en cascade sur ses épaules, il s'agenouilla au pied de l'autel et prêta serment sur les Évangiles de rester fidèle à la Sainte Église.

On lui remit le sceptre et la main de justice avant de poser sur sa tête la couronne ornée de plusieurs diamants – les Mazarins, le Sancy et le Régent – exécutée depuis peu par les meilleurs orfèvres : les frères Rondé et Auguste Duflos. Assis sur le trône dressé dans le jubé, il reçut, dans les salves des canons et le carillon des cloches, le serment de ses pairs, puis on ouvrit au public les portes du sanctuaire, afin qu'il pût admirer son roi.

Guillaume me raconta en détail les festivités accompagnant cette cérémonie : le festin offert par les bourgeois de la ville, les quatre-vingt-douze mille bouteilles de champagne du Régent, le bal à faire pâlir ceux de Versailles, sans omettre ses ennuis de vessie...

— Les détracteurs de Philippe et ceux qui l'accusent d'avoir voulu attenter à la vie du roi, me dit Guillaume, ont dû crever de rage. Il l'a rendu au pays sain de corps et d'esprit, et apte à accéder au trône. Quelle revanche sur ces gredins, nom de Dieu !

Je voyais avec inquiétude décliner la santé de Guillaume. L'abcès à sa vessie le torturait au point que, plié en deux, il se tenait le ventre en gémissant. Lors des conseils, des cérémonies, des repas, il devait se retirer à plusieurs reprises pour se soulager. Un jour, au cours d'une réception, il eut une syncope. Il peinait à monter à cheval, un de ses passe-temps favoris.

— Tu devrais te ménager, lui disais-je. Être sur la brèche plus de dix heures par jour, à ton âge, ce n'est pas raisonnable.

Il bougonnait :

— Raisonnable... raisonnable... Tu en as de bonnes ! Crois-tu que je pourrais, comme tu le fais, vivre le cul collé à une chaise, à feuilleter des grimoires poussiéreux ? Foutre ! j'en crèverais. J'ai besoin de rencontrer des gens, de leur parler, de sonder leurs intentions, de les engueuler au besoin...

— ... et souvent sans qu'ils le méritent !

Il éclata de rire, me traita de « grand coyon » et ajouta :

— Assisteras-tu à ma réception à l'Académie ? C'est pour le mois de novembre. Je dois succéder à un certain André Dacier, qui m'est parfaitement inconnu. Tu le connais, toi ?

— Tu trouveras ses œuvres dans la bibliothèque. Il a traduit Horace, Platon, Aristote...

— Fais-moi un plaisir, Étienne : rédige mon discours de réception, ça me fera gagner du temps. J'en suis incapable, et ça m'emmerde.

— N'y compte pas. J'ai trop de travail, et ça m'emmerde encore plus que toi.

— C'est un ordre !

— Je m'en fous ! Tu peux me faire enfermer à la Bastille pour refus d'obéissance, ça ne changera rien.

— Bon... bon... Ne te fâche pas. Je demanderai à Fontenelle de s'en charger. Il me torchera ça en quelques heures.

Le caractère irascible de Guillaume s'exacerbait avec l'âge et sa mauvaise santé. Redouté de tous, même du Régent, il se montrait insupportable, piquait des colères homériques avec des accents dignes de Caton l'Ancien, pour annoncer des catastrophes si l'on ne suivait pas ses avis. Comme il avait conservé sa lucidité et acquis sur les hommes et les événements une expérience hors du commun, tout pliait devant lui.

À force d'intrigues et de pots-de-vin, il allait voir se réaliser son ambition suprême, le couronnement de sa carrière : l'accession au Sacré Collège.

Le pape Clément XI, qui l'exécrait, avait laissé son siège, à sa mort, à un Français, le prince de Conti, sous le nom d'Innocent XIII. Il avait été relativement aisé à Guillaume de s'attirer ses faveurs et de se faire accorder le chapeau. Jour de liesse ! Agité d'une jubilation intense, il clamait au visage de ses adversaires et de ses ennemis la nouvelle stupéfiante : Son Éminence l'archevêque de Cambrai, Guillaume Dubois, devenu cardinal et appelé à présider l'Assemblée du clergé de France, premier personnage de la hiérarchie romaine...

Lorsque je le vis pour la première fois paraître, vêtu de la pourpre cardinalice et coiffé du chapeau dont il avait rêvé, je faillis pouffer de rire. Avec son mince visage aux pommettes avivées de carmin, ravagé de tics, et cette manie dont il ne pouvait se défaire de se gratter les aisselles, il ressemblait au primate déguisé en funambule.

Au retour du sacre de Louis, Madame Liselotte, princesse Palatine, mère du Régent, dut s'aliter. Son fils lui envoya ses médecins. Quand elle les vit surgir, comme en embuscade, avec leurs lancettes et leurs clystères, elle souffla sur eux une colère qui les dispersa. Elle disait que, son heure venue, même le Bon Dieu et tous ses saints n'y feraient rien, et que ces charlatans ne pourraient que la faire souffrir davantage et abréger ses jours. Lorsqu'une visiteuse s'inclina devant elle pour lui baiser la main, elle éclata de rire et lui lança :

— Allons, ma chère, vous pouvez m'embrasser. Je vais partir pour un pays où tous sont égaux...

Soucieux de lui éviter les visites importunes, Philippe la veilla durant son agonie. Elle réclamait son écritoire, continuait à donner de ses nouvelles à ses parents d'Allemagne, aux écrivains et philosophes de ses relations, mais, après avoir griffonné quelques lignes, elle suspendait sa plume. Cette correspondance quotidienne, qui avait été le bonheur de sa vie, lui était interdite. L'encre sécha dans son encrier. Il ne lui restait plus, comme elle le disait, qu'à « laisser s'éteindre la chandelle » et à prier.

Il se trouva peu de gens, au palais comme à Versailles, pour pleurer cette femme au caractère difficile mais au grand cœur. Sa franchise abrupte, ses jugements péremptoires, son langage coruscant lui avaient fait beaucoup d'ennemis.

Je fus, avec son fils et ses dames de compagnie, un des seuls à la regretter et à la pleurer. Elle m'avait presque toujours accordé un accueil chaleureux, m'appelant naguère son « chouchou » et me confiant ses humeurs avec une verdeur de langage qui m'avait terrifié mais qui, à la longue, me ravissait.

Elle allait manquer à la Cour plus qu'on ne le pensait. Il ne nous restait, pour remettre les hommes et les événements à leur juste place, que ce petit diable de Saint-Simon, mais il avait, lui, le cœur sec, un jugement dévoyé par ses partis pris tranchants, et distillait plus de venin que d'ambroisie. Madame abusait de la bière ; il se sustentait de vinaigre.

Phénomène bien connu des historiens : la paix revenue, la licence des mœurs avait redoublé d'intensité.

Jamais on n'avait trouvé, entre Paris et Versailles, autant de bouges, de tripots et de bordels. La nation s'enivrait de plaisir. La mode des petits soupers orgiaques avait déserté le palais pour le château royal et la ville de Versailles. La licence coulait à pleins bords.

À la Cour, les mariages revenaient à l'ordre du jour.

Le rapprochement de la France avec l'Espagne

des Bourbons, qui laissait le roi George indifférent, ravissait le Régent, redevenu duc d'Orléans, et Son Éminence, l'archevêque Guillaume Dubois, que chacun appelait désormais le « cardinal », comme on l'avait fait jadis de Richelieu et de Mazarin.

Convaincre le roi de prendre une épouse fut difficile. Cette nécessité lui échappait. Il regimba, tapa du pied, mais dut céder à la raison d'État. On lui montra le portrait en miniature de l'infante, que lui avait adressé la Cour de Madrid. Il protesta qu'il n'épouserait jamais ce nourrisson de quatre ans qui ne pourrait même pas partager ses jeux !

Avec la fille du duc d'Orléans, Mlle de Montpensier, il y eut moins de réticence. À treize ans, avec sa chevelure sombre, sa peau légèrement bistrée, son regard profond, elle n'était dépourvue ni de charme ni de beauté, en dépit d'un caractère hautain, froid et, disait-on, « sauvage », hérité de sa mère.

Mariée au timide prince des Asturies, elle prit d'emblée barre sur le roi. En arrivant à Lerma, dans la province de Burgos, où il était venu à sa rencontre, elle se dit, en observant ce garçon falot, chétif, à tête de carlin, qu'elle en ferait facilement sa créature.

Installée dans son palais madrilène, elle se plut à bousculer l'étiquette stricte de la Cour, à rembarrer moines et hidalgos, à susciter scandale sur scandale. La reine Elisabetta se demandait si, par ce mariage, les Français n'avaient pas voulu se débarrasser de cette diablesse. Lorsqu'un ambassadeur vint lui présenter ses respects, elle lui rota au visage. Devenu son mari, l'infant don Luis suivait le train sans bien comprendre où il le conduisait. Il la regardait avec stupeur se baigner nue dans les bassins, galoper sur les pelouses en retroussant ses jupes jusqu'aux cuisses, montrer son petit derrière aux moines, qui se signaient comme sur le passage du démon... Conviée aux bals guindés de la reine, elle se conduisait comme une fille des barrières et perturbait les danses par ses fantaisies.

Avec son mari, elle se montrait autoritaire. Elle le déniaisa dans un bosquet. Il sembla trouver l'expérience à son goût.

Tout autre avait été la rencontre, au Grand-Montrouge, entre l'infante Marie-Anne et le roi Louis. Il dut s'incliner pour l'embrasser, bredouilla un compliment dont il n'avait retenu qu'une ou deux phrases, en se disant qu'on lui avait joué un mauvais tour. Sa fiancée était gracieuse, vive, mais il ne voyait en elle qu'un gros poupon qu'on lui jetait dans les bras et dont il serait fort embarrassé. Lorsqu'on lui fit faire sa première sortie aux Tuileries, sur une promenade qu'on baptisa le jardin de l'Infante, un murmure d'admiration courut dans l'assistance.

Lors des bals donnés en son honneur, la Cour se mettait en frais. On n'avait pas vu depuis longtemps un tel étalage de soieries précieuses, de parures et de joyaux. La petite princesse évoluait dans une nébuleuse scintillante qui la changeait des austères ballets de fantômes de la Cour d'Espagne.

Sa première promenade dans Paris fut une fête. Des fenêtres pavoisées aux couleurs de l'Espagne et aux fleurs de lis s'envolaient pétales de rose et des acclamations. Dans le feu d'artifice, on vit, au milieu d'un lumineux nuage de poudre, s'entremêler les initiales des fiancés.

L'envers du décor était moins réjouissant.

La France ayant du mal à digérer les séquelles du système de John Law, la colère de la population couvait comme le feu sous la cendre. Les actes sacrilèges se multipliaient : on trouvait des autels souillés par des excréments après des cérémonies sataniques, des scènes de débauche tournaient au drame, des théâtres présentaient des pièces inspirées par les exploits du bandit Cartouche, qui se disait vengeur du peuple. C'était, disait-on, les séquelles de la Régence...

Sourdeval m'apprit que le cardinal, de retour de Cambrai, où il avait fait un bref séjour, venait d'avoir un malaise et qu'il réclamait ma présence. Toutes affaires cessantes, je me précipitai dans ses appartements.

Je le trouvai allongé dans un fauteuil, Mme de Tencin près de lui, insistant pour lui faire avaler une tisane. Avec ses pommettes couleur de brique, ses lèvres blanches et ses paupières battues, il avait une mine cadavérique.

— Te voilà enfin ! me lança-t-il. Tu en as mis du temps... J'aurais pu crever sans t'avoir revu.

— Tu n'en es pas là, à ce qu'il semble. Que disent les médecins ?

— Je leur ai interdit ma porte. Les tisanes me suffisent. N'est-ce pas, ma chère ?

Je m'assis sur un tabouret, heureux qu'il eût retrouvé sa verve.

— Tu aurais tort de mépriser cet avertissement, lui dis-je. Tu es de plus en plus vulnérable et de moins en moins raisonnable.

— Je ne le sais que trop, nom de Dieu ! mais ma tâche n'est pas achevée. Il suffit que je m'absente une semaine pour que les affaires s'accumulent sur ma table, avec des dizaines de documents qui attendent ma signature.

— Que font donc tes secrétaires ?

— Ce sont des ânes bâtés ! Ils ne peuvent et ne veulent rien faire sans moi. Pour acheter de l'encre, il leur faut ma signature. Il paraît que je les terrorise. Foutaise...

— Dis plutôt que tu veux avoir la main à tout et que tu te prends pour Dieu le Père !

— Je me prends pour le cardinal et le Premier ministre que je suis. Si je comptais sur Philippe pour me seconder... Ce pauvre ami est plus malade que moi.

Il réclama sa tabatière et la cuillère à priser. Mme de Tencin les lui tendit. Après avoir éternué bruyamment, il ajouta :

— Enfermé dans ton cocon, entre ta Babette et tes grimoires, tu n'imagines pas ce que sont les affaires, et à quelle pétaudière je dois faire face.

Contrairement à ce qu'il croyait, je n'avais aucune peine à l'imaginer dans son cabinet de Versailles.

Levé à 5 heures du matin, il s'informait du courrier de la veille, dictait des réponses jusqu'à 8 heures, se rendait au lever du roi, puis, assisté du duc d'Orléans et des membres du Conseil royal, il travaillait aux affaires, recevait les ambassadeurs, jusqu'à la demie de 10 heures. Après avoir pris une tasse de chocolat ou un bol de tisane de sauge, il travaillait avec ses secrétaires. L'audience du duc d'Orléans le retenait jusqu'au dîner. L'après-midi était réservé aux audiences : ministres, parlementaires, membres des Académies et des offices, le lieutenant général de police d'Argenson...

Tard dans la soirée, à l'heure où, jadis, il se préparait pour les petits soupers, Son Éminence allait bavarder avec les dames et se retirait dans sa chambre. Il menait la vie d'un bénédictin qui aurait eu sur le dos la charge de toutes les abbayes. Il avait, de plus, entrepris d'écrire ses mémoires, et m'avait demandé de lui apporter mon aide. Je dus repousser sa demande, car il m'aurait fallu abandonner une fonction qui me convenait.

— Je sais, lui dis-je, le travail que tu accomplis et ne connais personne qui pourrait l'assumer.

— Non, Étienne, non ! tu ne peux t'en faire une idée. Il faut être agréable aux Espagnols sans risquer de déplaire au roi George, faire risette à la fois au tsar et aux princes allemands, tâcher de faire trinquer ensemble les ambassadeurs d'Angleterre et d'Autriche, veiller à ce que le cabinet britannique, après la mort de ce vieux complice, Stanhope, ne change pas de politique à notre égard... Et les affaires d'Italie ! Une véritable pelote d'embrouilles à en perdre la tête. Il faut donner une province à un prince, procurer une compensation à un autre, faire plaisir à Sa Sainteté en envoyant les dragons massacrer les camisards des Cévennes... Tu ignores les rapports entre Castro et Ronciglione : une poudrière sur laquelle ces fous tiennent une mèche allumée, au risque d'embraser l'Europe !

Une quinte de toux interrompit sa logorrhée. Il but quelques gorgées de tisane, protesta qu'elle était froide, laissa tomber la tasse sur le parquet, où elle se brisa.

Il me parla d'une voix rassérénée de son souci de l'heure : le manifeste que le prétendant Jacques III Stuart avait fait répandre pour se proclamer, envers et contre tous, le roi légitime d'Angleterre.

— Cet imbécile, ce traître ! Il risque de foutre en l'air la Quadruple-Alliance à laquelle j'ai travaillé pendant des années. Il est suivi par tous les va-t-en-guerre de la vieille Cour, qui ne rêvent que de reprendre les armes contre l'Angleterre. Tu imagines ? Tant que je serai vivant, je veillerai sur la paix. Tandis que monseigneur le duc boit son chocolat au coin du feu et que la Phallaris lui fait la lecture, le malheureux ministre que je suis doit se démener pour sauvegarder les rapports courtois entre l'Angleterre et l'Espagne. On m'accuse de jouer un double jeu. Eh bien, je l'avoue ! Mais c'est le prix à payer pour préserver la paix. Quant à en profiter pour mon propre compte, c'est un mensonge !

Une nouvelle quinte de toux l'agita.

— Éminence, dit Mme de Tencin d'une voix suppliante, cessez de vous fatiguer à parler. Cela ne vous vaut rien.

— Alexandrine, ma chérie, cessez de m'emmerder ! J'ai plaisir à parler avec Étienne. C'est le seul ami fidèle qui me reste. Allez plutôt me préparer un chocolat, et qu'il soit chaud, nom de Dieu !

Je la suivis à l'office. Elle me dit en pleurnichant :

— Je ne le comprends plus. On dirait qu'il veut recourir au suicide pour échapper à ses soucis. Il est devenu atrabilaire, excentrique...

— Excentrique ?

— Sans doute l'ignorez-vous, mais, la semaine passée, à Versailles, alors qu'il recevait une délégation du Portugal, il est entré dans une colère noire, s'est mis à taper du poing sur la table, à injurier ses visiteurs et... j'ose à peine le dire...

— Dites. Il ne peut nous entendre.

— Il a sauté à pieds joints sur son fauteuil, de son fauteuil sur la table puis sur celle de son secrétaire, en criant qu'on le prenait pour un faiseur de miracles et qu'on irait peut-être jusqu'à lui demander de se promener au plafond. N'est-ce pas un signe de démence ?

— Ce qu'il lui faudrait, c'est un long repos, mais il refuserait sans doute de s'y soumettre.

Elle versa le lait bouillant dans trois tasses de cacao et m'en tendit une.

— Madame, lui dis-je à voix basse, je n'ai pas oublié.

— Quoi donc, mon ami ?

— Une certaine soirée de lanterne magique chez le Régent. Vous et moi...

— Il suffit, monsieur de Maillard ! Portons son chocolat à Son Éminence avant qu'il ne refroidisse.

Les mains crispées sur la couverture, le cardinal nous foudroya d'un regard torve.

— Eh bien ! grommela-t-il, vous en avez mis du temps. Qu'est-ce que vous complotiez dans mon dos ? Vous parliez du prix du cacao, je présume ?

— Nous parlions de votre santé, Éminence, et de rien d'autre.

J'ajoutai en riant :

— ... et des mesures à prendre pour les obsèques.

Il se redressa et glapit en me montrant la porte :

— Fous le camp, oiseau de malheur !

J'ai longtemps gardé en mémoire les propos de Mme de Tencin : Guillaume sautant de meuble en meuble sous le regard médusé des Portugais. À quelque temps de là, alors qu'il avait repris son travail, je parlai de cet incident, devant une bouteille de bière, avec un de ses secrétaires et confidents, Le Dran. Il me confirma le fait et ajouta :

— Cela devient un calvaire de travailler sous ses ordres. Il n'est content de personne, à commencer par lui. Il confisque des affaires à ses ministres pour se les attribuer, les bâcle ou les abandonne. Il commence tout et n'achève rien. Nous ne savons plus où nous en sommes, lui moins que nous, au point que Saint-Albin a donné sa démission. Vénéré comme l'Ange de la Paix par l'Europe entière, il se conduit dans son cabinet comme un diable. Je plains ceux qui, après sa mort, prendront la suite. Il y a de quoi en perdre la tramontane...

L'Ange de la Paix... Cette expression, que le roi George a été le premier à employer, prête à sourire quand on connaît l'impiété du personnage et les méthodes cauteleuses, le chantage, les menaces qu'il a fait peser sur ses partenaires pour en venir à ses fins : une longue paix qui balaie d'un coup tous ces griefs.

Personne ne m'ôtera de l'esprit que l'ardeur au travail de Guillaume se justifie par la vision qu'il doit avoir de ce lointain mirage : le trône de saint Pierre. Il m'en faisait parfois la confidence, à mots couverts et pour plaisanter, mais, témoin de ses ambitions démesurées, je n'aurais pas été surpris qu'il envisageât sérieusement cette éventualité. La reprise des persécutions dans les Cévennes, contre les camisards, n'avait d'autre but que de s'attirer les faveurs du Sacré Collège.

Lorsque notre jeune roi eut atteint l'âge de sa majorité, le duc d'Orléans revêtit sa tenue des grands jours et, sortant de sa torpeur, se rendit chez le roi pour lui présenter l'état du pays qu'il allait avoir à gouverner, en lui conseillant de ne pas oublier les conseils que le Grand Roi lui avait prodigués sur son lit de mort.

Il sollicita du nouveau souverain l'honneur de poursuivre sa tâche à la tête du gouvernement, en gardant le cardinal comme « principal ministre ». Un hiatus serait ainsi évité entre la Régence et le nouveau régime. Les affaires suivraient normalement leur cours. Le roi dut trouver la pilule amère : autant il aimait et admirait ce gros ours qu'était l'ancien Régent, autant il détestait le cardinal. Il n'osa pourtant pas repousser cette proposition. Un lit de justice l'entérina.

Outre le duc d'Orléans et le cardinal, le Conseil royal comprenait le duc du Maine, revenu en grâce après le bannissement qui avait suivi le complot dit de Cellamare, Fleury, évêque de Fréjus, précepteur du jeune roi, et le duc de Chartres, fils de Philippe.

C'est ce dernier choix qui fut le plus contesté. Ce grand dadais de vingt ans était un être pitoyable, qui ne devait l'honneur de figurer au Conseil qu'à l'entregent de son père. Outré qu'à son âge il fût encore puceau, Philippe avait introduit une de ses anciennes maîtresses dans son intimité. Cet innocent lui avait demandé pourquoi elle se trouvait là et ce qu'elle lui voulait. Il avait fallu sans doute que cette experte initiatrice lui apprît l'alphabet de l'amour, mais il s'était senti très vite du goût pour la lecture.

Charles était, disait-on, sans caractère et sans talent. J'ajoute, ce qui est aussi grave : sans modestie. Lorsqu'il fut nommé colonel général d'infanterie, on se dit qu'il ne faudrait pas compter sur lui pour gagner des batailles.

Il exécrait le cardinal au point d'avoir fomenté contre lui une cabale en rameutant les membres du Conseil, avec le soutien du duc du Maine. Il avait reproché à son père, qui l'avait rembarré, d'avoir fait de ce fils d'apothicaire un des principaux personnages du royaume. Cette cabale, qui visait Guillaume, s'intéressait aussi au modeste personnage que j'étais, en vertu de l'amitié qui nous liait.

Un matin de juillet, alors que j'étais occupé à faire du rangement, M. de Chartres me rapporta un exemplaire rarissime du *Satiricon* de Pétrone, relié par Le Monnier, avec de fines dentelles de dorure et un à-plat illustré de mosaïques. En le feuilletant, comme je le faisais pour chaque restitution, je constatai que des pages avaient été arrachées. Je lui en fis la remarque.

— J'allais vous faire la même observation, me dit-il d'un ton rogue. Il est inadmissible de prêter des livres ainsi mutilés.

— Pardonnez-moi, monseigneur, mais je prends soin, pour chaque livre qui sort de ces rayons, de vérifier qu'il n'y manque rien. Celui-ci n'a pu échapper à ma vigilance. Ce serait bien la première fois, mon secrétaire pourra vous le confirmer.

— Je crains bien que, pour vous, ce ne soit la dernière !

— Monseigneur, je ne vous permets pas de mettre en doute ma vigilance !

— Baissez le ton, je vous prie ! Vous semblez ignorer à qui vous parlez. Vous avez commis une faute en me livrant un ouvrage détérioré, et une autre en m'accusant de cette dégradation. Voilà, monsieur de Maillard, qui risque de vous coûter votre place.

Le lendemain, j'eus la visite du duc d'Orléans. Il se laissa tomber dans un fauteuil et s'épongea le front en se plaignant que l'on étouffât dans mon cabinet.

— Maillard, me dit-il, mon fils m'a informé de votre algarade. Vous l'avez accusé d'avoir détérioré une belle édition du Pétrone et lui avez, dit-il, manqué de respect. Qu'en est-il vraiment ? Pouvez-vous me montrer le corps du délit ?

Je lui présentai le volume. Il le feuilleta et soupira :

— Mon Dieu, quel gâchis ! Une si belle édition... À ce que m'a dit mon fils, vous avez manqué de vigilance en lui prêtant cet ouvrage.

Je lui fis part de ma conversation avec Charles et ajoutai :

— Mon secrétaire vous confirmera ce que je vous dis. Il se peut que votre fils ait prêté ce livre à l'un de ses proches...

Il eut un mince sourire et tapota le parquet avec sa canne.

— Ce qui ne laisse pas de me surprendre, Maillard, c'est que Charles ait eu l'idée de vous emprunter cet ouvrage. Il ne lit que les gazettes et les romans de Mme de Tencin. Je serais plus surpris encore qu'il ait pu arracher ces pages. Pourquoi l'aurait-il fait, selon vous ?

— Il semble, monseigneur, que l'on eût voulu me créer des ennuis.

— Et pourquoi cela, mon ami ?

— Parce que votre fils ne supporte pas la présence de Son Éminence au Conseil royal. Ne pouvant s'en prendre ouvertement à lui il s'attaque à moi, dont chacun sait que je suis son ami d'enfance et que nous entretenons les meilleures relations.

— Eh bien ! voilà une réponse qui ne manque pas de netteté et de franchise. Maillard, nous n'avons jamais eu à nous plaindre de vos services. Vous avez mis de l'ordre et de la propreté dans cette pétaudière poussiéreuse. Rassurez-vous et dormez sur vos deux oreilles. Quant à mon gredin de fils, il ne s'en tirera pas comme ça.

J'ignore quel châtiment fut infligé à monseigneur le duc de Chartres, mais je n'eus plus jamais sa visite. Lorsque nous nous croisions, il faisait mine de m'ignorer.

Je me gardai de rapporter cet incident à Guillaume, ce qui eût été jeter de l'huile sur le feu.

Il avait d'ailleurs d'autres chats à fouetter.

les manuscrits de Mme de Tencin. Je ne puis supposer encore qu'il ait pu arracher ces pages. Pourquoi l'aurait-il fait, savez-vous ?

14

La mort du Diable rouge

J'aurais aimé effacer de ma mémoire les événements qui, en cette année 1723, ont bouleversé mon existence, mais ils tiennent dans ce récit une telle place et m'ont tellement affecté que ce serait me trahir moi-même que de les occulter.

La santé de Son Éminence allait de mal en pis. La nouvelle s'en était répandue dans toute l'Europe par le chemin des ambassades. Le pape Innocent XIII s'ouvrit de ses inquiétudes à notre envoyé à Rome, l'abbé de Tencin, frère de la maîtresse de Guillaume, qui avait accompagné dans la Ville éternelle le cardinal de Rohan pour une affaire relevant de la diplomatie. Sa Sainteté ne lui avait pas caché son émotion :

— Dieu me châtierait, lui avait-il dit, en m'enlevant cet homme-là. Donnez-m'en des nouvelles dès que possible, je vous prie.

Le roi George fit envoyer au malade une cargaison d'eau de Bristol, réputée souveraine contre les affections de la vessie. De toute part : d'Espagne, de Hollande, d'Allemagne, d'Italie, affluaient des témoignages de sympathie auxquels le malade se montrait plus sensible qu'il ne voulait le faire paraître.

Il marmonnait :

— J'en ai assez de ces jérémiades ! Je n'ai pas encore pris la barque, nom de Dieu ! Faire passer le *De profundis* avant les derniers sacrements, c'est ridicule. Il n'empêche, ça part d'un bon sentiment...

Entre les crises qui le clouaient au lit, il poursuivait son travail avec acharnement. Sa pire ennemie n'était pas la cabale du Conseil, dont il m'avoua qu'il se foutait, mais la maladie qui le grignotait et cette ombre de mort qu'il voyait sourdre des rideaux.

— Cette garce ! Si elle croit que je suis prêt à lui faire la cour et à l'épouser, elle se trompe. Elle devra attendre encore longtemps.

Ce Diable rouge, comme on l'appelait, en référence à la pourpre cardinalice, tenait encore, à lui seul ou presque, les rênes du pouvoir. Il le faisait sans faiblesse, avec la même lucidité envers les personnages et les événements, qu'il semblait mener au fouet, comme un quadrige.

Il assistait régulièrement aux assemblées du Clergé de France, qu'il présidait avec autorité. Pas une voix ne s'éleva contre lui. C'était, semblait-il, la preuve que ces vénérables prélats avaient oublié sa vie de débauche, ni plus ni moins répréhensible que celle que menaient la plupart des personnages de la Cour et les princes de l'Église.

Loin de s'en repentir, il en parlait librement avec moi, dans l'intimité d'un repas :

— Tu te souviens, le soir où... Rappelle-moi le nom de cette fille qui s'accrochait à ma robe comme pour me violer... Cette vérole que j'ai ramenée de Londres m'a longtemps tracassé...

Quant aux médisances concernant sa prétendue concussion, il en avait fait litière avec mépris. Les bénéfices qu'il tirait de ses abbayes, la pension du roi lui suffisaient pour vivre dans l'opulence et lui évitaient de céder au chant des sirènes.

Un médecin, Mareschal, dont il avait fini par accepter les soins, m'avoua qu'il se trouvait confronté à un phénomène :

— J'en suis éberlué, me dit-il. Il souffre le martyre, et pourtant je le trouve léger et badin à chacune de mes visites. Comprenne qui pourra !

J'étais présent le jour où le duc d'Orléans, accompagné de deux valets, qui le soutenaient par les aisselles, vint s'enquérir de son état. Ils retrouvèrent d'emblée le ton familier de leurs entretiens passés.

— Alors, mon vieux Dubois, dit le duc, tu as réfléchi ? Il va falloir te faire opérer.

— Monseigneur, sauf votre respect, foutez-moi la paix !

— L'avis de Mareschal et de La Peyronnie est formel : si tu n'y consens pas, tu es fichu. Ne nous joue pas ce mauvais tour.

— Me faire charcuter ? Jamais ! Tes Diafoirus ne m'inspirent aucune confiance. Puisque je dois mourir, je préfère que ce soit d'une mort naturelle, plutôt qu'avec un bistouri dans le ventre et un clystère dans le cul !

Loin de perdre patience, le duc revint à la charge. Guillaume, de guerre lasse, finit pas céder.

— Monseigneur, puisque vous me témoignez autant d'attention qu'à vous-même, je ne puis résister, mais dites à vos bourreaux de patienter. Je me sens mieux et j'ai du travail en retard...

Le duc de Chartres faisait de nouveau des siennes. Il était entré en conflit avec son père, non pour l'histoire du livre détérioré, mais à propos du cardinal.

— Père, lui dit-il, je ne puis supporter cet intrigant. Lui montrer de la révérence est au-dessus de mes forces. Si vous m'obligez à subir sa présence, je ne pourrai me retenir de lui manifester mon mépris.

Il ne s'en priva pas. Un jour où le ton était monté et où Charles avait traité le cardinal de Diable rouge et de suppôt de Satan, le ministre avait annoncé sa démission. Ce fut un tollé, non dans le Conseil, qui partageait les sentiments du duc de Chartres, mais à l'étranger. L'ambassadeur d'Angleterre demanda qu'on lui confirmât la nouvelle. On le rassura : le ministre reviendrait sur sa décision. Ce qui ne tarda guère.

Un matin du mois d'août, le cardinal décida, contre les avis de son médecin préféré, Mareschal, et de La Peyronnie, auquel il ne témoignait qu'une confiance modérée, de passer en revue, à Versailles, les gardes de la Maison du roi.

Il me convia à cette cérémonie. J'acceptai, pour ne pas le décevoir, mais critiquai cette décision.

— Tu as du mal à supporter le trajet en carrosse du palais au château et tu n'es pas monté en selle depuis des années. Cette fantaisie pourrait t'être fatale.

Il haussa les épaules.

— Toujours à t'inquiéter pour ma santé, mon petit Étienne... Rassure-toi, ce sera l'affaire de moins d'une heure. Je ne vais pas disputer une course à Chantilly ni prendre d'assaut le château de Vincennes. D'ailleurs, je me sens mieux. Regarde !

Il s'arracha à son fauteuil et se mit à tourner sur lui-même en chantonnant, comme s'il retombait en enfance. J'en avais au front le rouge de la honte.

Je le suivis donc à Versailles.

Vêtu d'un uniforme de capitaine des gardes, bardé d'une cuirasse étincelante, le cardinal se comporta comme un cavalier fringant, maîtrisant sa monture à la perfection, le visage impassible sous l'ample chapeau à panache, un poing au creux des hanches.

La revue terminée, il se laissa tomber de cheval plus qu'il n'en descendit. Quand j'accourus pour aider à le transporter dans son carrosse, il eut un sourire pitoyable. On le conduisit dare-dare dans ses appartements où le duc d'Orléans, quelques heures plus tard, vint lui rendre visite et lui témoigner sa mauvaise humeur :

— Tu ne dois pas être fier de ton exploit, vieille baderne ! Quand cesseras-tu de jouer les bravaches. Cette fois-ci, es-tu décidé à te laisser opérer ?

Il soupira :

— Puisque vous insistez, monseigneur, ainsi soit-il ! Je me fous de mourir, vous le savez, mais je crains la torture que vont me faire subir vos bouchers.

— Je te croyais plus courageux, mon vieux Dubois ! Avec La Peyronnie, tu ne souffriras pas. On dit qu'il opère comme on fait de la dentelle, avec infiniment de délicatesse. D'ailleurs, avec une bonne dose d'opium, tu n'as rien à redouter.

— Soit... Dites-lui que je le recevrai sans le malmener. Après tout, souffrir pour souffrir... Qu'il se présente dans une semaine, le temps que je finisse de dicter un chapitre de mes mémoires.

En ouvrant l'abdomen du patient, La Peyronnie et Mareschal eurent une pénible surprise. Gangrenée au plus haut point, la vessie avait littéralement éclaté. Ils furent contraints de procéder à son ablation, ainsi qu'à celle des parties génitales, également atteintes.

Je n'oublierai jamais la nuit qui suivit. L'orage qui tournait au-dessus de la ville depuis le matin éclata le soir, dans une chaleur de fournaise. J'obtins de veiller dans l'antichambre du cardinal, persuadé que mon vieil ami vivait ses dernières heures. Je le trouvai allongé dans un fauteuil, entouré de ses secrétaires et de ses serviteurs. Entre les coups de tonnerre et les gifles de pluie crépitant aux fenêtres, je percevais les cris du cardinal et les sanglots de Mme de Tencin. Lorsque ces bruits s'apaisèrent, mon cœur se serra. Je compris que c'en était fini et que la mort, cette ombre qui se cachait derrière les rideaux, avait emporté sa proie.

J'appris de sa compagne que, jusqu'au dernier moment, au comble de la souffrance et encore dans les vapeurs de l'opium, il avait eu le souci de ses affaires et avait réclamé le courrier à signer. Quand le père Germain, le récollet qui l'assistait, voulut, après une confession qui dut être difficile à lui arracher, lui présenter le viatique, il le repoussa :

— Tu devrais savoir, curé, qu'il existe un cérémonial particulier pour la mort des cardinaux. Va t'informer et reviens me voir. Fais vite !

Lorsque le moine revint, Son Éminence avait cessé de vivre.

On lui fit des obsèques dignes de son rang et de sa notoriété. Un office solennel fut célébré à Notre-Dame, avec un *Requiem* composé pour la circonstance par mon épouse, et qu'elle interpréta. Cette musique m'émut aux larmes. Avec monseigneur le duc d'Orléans et Mme de Tencin, j'étais le seul à pleurer le défunt. Pas la moindre émotion n'agitait la nef où se pressaient les membres du Conseil, les princes de l'Église, les Académies et les corps constitués. Des gens parlaient entre eux. J'entendis même des rires dans les travées.

Le cardinal fut inhumé en l'église Saint-Honoré, proche du Palais-Royal. À l'heure où j'écris ces lignes, le sculpteur Coustou achève le mausolée qui doit prendre place à Saint-Roch.

La Régence n'avait duré que huit ans, mais il était temps qu'elle prît fin car, sur un pas de danse, elle nous menait au bord du gouffre.

J'eus l'occasion, quelques jours après la mort de Guillaume, de m'entretenir de la situation avec mon ami Hyvert, presque aussi peiné lui-même de cet événement. Je l'avais retrouvé sur un banc, dans le jardin du Palais-Royal, face au grand bassin. Il faisait un temps doux et chaud, traversé par des odeurs d'automne. Des enfants s'amusaient à lancer des nacelles sur le bassin, d'autres à pousser des cerceaux de bois ou à jouer au volant.

La question que me posa ce gros homme, à peine m'étais-je assis, ne me surprit guère :

— Selon vous, monsieur, que restera-t-il dans l'Histoire de cette période que nous venons de traverser ?

— Je la vois, lui dis-je, comme une sorte de creuset où se sont élaborés un nouveau mode de vie et de pensée, des expériences audacieuses, un assouplissement des rapports sociaux. En somme, une porte ouverte sur on ne sait quel futur...

— Je ne partage pas votre avis. Je pense notamment au système de John Law, qui fut une erreur monstrueuse. J'ai failli me ruiner dans cette folie, mais combien d'autres l'ont été tout de bon ?

Son échec va entacher à tout jamais la régence de Philippe.

— Détrompez-vous, mon ami. Law est venu trop tôt, dans une époque point prête à le comprendre et à le suivre. Philippe avait raison en disant que ce financier laissait entrevoir des perspectives radieuses qui, un jour peut-être, se concrétiseraient. Un complot a fait échouer cette expérience, souvenez-vous, Hyvert ! La société, en évoluant, lui rendra peut-être hommage, les philosophes en premier. Ils roulent encore en carrosse, mais leurs idées pénétreront lentement la bourgeoisie et le peuple. Le monde est avide de changement, ne le sentez-vous pas ?

Il essuya ses lunettes en soufflant sur les verres, les mira dans le soleil avant de s'en rechausser le nez. Il écarta ses bras sur le dossier du banc et me parla de Philippe, pour lequel il n'avait guère de sympathie.

— M'est avis, dit-il, que monseigneur le Régent ne laissera pas un grand nom dans l'Histoire, et qu'en revanche on parlera longtemps du cardinal, même si ce n'est pas toujours en termes élogieux. Pauvre Philippe, il ne laissera même pas l'image d'un glorieux général !

Là, je protestai. Comment Hyvert avait-il pu oublier que ses qualités de soldat et de stratège avaient été bridées par le Grand Roi ?

— Philippe, lui dis-je, avait l'étoffe d'un Turenne, d'un Luxembourg et d'un Catinat. Sans les jalousies de certains courtisans, comme le duc du Maine, je suis persuadé que son nom serait inscrit sur les tablettes de la gloire militaire, non seulement par sa valeur mais par son humanité. Y ayant échoué, il n'a pu reporter ces qualités dans le domaine de la politique et s'est laissé aller à l'indifférence et à la licence. Ce génie n'a pu trouver sa place dans son époque. En maîtrisant ses faiblesses, il aurait pu faire un grand roi.

— Sans le cardinal, monsieur, son gouvernement aurait sombré dans l'anarchie et peut-être, avec l'appui du Parlement, aurait engendré une révolution.

Je crains, en effet, que la postérité ne se montre sévère pour l'homme d'État que fut le duc d'Orléans. Il exerça ses fonctions en dilettante, partagé entre ses devoirs et ses plaisirs. Je le considère, quant à moi, comme l'émanation et l'image vivante de cette Régence qui a traversé l'Histoire sur un air de pavane en laissant derrière elle un sillage de parfums et de miasmes. Pourtant la libération des mœurs, en éventrant les remparts lézardés des conventions, des préjugés et des intérêts, a montré le chemin à celle de l'esprit. Elle a tracé aux novateurs d'autres voies que celles de la répression, mis le feu aux vieilles perruques, ouvert la porte au jeune Arouet, devenu Voltaire, et à d'autres porteurs de lumières qui lui emboîteront le pas.

Hyvert bourra sa pipe et ajouta, en balançant une jambe comme s'il allait entamer une gigue :

— Je lui préfère le cardinal, dit-il, malgré les rebuffades qu'il m'a fait subir. Voilà un homme politique d'une autre trempe ! La Régence a perdu en lui, sinon son plus beau fleuron, du moins un *deus ex machina* discret et efficace. Sans son intelligence, son habileté et son énergie, l'Europe aurait sombré dans le chaos des guerres et serait devenue la proie des hordes du tsar.

Je ne pouvais que lui témoigner mon accord.

Guillaume Dubois... Il m'a accompagné durant toute ma vie et sera présent dans mes pensées jusqu'à la fin de mes jours. Je le retrouve dans les quelques souvenirs qu'il m'a laissés : sa montre, son écritoire, une bague qu'il tenait de sa mère, ses livres de chevet (Le *Prince*, de Machiavel, étant son favori), et la lettre émouvante par laquelle il me fit ses adieux...

La nation pansait les plaies laissées par le système, et, patiemment, relevait ses ruines. Je vivais mal un quotidien tissé d'incertitudes, mais je respirais un air plus libre et plus salubre que du temps des petits soupers et des aventures galantes. Pour retrouver ces temps révolus, il me suffit d'une promenade à travers le petit univers frivole, tendre et mélancolique des fêtes galantes, avec le peintre Antoine Watteau.

Nous nous séparâmes, l'heure étant venue de regagner nos cabinets respectifs, en nous promettant de nous revoir sans tarder.

La disparition de mon ami Guillaume m'a tellement affecté que, dans les jours qui ont suivi, je naviguai entre deux eaux, incapable de fixer mon attention sur mes lectures, mon travail et les menus faits de la vie courante. Babette me le reprochait, mais son indulgence et son affection lui interdisaient de m'en tenir rigueur.

Hyvert sut faire preuve de la même patience en m'aidant à émerger. Il m'avait proposé d'être le parrain de son premier enfant, Babette étant la marraine du second. Comme il avait élu domicile rue des Poulies, à deux pas du palais, nous soupions parfois ensemble. Nos épouses s'entendaient bien : elles allaient parfois faire leurs courses dans le quartier, bras dessus, bras dessous, comme des sœurs.

Le changement de régime n'apporta guère de perturbation au fonctionnement de notre bibliothèque, encore qu'elle fût moins fréquentée, la Cour ayant réintégré Versailles. Guillaume me manquait, avec ses éclats de rire stridents, ses colères sarcastiques, ses propos à l'emporte-pièce, sa chaude amitié... J'attendais qu'il poussât ma porte en nous lançant un salut sonore ; la nuit, sa voix me tirait de mon sommeil. Mort, il était aussi présent que de son vivant.

Lorsque, passé les obsèques, Philippe pénétra dans le cabinet du cardinal, il en eut des sueurs froides. Il y avait trouvé des secrétaires affolés, nageant à la godille dans des monceaux de paperasses : affaires en cours, dépêches en retard, courrier à lire et à signer...

Il se laissa tomber dans le fauteuil Cardin qu'il avait hérité de Guillaume avec le titre de Premier ministre, que le roi lui avait accordé. Il s'épongea le front. Par où commencer ? Quelles étaient les affaires les plus urgentes ? Il murmura :

— Il est bien tranquille, là où il est, ce Diable rouge ! Il m'a laissé dans la panade jusqu'au cou !

Philippe m'avoua que, s'il avait maudit son Premier ministre de l'avoir abandonné dans cette situation, il avait lui-même une large part de responsabilité.

— J'avais raison de lui faire confiance, dit-il, mais tort de n'avoir pas prévu qu'un jour il me laisserait sur les bras cette montagne d'affaires ! J'en ai le vertige...

Il me proposa de renoncer à mon travail à la

bibliothèque pour l'aider dans sa tâche, avec des appointements substantiels. Je refusai cette nouvelle fonction, un honneur pour moi, mais qui dépassait mes compétences. D'ailleurs mon âge s'y opposait. Il soupira :

— Fini le bon temps où je me reposais sur lui... Ce qui me reste de force et de santé, je vais devoir le consacrer à me dépêtrer de ces affaires. Ça durera le temps qu'il faudra. Après tout, je ne suis pas immortel !

Je lui montrai le texte d'un libelle de Mathieu Marais, avocat au Parlement, dont je venais de faire l'acquisition pour la bibliothèque. Il ajusta ses besicles à ses yeux de myope et lut à haute voix le passage que je lui indiquais, qui concernait l'opération des parties nobles subie par le cardinal : *Et voilà ce grand cardinal au plomb, comme les autres ! Mais il n'a pas eu la consolation d'emporter ses pièces en l'autre monde ; on les lui a coupées tout razibus...*

Il jeta le libelle à la corbeille avec un geste de mépris.

— Une infamie... bougonna-t-il. Ce Marais mériterait la Bastille !

Monseigneur partageait son temps entre Versailles et le Palais-Royal, qu'il ne pouvait se résoudre à quitter. Cette statue s'avérait impuissante à s'arracher de son socle. Libre d'en décider, il y aurait fini ses jours, mais le roi tenait à ce qu'il fût de son entourage. Il me confia qu'il ne prenait guère de repos et ne somnolait que dans le carrosse qui le conduisait aux Conseils du roi.

L'habitude des petits soupers l'avait repris, mais il y consacrait moins de temps et d'ardeur que naguère. Mme de Sabran, une de ses anciennes maîtresses, me confia que, s'il n'avait pas perdu son robuste appétit et ne boudait pas la bouteille, il s'endormait avant les fromages, s'esquivait après les desserts et avait cessé de « taquiner la fillette ».

Un jour qu'il se trouvait à Versailles en train de contempler une toile représentant Sa Majesté tenant la main de la poupée dont on avait fait son épouse, il rencontra Mareschal. Le médecin lui dit :

— Monseigneur, que vous est-il arrivé ?

— Rien de notable. Pourquoi cette question ?

— C'est que... c'est que je vous trouve une mine... une mine...

— Eh bien, dites !

— Une mine de candidat à l'apoplexie, voilà ! Ces rougeurs...

— Le soleil, Mareschal, le soleil ! Il est brûlant aujourd'hui et je me suis promené dans le parc sans chapeau. Il n'y a pas de quoi alerter la Faculté !

— Monseigneur, si vous voulez mon avis, le soleil n'est pour rien dans votre teint. Si vous ne vous prêtez pas à quelques saignées, je ne réponds de rien, et vous me fâcheriez. Pardonnez ma franchise, mais vous êtes un apoplectique ambulant.

— Si je déambule, c'est que je vis. Sauf votre respect, Mareschal, vous m'emmerdez ! Ce que je crains, en revanche, c'est l'hydropisie. J'ai parfois la sensation d'être une outre pleine d'eau qui ballotte dans mon ventre. Alors, crever pour crever, je préfère que ce soit d'apoplexie.

Lorsque Philippe lui rendait visite, le roi s'avançait vers lui avec un de ces sourires dont il était chiche et que ses proches guettaient comme une grâce. Avant que le souverain n'atteignît sa majorité, ils avaient passé des heures chaque jour en tête à tête. Le duc instruisait Louis de l'histoire, de la politique et des événements les plus notables, dont Fleury, son précepteur, avait évité de lui parler. Louis lui en savait gré. Il appréciait la manière agréable qu'avait son nouveau mentor de lui rendre accessibles les questions les plus ardues, sauf pour ce qui concernait la religion. Philippe en faisait des contes et animait certains événements comme des scènes de théâtre.

— Monseigneur, disait le roi, parlez-moi du jansénisme.

— Je préfère, sire, répondait Philippe, laisser cela à monsieur Fleury.

L'année 1723, un soir du début de décembre, alors qu'il regardait de sa fenêtre de Versailles, au rez-de-chaussée dominant l'orangerie, les premiers flocons de neige tomber sur le parc, Philippe porta la main à son ventre et chancela.

— Qu'avez-vous, monseigneur ? lui demanda son valet de chambre. Une indisposition ?

— Une douleur à l'abdomen, Renaud. Rien d'alarmant. Néanmoins, demandez à Mme de Phalaris de venir. Vous la trouverez dans le grand cabinet. Surtout, évitez de l'affoler.

Philippe s'assit à sa table de travail pour préparer des documents à présenter à Sa Majesté. Il but un verre de vin parfumé au cinnamome pour calmer sa douleur. Malgré le feu qui crépitait dans l'âtre, il lui semblait que des banquises se refermaient sur lui. Il appréhendait le long hiver de neige que promettait cette première chute. Le supporterait-il ? Il regrettait son petit cabinet du Palais-Royal, facile à chauffer, d'où il avait une vue agréable sur les jardins.

La nuit venait de tomber. Une brume mêlée à la neige envahissait les lointains du parc. Poussés par la bise, des flocons se collaient aux vitres comme des papillons nocturnes. Lorsque Mme de Phallaris le rejoignit, 7 heures sonnaient au cartel.

— Eh bien, monseigneur, dit-elle, qu'avez-vous ?

— Rien de grave. Je voulais savoir comment vous passiez votre soirée ?

— Je disputais une partie de biribi avec quelques dames.

— Cruelle ! Vous m'abandonnez alors que j'ai besoin de votre présence...

— Je vous aurais volontiers tenu compagnie, mon ami, mais vous aviez du travail, m'avez-vous dit. Voulez-vous que je vous prépare une tisane ?

— N'en faites rien. Cette maudite douleur au ventre commence à passer. Dites-moi : que raconte-t-on dans le grand cabinet ? Des commérages futiles, comme d'habitude ?

On y racontait que Mme du Deffand, devenue presque aveugle, avait bu dans le verre de l'ambassadeur de Hongrie, son voisin... Que Mme de Prie venait de faire l'acquisition pour quelques louis d'un négrillon ramené des îles et qu'elle habillait en laquais... Que le comte de Beaumont avait fait éclater un pétard sous les jupes de Mme de Tusseau, et qu'elle avait été grièvement brûlée au bas-ventre... Que la Fillon, tenancière du bordel de la rue Blanche, avait fait demander au roi une abbaye pour y finir ses jours...

Philippe sourit. La Fillon, cette maquerelle, il la connaissait : elle avait été sa pourvoyeuse et une invitée de ses petits soupers. Interrompant sa compagne, il lui dit *ex abrupto* :

— Ma chère, croyez-vous qu'après notre mort une autorité suprême puisse nous ouvrir à sa convenance la porte du paradis ou celle de l'enfer ?

— Certainement, monseigneur. C'est du moins ce que nous apprend la Sainte Église.

— S'il en est ainsi, comment pouvez-vous continuer à mener une vie qui fait injure à Dieu ?

— Que vous répondre ? J'espère que le Seigneur, dans sa grande miséricorde, me pardonnera. Je remplis régulièrement mes devoirs religieux, me confesse chaque dimanche...

— ... et vous retournez à vos turpitudes comme un chien à son vomi !

— Monseigneur !

— Pardonnez-moi, mon amie : mes propos ont dépassé ma pensée.

Il lui demanda de lui préparer un autre verre de cinnamome. Il le prit d'une main tremblante et le laissa tomber sur le parquet. Elle voulut l'aider à se lever, mais elle n'y parvint pas, tant il était lourd. Il s'effondra.

Affolée, Mme de Phallaris appela Renaud. Personne ne lui répondit : son service terminé, il avait regagné son galetas. Elle sortit, appela de l'aide à grands cris, sans résultat. Les pièces qu'elle traversait à tâtons étaient désertes, et il ne se trouvait personne sous les galeries, où soufflait un vent glacé. Elle allait courir réveiller Mareschal quand une ombre sortit des appartements de Mme de Soubise. Elle reconnut un valet, Denis, et se souvint qu'il assistait parfois aux saignées effectuées par Mareschal, et s'y exerçait lui-même.

— Prenez votre lancette et votre palette, et suivez-moi ! s'écria-t-elle. Le duc d'Orléans est au plus mal. S'il n'est pas saigné sur-le-champ, il ne survivra pas.

Ils se précipitèrent dans la chambre. Allongé à demi sur le parquet, adossé à son fauteuil, une main ouverte tendue vers le feu, Monseigneur semblait endormi. Mme de Phallaris prit place dans le fauteuil, posa la tête du duc sur ses genoux et commença à défaire une de ses manchettes.

— C'est inutile, madame, soupira Denis. Rien ne pourrait ramener monseigneur à la vie...

Alerté au petit matin, Sourdeval emprunta mon cabriolet et me demanda de l'accompagner jusqu'à Versailles, où monseigneur le duc d'Orléans venait de mourir. Nous mîmes du temps à faire le parcours, en raison de la neige épaisse qui recouvrait la chaussée et des attelages qui l'encombraient.

Nous nous précipitâmes dans les appartements du duc. Les pièces qui les précédaient bourdonnaient comme une ruche en folie. Sourdeval s'étant arrêté pour s'entretenir avec Fleury, je poursuivis seul et parvins, non sans mal, à pénétrer dans la chambre. On avait déjà installé de gros cierges autour de la couche funèbre.

Monseigneur reposait, les mains crispées sur le chapelet de Mme de Phallaris. Son visage vultueux, à demi enfoncé dans l'oreiller de dentelle, paraissait plus massif que de son vivant, mais plus serein. En perdant un peu de ses couleurs, il semblait avoir retrouvé un regain de jeunesse ou du moins, vieilli précocement qu'il était, à ne paraître que son âge. Le roi se tenait agenouillé à son chevet, le front contre le drap, sans que je puisse voir s'il priait ou s'il pleurait.

En me retrouvant dans l'antichambre, je surpris une conversation entre Villeroy et Mme de Sabran, rivale, jadis, de Mme de Phallaris. Elle disait, sans se préoccuper d'être entendue :

— Monseigneur est mort, dit-on, avant qu'on ait pu le saigner. De toute manière, il aurait succombé. Une saignée, lorsque l'on sort d'avec une gueuse, peut être fatale. C'est du moins ce que disent les médecins...

Une nausée aux lèvres, je me suis retiré et, laissant Sourdeval aux préparatifs des obsèques, j'ai repris la route de Paris sous de nouvelles bordées de neige. En passant la barrière d'Issy, j'ai constaté, à un remue-ménage inaccoutumé et aux rumeurs montant de groupes rassemblés aux abords du pont, que la nouvelle s'était répandue dans la ville.

En roulant vers le Palais-Royal à travers la bourrasque, je souhaitais, comme je l'avais fait en conversant avec Hyvert, que l'on oubliât les mœurs de ce prince. N'avoir été que « presque roi », alors qu'il avait les qualités d'un monarque libéral, avait bridé ses éminentes qualités. Peut-être a-t-il, en renonçant à la couronne d'Espagne qu'on lui proposait, laissé passer sa chance. Ses scrupules s'y opposaient.

J'ai retrouvé une de ses lettres dans laquelle il disait : *Je n'ai pas écrit de ma vie une ligne qui n'eût pour but le repos du monde*. C'est ce qu'aurait pu écrire son ami le cardinal. C'est ce qu'on aurait pu écrire sur leur tombe. Je puis en témoigner : la paix avait été leur principal souci.

Peu enclin à la vindicte, il avait, en plus de la paix en Europe, tenté de préserver celle de l'intérieur en mettant un terme aux persécutions religieuses et en évitant ainsi une guerre civile. Féru de sciences, il avait développé la recherche. Ami des artistes, artiste lui-même, il les avait soutenus dans tous les domaines. Lecteur assidu, il avait ouvert des bibliothèques et enrichi celle dont j'eus la charge.

Deux jours après la mort de Philippe, les médecins se livrèrent à son autopsie, comme le veut la tradition. Ils ne furent guère surpris de découvrir des organes gâtés par les excès.

Ils avaient déposé le cœur sur une table. Un des molosses du défunt, attiré sans doute par l'odeur du sang, avait poussé la porte et, s'approchant de la table, s'en était saisi. Malgré les efforts des médecins pour tenter de le lui arracher, il l'avait dévoré.

Le ciel commence tout juste à prendre ses couleurs du matin. Par la fenêtre ouverte, la fin de la nuit libère ses dernières odeurs d'herbe fraîche. Des merles se chamaillent dans les marronniers. Ce sera une belle aube d'été. J'hésite à me lever. Encore quelques minutes, quelques instants : rien ne presse. Je devine à peine l'arête des meubles et le bouquet des plumes qui dépassent de mon pupitre.

Il faut pourtant que je me décide. Les préparatifs de mon départ prendront du temps, et je ne veux pas manquer la poste pour Limoges.

Je me suis difficilement habitué à ne plus entendre les grincements du lit de Babette, venant de la chambre voisine, où elle donnait ses leçons, et à ne plus l'écouter chantonner en préparant notre déjeuner. Depuis un an que nous sommes séparés, cet appartement est devenu un îlot de silence au milieu du tumulte du palais. J'y vis en ermite, avec au cœur le regret d'une vie commune qui m'apporta tant de déception après tant de bonheur.

Comment oublier ce jour de juin de l'année passée, où Élisabeth m'annonça notre rupture, avec des mots qui s'étranglaient dans sa gorge ?

— Étienne, mon chéri... il faut que je te dise...

Le roi... le roi m'a proposé de quitter le Palais-Royal pour Versailles. Il souhaite me confier la direction d'un orchestre de violons et d'une chorale.

— Je m'en réjouis pour toi, ma chérie. Tu avais la renommée, tu auras la gloire. Versailles...

— Étienne, je vais devoir te quitter pour vivre au château, avec un appartement particulier, des domestiques, un carrosse...

— C'est bien ce que je disais : la gloire. Tu seras une grande dame devant laquelle la Cour s'inclinera. On parlera de toi dans toute l'Europe. Le tsar t'invitera. Tu reviendras couverte de fourrures et de diamants...

Elle ajouta d'un ton sévère :

— Tu as tort de plaisanter, Étienne. Cette décision signifie...

— ... que nous nous verrons moins ? Soit. J'en prends mon parti. Tu ne peux refuser cette chance, et je ne peux m'y opposer. Quand dois-tu quitter le Palais-Royal ?

Il lui restait une semaine avant de donner congé à ses élèves et préparer son déménagement. Il semble qu'elle m'ait su gré d'avoir pris cette affaire à la légère pour ne pas lui causer le moindre scrupule, car, dans les jours qui suivirent, elle se montra plus attentive et plus tendre qu'à l'ordinaire.

Avant de quitter le palais, elle réunit ses élèves pour un dernier concert nocturne autour du bassin. Elle avait composé pour la circonstance une cantate intitulée : *Les Adieux*. J'étais loin de me douter, innocent que je suis, que ces adieux pussent s'adresser à moi.

Dans les mois qui suivirent, je pris l'habitude, une fois par semaine, de me rendre à Versailles avec mon cabriolet. Parti le matin, j'étais de retour le soir. Entre-temps, je voyais Babette entre deux portes et passais des heures à me promener dans les allées ou à canoter sur le canal. Lorsque je la retrouvais, au moment du départ, elle s'excusait de n'avoir pu me donner plus de temps. Je lui pardonnais volontiers : ses succès faisaient ma joie.

Elle avait beaucoup changé en quelques mois. Il émanait d'elle un rayonnement nouveau, dû pour une grande part à sa toilette : celle d'une marquise. Elle portait au cou un diamant piriforme qui devait valoir une fortune, sur l'origine duquel je me gardai de l'interroger pour ne pas jouer les Georges Dandin.

Je sentais bien, semaine après semaine, qu'elle m'échappait, que cette clarté qui venait de sa nouvelle condition me rejetait dans l'ombre.

Un dimanche matin, en pénétrant dans son appartement, la dame de compagnie m'annonça que sa maîtresse, appelée à donner une série de concerts en Hollande, serait absente pour une quinzaine. Comme elle n'avait pas daigné m'informer de ce voyage par un billet, cette nouvelle sonna pour moi comme un glas. Je renonçai à ces visites, dont ni elle ni moi ne tirions la moindre satisfaction.

J'avais pris le deuil de nos rapports quand, au cours d'un repas offert par le gouverneur du Palais-Royal, Mme de Parabère, ancienne égérie du duc d'Orléans – celle qu'on appelait Sainte Nitouche – me révéla qu'Élisabeth avait un protecteur en la personne de l'ambassadeur de Hollande.

Je passai des mois dans l'expectative : rester ou partir.

Hyvert m'avait quitté pour entrer au service du

roi, qui souhaitait réorganiser sa propre bibliothèque. Je me retrouvai seul dans mon cabinet, mais j'avais si peu de travail que cette défection ne m'affecta guère. L'inaction, en revanche, me pesait. Je me gavais de lectures solitaires, sans amis, sans compagne, même occasionnelle, au point que mes regards se tournèrent vers ma province. Depuis peu, elle me manquait. Je me souviens que Guillaume, tout à ses ambitions dévorantes, n'aimait pas qu'on lui en parlât, comme si elle faisait tache sur son passé. Il n'en était pas de même pour moi : je distillais de temps à autre des accès de nostalgie qui me ramenaient à elle.

Un jour de mars, alors que j'entrais dans ma soixante-dixième année, une alerte de santé me mit sur le flanc pour une semaine. Je me dis que, pour rien au monde, je n'accepterais de mourir, délaissé de tous, dans ce Palais-Royal où je vivais comme un étranger accroché à des souvenirs obsédants.

J'ai rédigé une lettre à l'intention du gouverneur pour lui annoncer ma décision de renoncer à mon poste et de quitter la capitale. Il n'a pas daigné me convoquer et m'a fait simplement tenir par son secrétaire une réponse par laquelle, en me remerciant de mes bons offices et en m'exprimant ses regrets, il joignait l'annonce d'une forte indemnité de départ et d'une rente qui, ajoutées à mes économies, me permettraient de vivre sans souci jusqu'à ma mort.

À part quelques alertes sans gravité et une fatigue due à mon âge, ma santé ne m'occasionne guère de tracas. Quand je me regarde dans mon miroir, au cours de ma toilette du matin, je ressens une certaine fierté d'avoir gardé, à part quelques rides, les couleurs et les traits de ma jeunesse.

J'ai passé la matinée à préparer mon départ et à faire une flambée de tout ce qui pourrait me rappeler Élisabeth, et qu'elle a négligé d'emporter dans sa migration : une paire de chaussons avachis, une liasse de billets que nous avions échangés aux premiers temps de nos amours, des partitions défraîchies annotées de sa main, une marionnette datant de son enfance... Je n'ai rien voulu emporter de ce qui aurait pu être un souvenir d'elle dans ma retraite et en gâter la sérénité.

Ayant fait place nette et jeté un dernier regard à ma chambre et à la cheminée où brûlotaient quelques flammes bleuâtres, j'ai fermé la fenêtre donnant sur le jardin. Une des filles naturelles du duc d'Orléans promenait sa progéniture sous les marronniers, une gamine jetait du pain aux poissons rouges, un couple longeait les allées, main dans la main, comme dans le tableau de Watteau : *L'Embarquement pour Cythère*.

La diligence attendait au Port-au-Vin, où m'a conduit une voiture de louage. J'avais pris congé, la veille, de quelques « clients » fidèles de ma bibliothèque et des rares connaissances que j'avais encore au palais, des vieux serviteurs pour la plupart. Mon bagage est peu consistant. J'ai obtenu d'un brocanteur un bon prix de mes meubles et de mon cabriolet. Le plus encombrant est le coffre où j'ai rangé mes livres et mes paperasses.

Il se trouve que j'ai encore de la famille en Limousin. Je n'ai eu que peu de rapports avec elle, dans la mesure où sa situation ne laissait pas à désirer et où je n'avais besoin de nul secours, Guillaume n'ayant cessé de veiller sur moi comme un frère. Pour chaque Noël, j'ai envoyé en cadeaux aux enfants des images achetées dans des éventaires des quais.

C'est dans la campagne proche de ma ville que j'ai décidé de finir mes jours. J'ai choisi un village campé sur les rives de la Dordogne, dans le bas-pays du Limousin, où la lumière a une qualité que l'on ne trouve nulle part ailleurs. J'aurai une grande maison donnant sur la rivière, une barque pour la pêche, un jardin pour ma subsistance et la perspective de jouer aux boules sur le rivage, avec quelques amis pêcheurs ou vignerons.

C'est peut-être cela que l'on appelle le bonheur...

Table

La Vierge Rouge

(*Pocket n° 12275*)

Née des amours d'un châtelain avec sa servante, Louise Michel reçoit une éducation bourgeoise et voltairienne. Grande admiratrice de Victor Hugo, elle se jette à corps perdu dans la défense des faibles et des miséreux, ce qui la conduit au premier rang des affrontements terribles de la Commune de Paris. De la misère de Montmartre au bagne de Nouvelle-Calédonie, elle n'abandonnera jamais sa lutte pour la liberté.

Il y a toujours un Pocket à découvrir

La Vierge Rouge

(Pocket n° 1132)

Née des amours d'un châtelain avec sa servante, Louise Michel reçoit une éducation bourgeoise et voltairienne. Grande admiratrice de Victor Hugo, elle se jette à corps perdu dans la défense des faibles et des opprimés, ce qui la conduit au premier rang des affrontements meurtriers de la Commune de Paris. De la butte de Montmartre au bagne de Nouvelle-Calédonie, elle n'abandonnera jamais sa lutte pour la liberté.

Cet ouvrage a été composé et mis en pages
par ÉTIANNE COMPOSITION
à Montrouge.

Imprimé en décembre 2006 en Espagne par LIBERDÚPLEX
St.Llorenç d'Hortons (Barcelone)
Dépôt légal : janvier 2007

POCKET 12, avenue d'Italie - 75627 PARIS Cedex 13

Imprimé en décembre 2006 en Espagne par LIBERDUPLEX
St. Llorenç d'Hortons (Barcelone)
Dépôt légal : janvier 2007

12, avenue d'Italie - 75627 PARIS Cedex 13